MAX ANNAS
DER HOCHSITZ

ROMAN

Rowohlt Hundert Augen

Originalausgabe
Veröffentlicht im Rowohlt Verlag, Hamburg, August 2021
Copyright © 2021 by Rowohlt Verlag GmbH, Hamburg
Redaktion Katharina Rottenbacher
Liedtext auf S. 5: «Rank Xerox», Hans-A-Plast, Text: Wilfried J. Bartz
Satz aus der Karmina
bei hanseatenSatz-bremen, Bremen
Druck und Bindung CPI books GmbH, Leck, Germany
ISBN 978-3-498-00208-4

Die Rowohlt Verlage haben sich zu einer nachhaltigen Buchproduktion verpflichtet. Gemeinsam mit unseren Partnern und Lieferanten setzen wir uns für eine klimaneutrale Buchproduktion ein, die den Erwerb von Klimazertifikaten zur Kompensation des CO_2-Ausstoßes einschließt.
www.klimaneutralerverlag.de

Rank Xerox, so oft kopiert
In jeder Zeitung ihr Gesicht, dein Gesicht, mein Gesicht
In der Stadt, auf dem Amt
Im Bullenbüro, im Chinarestaurant
Auf dem Fahndungsplakat.

Ein Kreuz für jeden, den's erwischt
Abgehakt wird jeder, den's erwischt

Treibjagd
Im wilden Westen, Volkssport für den kleinen Mann
Er will Gerechtigkeit
Verfolgt, erwischt und abgeknallt
Verfolgt, erwischt und abgehakt
Auf dem Fahndungsplakat

HANS-A-PLAST

DIE ERSTEN TAGE DER OSTERFERIEN

[1]

«Warte auf mich!»
Ulrike ist weit hinter mir. Kurz umgucken, den Lenker auf Spur halten, aber sie ist nicht zu sehen.

Warum muss sie auch immer so langsam fahren? Wenn man am Berg erst einmal einen bestimmten Rhythmus gefunden hat, dann muss man den durchhalten. Da kann man nicht einfach mal Tempo rausnehmen. Das weiß sie doch. Ich habe es ihr gesagt.

«Ich seh dich nicht mehr!», ruft Ulrike jetzt. Wenn sie nicht so viel schreien würde, hätte sie mehr Kraft, um ihr blödes Mädchenrad zu bewegen. In Rosa. Aber sie hat auch nicht so viel Schwein gehabt wie ich.

Da oben ist die Abzweigung schon.

Es wird noch einmal kurz steiler. Doch mit dem Bonanzarad ist das zu schaffen. Ich passiere das Kreuz am Straßenrand. Es ist voriges Jahr für den Sohn von Herrn Sang aus Ferschweiler aufgestellt worden. Ich kannte Herrn Sang nicht, aber wegen dem Unfall, bei dem sich der Sohn mit dem Auto überschlagen hat, ist viel über ihn geredet worden. Er war in der CDU, wie Papa auch, und hat sich kurz nach dem Tod seines Sohnes aufgehängt. Das habe ich auch nur erfahren, weil ich manchmal ganz genau hinhöre, wenn die Erwachsenen reden. Solche Sachen erzählen sie uns Kindern sonst nicht.

Ein Motor ist zu hören und wird lauter. Das Auto kommt von hinten angebraust, ist ganz schön nah beim Überholen und schon wieder weit weg. Noch ein paar Tritte, und ich bin am Weg angekommen. Einmal ganz genau nach hinten gucken, und dann nach links über die Straße rüber.

Mit dem letzten Schwung auf den Weg rauf, noch einmal kurz im ersten Gang durchtreten, Hinterbremse drücken, Lenker rumreißen und schön die Wolke machen. Dann rolle ich zurück zur Teerstraße und verstecke mich hinter einem Busch. Ein kleiner Laster tuckert hinunter, und als er an der nächsten Kurve verschwunden ist, kann ich Ulrike sehen. Sie ist natürlich wieder abgestiegen.

«Sanne!», ruft sie. Kein Grund, mich zu zeigen.

Wieder: «Sanne!»

Drei Wochen seit dem elften Geburtstag. Und ich weiß schon, was ich für ein Glück habe. Sie hätten mir alles Mögliche schenken können. Aber ich habe so lange genervt, dass selbst meine Eltern eingesehen haben, dass es keine Alternative zum Bonanzarad gab.

Na gut. Kurz raus hinter dem Busch. Ulrike zuwinken. Sie winkt zurück und wird gleich noch langsamer. Auch mit meinem Mädchenrad hab ich sie immer abgehängt. So ist es ja nicht. Immerhin war es weiß und nicht rosa. Jetzt hat es die kleine Marion von den Feckers. Am Ende des Dorfes. Papa hat es verkauft, weil er es nicht weiterreichen konnte in der Familie. Ich bin die Jüngste.

Oh Gott. Das dauert ewig. Eeee-wig, bis Ulrike hier oben ist. Sie schlurft, die Hacken immer schön über den Boden gezogen.

«Sanne!»

Dabei weiß sie, wo ich bin. Ich kann ihr Atmen schon hören.

«Wir sollen hier nicht allein sein», sagt sie keuchend.

«Sind wir ja auch nicht.»

«Aber ich hab dich von unten nicht ...», Ulrike muss Luft holen, «nicht gesehen. Also warst du allein.»

«Für ein paar Sekunden. Und wenn du schneller wärst ...»

«Wir sollen nie allein sein. Mein Vater hat das gestern noch mal gesagt.»

«Guck. Wir sind zusammen.» Ich drehe das Rad herum und fahre wieder vor. Rechts das Weizenfeld und links die Wiese mit den großen Maulwurfshügeln. Dann in den Wald hinein.

Nie im Wald allein. Mamas Stimme auch. Warum ich das immer genau hier höre, ist mir nicht so richtig klar.

Der Weg ist holprig, aber flach. Ulrike ist dicht hinter mir. Ich trete wieder etwas schneller.

Gleich die nächste Abzweigung. Ein breiter Pfad mitten in den Wald hinein. Und hindurch. Ich habe schon wieder ein bisschen Vorsprung, als ich an seinem Ende ankomme. Vom Rad springen, das Rad unter einem Busch verstecken und zur Leiter.

«Da hängt was», sagt Ulrike, die kurz hinter mir ist, immer noch oder schon wieder atemlos. Ich gucke nach oben. An der Leiter, die auf den Hochsitz führt, hängt ein Schild. Ganz neu. Handgeschrieben. Schwarze Farbe auf Holz.

«Spielende Kinder verboten», steht da groß drauf. Und kleiner: «Eltern haften für ihre Kinder.»

Ich klettere weiter hoch. Uns meinen die nicht. Wir kommen ja nicht zum Spielen. Schon bin ich oben. Ulrike ist kurz hinter mir.

Zusammen lehnen wir uns über die Brüstung. Auf der einen Seite können wir unter uns das Dorf sehen. Und da hinten auch Körperich.

Zur anderen Seite, auch dort geht es bergab, da ist Luxemburg. Es sieht nicht anders aus als Deutschland. Aber es ist Ausland. Die Grenze ist direkt da irgendwo. Ganz unten, wo der Fluss ist.

Manchmal beobachten wir von hier auch Rudi und Michi, wie sie in den Wald gehen. Das ist etwas, das die Eltern noch weniger wollen als mich ganz allein im Wald. So viel habe ich schon kapiert. Meine Brüder kommen nämlich nicht wegen dem Hochsitz hierher.

Ein großer Sattelschlepper dampft die Straße zur Grenze hinauf, erreicht den höchsten Punkt und rollt wieder runter. Auf der Wand des Aufliegers sind ein paar Buchstaben zu sehen, die im Dreck untergehen. Der Auspuff qualmt richtig.

Ulrike legt einen Arm um meine Schultern. Und ich meinen um ihre. Drei Wochen Osterferien. Drei lange Wochen. Und wir werden jeden Tag zum Hochsitz kommen.

«Hast du was?», frage ich.

Ulrike zieht ein Bild aus der Hosentasche. Ein Knick zieht sich quer durch das Gesicht, eine Ecke ist etwas eingerissen. Sie legt kurz den Kopf schief, denn sie weiß, dass ich das nicht mag.

«Teofilo ...», sage ich, als ich den Namen lese.

«... Cubillas», sagt sie. «Der kommt aus Peru.»

Peru ist in Südamerika, das habe ich im Atlas nachgeschlagen. Peru liegt ziemlich weit weg von Argentinien, wo die Fußball-Weltmeisterschaft stattfindet. Auf der anderen Seite des Kontinents. Was direkt neben Argentinien liegt, ist Paraguay. Die spielen nicht bei der Weltmeisterschaft mit, aber ich kenne einen, der da hingezogen ist. Den Hannes, der da einen Bauernhof von der Regierung geschenkt gekriegt hat. Der ist ein Cousin, kein direkter Cousin, aber ein Verwandter, der Sohn von Onkel Erich und Tante Brigitte.

«Keine Deutschen?», frage ich.

Sie schüttelt den Kopf. «Kein Deutscher. Und das hat auch schon so ausgesehen, als ich es gefunden habe.»

«Wo?»

«Unter dem Bett», sagt Ulrike. «Von Frank.»

«Sonst nichts?»

«Ich hab alles durchsucht.»

«Sie passen auf.»

«Stimmt.» Ulrike nimmt Teofilo Cubillas wieder in die Hand. «Auf die Deutschen ganz besonders.»

«Wir brauchen Nachschub», sage ich.

«Dringend», sagt Ulrike, als der Motor schon deutlich zu hören ist. Die Abzweigung von der Landstraße auf den Feldweg ist vom Hochsitz aus nicht zu sehen. Davor steht ein letzter Zipfel des Waldes. Aber ich weiß, welcher Wagen das ist.

Ein Mercedes, ganz klar.

Der Mercedes vom Bürgermeister.

Ulrike sieht mich an. Also müssen wir eine Zeitlang warten, bis wir wieder vom Hochsitz runterkönnen.

Das Klopfen des lauten Motors wird kurz leiser und dann wieder lauter. Gerade ist der Bürgermeister abgebogen. Takatakat, immer näher kommt er, und wir ducken uns, damit die beiden uns nicht sehen können. Drei Mal haben wir das schon mitgekriegt. Der Bürgermeister und Frau Söhnker. Beim ersten Mal haben wir uns abgewechselt, um durch den Spalt zwischen den Holzlatten gucken zu können. Jetzt reicht uns, was wir zu hören kriegen.

Der Motor ist aus. Der Bürgermeister lacht. Er ist deutlich durch die offenen Fenster zu hören. Frau Söhnker lacht auch. Dann ist es kurz still, bis Frau Söhnker «du Ferkel» sagt. Mit langgezogenem E.

Es ist das erste E, das sie mit ihrer hohen Stimme so gedehnt hat.

Vorsichtig drehen wir uns um und setzen uns leise mit dem Rücken zu dem, was unten passiert. Frau Söhnker kichert gerade ganz komisch.

So viel gibt es wirklich nicht zu sehen. Und was man sehen kann, kennen wir schon.

[2]

«Bist du sicher? Ist es das Haus da hinten?»
«Also auf dem Zettel ... Hier, guck. Nach rechts, da sind wir eben gefahren. Dann nach links, an dem Trafohäuschen hier vorbei. Und dann wieder rechts. Oder?»

«Lass uns erst mal warten und das Haus beobachten. Ich will sicher sein.»

«Hier wartet niemand auf uns. Wenn, dann war jemand hinter uns, aber das haben wir doch geklärt, oder? Ich muss sowieso ... Wo sind die Tampons? Haben wir eigentlich genug?»

«Haben wir. In meiner Tasche. Ich hole sie gleich raus.»

«Sollen wir später einkaufen fahren?»

«Lass uns lieber warten. Wir gucken noch mal auf die Landkarte und fahren morgen früh. Wir sind eben schon aufgefallen. Und wir haben genug bis morgen. Oder sogar übermorgen.»

«Wir sind nicht aufgefallen. Wir sind einfach nur zwei Frauen in einem Ascona.»

[3]

«Sanne!»
Mamas Stimme ist ganz angespannt, als wir bei uns ankommen. Ich weiß, was das bedeutet. Ihr fehlt etwas zum Kochen. Das passiert nicht so oft, denn auf dem Bauernhof gibt es alles, und eigentlich kaufen wir nicht so viel ein. Aber manchmal eben doch. Und heute braucht Mama Brühe. Wenn sie beim Kochen nämlich feststellt, dass etwas nicht da ist, dann muss es schnell gehen. Und dann sucht sie jemanden, der zu Trine geht. Ich bin froh, dass wir genau im richtigen Moment angekommen sind.

Auf dem Weg zu Trines kleinem Laden kommen wir bei der verrückten Gaby Teichert vorbei. Sie steht da in ihrem Kittel. Wir hoffen, dass sie uns nicht anspricht. Aber sie redet meist nur mit den Erwachsenen. Dann sagt sie zum Beispiel was über ihren Garten und Unkraut. Oder sie redet über Jochen, ihren Sohn, der nicht mehr lebt. Manchmal kommt sie nass aus dem Bach. Dann lachen die Leute über sie. Papa sagt, dass sie früher noch schlimmer gewesen ist. Einmal hat die Feuerwehr sie von einem Baum heruntergeholt.

Bei Trine im Laden ist nichts los. Und das ist gut so. Dann fühlen wir uns am wohlsten.

Der Laden ist nicht mehr als ein kleines Zimmer. Vorn ein enger Raum, gerade so groß, dass man nicht im Regen steht. Dahinter die Theke mit allem möglichen Zeug davor, vor allem all den leckeren Süßigkeiten. Und dahinter sitzt Trine immer und liest in den Groschenheften, wo vorn drauf ein Mann mit Locken zu sehen ist, der eine Frau im Dirndl küsst. Wenn einer reinkommt, steht sie auf.

Erwachsenen erzählt sie gleich alle möglichen Geschichten, aber wenn wir es sind, dann guckt sie enttäuscht. Ich habe Ulrike wie immer das Geld gegeben, und sie sagt, was wir brauchen.

«Brühe.»

«Rinder oder Geflügel?» Trine hat alles.

«Rinder.»

Als Trine sich umdreht, greife ich zu. Zwei Hanuta sind schnell unter meinem T-Shirt in der Hose verschwunden.

Das ist der Grund, warum wir uns nie beschweren, wenn wir zu Trine einkaufen geschickt werden.

[4]

Langsam ausrollen. Dann erst mal eine Zigarette rauchen. Was er hier machte, war ohnehin sinnlos. Aber das war sein Revier, seine Verantwortung. Er musste das tun.

Polizeiobermeister Rolf-Karl Reiter öffnete das Seitenfenster und blies den Rauch hinaus. Dabei fielen ihm die Zementsäcke auf. Einige davon aufgerissen. Die hatten sicher schon dort gelegen, als der alte Peters gestorben war. Wie lange war das her? Drei Jahre? Länger?

Aus den Rissen in der geteerten Einfahrt wuchsen dicke Grasbüschel. Eine Fensterscheibe im Parterre hatte einen Sprung. In der Etage darüber war eine sogar zerschlagen. Die Autoleichen in den Ställen, die er durch die geöffneten Tore sehen konnte, und die Motorradgerippe waren auch mehr geworden. Reiter flippte den Stummel durch das Fenster und blickte in den Rückspiegel. Aus dem Handschuhfach holte er die kleine Schere hervor und schnitt die Spitzen seiner Nasenhaare. Seine Frau hatte gesagt, dass sie umso schneller wuchsen, je öfter man sie kürzte. Kurz vor der Scheidung war das gewesen, und er hatte damals schon den Eindruck gehabt, das sie das nicht freundlich gemeint hatte. Aber was sollte man machen, wenn sie so schnell wuchsen?

Schere wieder zurücklegen. Kurz Luft durch die Nase pusten. Die Uniformjacke abklopfen. Alles wie immer. Reiter stieg aus dem Streifenwagen, ohne die Tür abzuschließen, und ging auf die Haustür zu.

Er hob die Faust, um anzuklopfen, besann sich dann aber und öffnete die Tür einfach. Reiter betrat den Flur und erwartete üblen Geruch. Aber die Nase wurde enttäuscht.

Die Tür zur Küche stand halb offen. Er blickte hinein und sah frisch gespültes Geschirr auf der Ablage. Na, wahrscheinlich hatte einer der drei Brüder eine Frau für Sex aufgegabelt, die sich morgens erbarmt hatte. Wer sonst hätte das tun sollen?

Holzscheite aus dem Winter lose neben dem Ofen. Werkzeug auf dem Flurboden und auf der Treppe. Reiter spähte nach oben. Geräusche waren keine zu hören. Sicher waren alle drei unterwegs. Es war ja nicht so, dass hier niemand arbeitete.

Fast wäre er in einem Teppichriss auf der obersten Stufe hängengeblieben. Er polterte kurz und drehte sich um. Die einzige offene Tür führte zu einem Schlafzimmer. Mein Gott, dachte er, wie sieht das denn hier aus?

Das Bett nicht gerichtet. Die Schranktür offen. Statt auf dem Bügel zu hängen, war die Kleidung einfach dort hineingeworfen worden. Über dem Bett hing ein Poster an drei Reißzwecken. *The Sweet* stand über vier jungen Männern in komischen Ledersachen. Hier sah es aus wie in einem Jugendzimmer. Dabei war Peter, der Jüngste, doch schon einundzwanzig.

Reiter öffnete eine Papiertüte, die auf der Kommode lag. Das Puddingteilchen darin moderte grün vor sich hin. Da war er. Der Geruch, den er schon früher erwartet hatte.

Als er sich umdrehte, um den Raum zu verlassen, sah er den Geldschein, der unter der Kommode hervorguckte. Er bückte sich und nahm den Hunderter in die Hand. Dann sah er noch einen und ging auf die Knie. Drei, vier, fünf. Er rollte sie zusammen und steckte sie in die Hosentasche.

Zurück im Flur überlegte er, was er noch tun konnte. Eigentlich ging es nur um Präsenz. Es war seine Pflicht, hier ab und zu nach dem Rechten zu sehen. Im Tal passierte ja nicht viel. Also hatte er Zeit, sich um jene zu kümmern, die die öffentliche Ordnung mehr gefährdeten als andere. Aber mehr als zu mahnen, vermochte er auch nicht. Er war nur ein einfacher Polizist.

Die Tür, auf die er gerade in Gedanken starrte, wurde geöffnet.

Paul Peters stand da in Unterhose und riss die Augen auf. Dass Paul Linksausleger war, sah man am Ständer im Feinrippstoff.

«Was machst du denn hier?», fragte er.

«Für dich heißt es immer noch: Was machen Sie denn hier, Herr Reiter? Oder besser noch: Guten Morgen, Polizeiobermeister Reiter.»

«Ja, schon gut. Aber was machen Sie denn hier?» Er kratzte sich durch die Unterhose.

«Nachschauen, ob die Dinge in Ordnung sind.»

«Und wer hat Sie reingelassen?»

«Die Tür war auf. Ich habe mir Sorgen gemacht.»

«Um wen?»

Reiter drehte sich um und ging die Treppe hinab. Er hörte das Strullen in der Toilettenschüssel, als er das Erdgeschoss erreichte. Das Funkgerät an seiner Hüfte knackte. Er verstand irgendwas mit einem Verkehrsunfall und fragte nach.

[5]

«Wie ein Mädchen», sagt Papa. «Der sieht aus wie ein Mädchen.» Er schaufelt sich was rein und schluckt es schnell runter. «Bis hier», sagt er dann und hält kurz die Hand irgendwo auf den Rücken. Die Eltern haben schon seit ein paar Tagen von dem neuen Lehrling bei den Herres erzählt. Weil alle davon reden, sagen sie. Aber Papa hat ihn gerade eben zum ersten Mal selbst gesehen, als er Herrn Herres zusammen mit dem Lehrling bei Raiffeisen begegnet ist. Eigentlich redet Papa beim Abendessen am liebsten darüber, was er tagsüber in den Nachrichten gehört hat, dann sagt er meistens irgendetwas über Politik und warum alle keine Ahnung haben. Heute ist das anders.

Chrissi lacht mit vollem Mund und prustet ein paar Krümel

über den Tisch. Dafür kriegt er von Papa einen strengen Blick. Mit Essen im Mund sollen wir nicht reden. Chrissi würgt den Bissen herunter. «Wie ein Mädchen», sagt er. Weil er zwar schon heruntergeschluckt, aber immer noch den Mund halb voll hat, verstreut er großzügig noch mehr Krümel über dem aufgeschnittenen Käse, der vor ihm steht. Papa gibt ihm dafür einen Schlag auf den Hinterkopf.

Beim Abendessen sind wir allein. Nur die Familie. Papa und Mama. Rudi, Michi und Chrissi, meine Brüder. Und ich.

Ganz oft sind noch andere Leute dabei. Ernst, unser Arbeiter, oder Freunde meiner Brüder und manchmal auch Ulrike, die aber gerade von ihrer Mutter abgeholt worden ist, weil auch bei ihnen irgendwer zu Besuch ist. Und am Wochenende sind es manchmal Papas und Mamas Brüder und Schwestern mit ihren Familien.

«Die machen heute, was sie wollen.» Mama trägt eine Schüssel Eintopf auf den Tisch. Dabei hat sie mich im Blick. «Du musst dir die Haare wieder wachsen lassen.» Dann setzt sie sich. «Die sind doch so schön.»

Chrissi hat den Mund schon wieder voll und muss prusten. Zum Glück hält er sich die Hand vor die Lippen. Sonst hätte es vielleicht eine Bescherung gegeben. Er würgt schon wieder herunter, was er kaut, um den Mund zum Sprechen frei zu haben. «So schöne Haare», sagt er.

Chrissi ist fast ein Jahr älter als ich, aber eigentlich noch ein Kind. Von meinen Brüdern ist er der jüngste. Deshalb macht er alles mit. Rudi und Michi sind schon sechzehn und fünfzehn, und ihn interessiert nur, was die beiden machen.

Und mich hasst er. Weil ich ein Mädchen bin. Und weil ich klüger bin als er, was nicht so schwierig ist. Aber auch, weil ich stärker bin als er.

«So schöne Haare», sagt er noch einmal und hofft, dass ich

auf ihn reagiere. Da kann er lange warten. Eine Reaktion muss er sich verdienen. Und über meine Haare diskutiere ich nicht. Die will ich kurz haben.

«Richtige Locken hättest du», sagt Mama, «schöne, blonde Locken», und ich warte schon auf Chrissis Echo. Aber Michi ist schneller. «Mir fehlt ein Bonhof», sagt er, obwohl sein Mund noch nicht ganz leer ist.

«Bei mir so ein Iraner.» Rudi guckt uns alle zugleich an und fährt sich über die Haare unter der Nase. Er hat fast schon einen richtigen Schnurrbart. Ich muss kurz überlegen, aber den habe ich nicht genommen. Keinen Iraner. Hätte ich natürlich, wenn er mir in die Finger gekommen wäre. Aber das ist wirklich nicht meine Schuld.

«Fast zwei Millionen Mark», sagt Papa leise, fast zischend. Er hat irgendetwas erzählt, nur habe ich nicht zugehört.

Ich weiß, wer den Bonhof hat, und auch, wo andere Bilder sind, die die Brüder vermissen. Also höre ich Papa zu, der über irgendetwas anderes redet, das womöglich interessant sein könnte.

«Das musst du dir vorstellen.» Papa presst die Lippen aufeinander.

Er guckt abwechselnd Mama an und an die Decke, was ein Zeichen dafür ist, dass es eine Erwachsenengeschichte ist. Und es schadet nie, da mal zuzuhören.

«Ja», sagt Mama. «Die Renate hat erzählt, dass ihr Schwiegervater erzählt hat, dass …» Sie überlegt, wer genau was gesagt hat.

«Bei mir ist es auch ein Italiener.» Michi guckt mich an, glaube ich. «Und Johan Neeskens. Den hatte ich doppelt.» Er ist so laut, dass ich Mama gar nicht verstehen kann. «Der zweite ist weg.»

«… und das ist der Hof doch überhaupt nicht wert.» Mama immer noch.

«Ja, und beim Franzker und beim Rosskuhl war der auch.»

Papa nimmt sich eine von den eingelegten Zwiebeln und betrachtet sie. «Und sogar beim Trommler in Geichlingen.»

Papa steht auf. «Müsst ihr besser drauf aufpassen», sagt er zu den Brüdern. «Ihr müsst die Zimmer sowieso besser aufräumen. Wie es da immer aussieht. Wann geht denn das endlich los mit der Weltmeisterschaft?»

«Im Juni», sagt Michi und streicht sich über die Oberlippe wie Rudi eben. Dabei hat er da noch gar keine Haare. «Und wir werden wieder Weltmeister.»

[6]

Der Chauffeur beschleunigte behutsam. Hier hinter der Grenze sollte er vorsichtig fahren. Das war die Anweisung. Was immer das auch bedeutete. Keine Geschwindigkeitsübertretung, so viel war klar. Das hatte er begriffen. Oder andere Verkehrsteilnehmer schon einmal vorlassen, auf die eigene Vorfahrt verzichten. Das war eine andere Forderung gewesen. Da hatte er nachfragen müssen.

«Sie müssen nicht auf Ihrer Vorfahrt beharren», hatte der Mann in dem gutsitzenden Anzug umständlich gesagt. «Lassen Sie andere fahren. Benutzen Sie die Lichthupe, um zu kommunizieren.» Als professioneller Chauffeur hatte er schon viel erlebt, aber so eine Anweisung noch nicht.

Als ob das in dieser Gegend üblich wäre. Das machte doch sonst auch keiner hier. Aber egal. Der Mann hinter ihm zahlte, und er zahlte gutes Geld.

Der Wagen fiel sowieso auf. Was machte man hier auch mit einem Cadillac Seville? Das war eine Gegend, wo der Wert eines Autos danach berechnet wurde, ob es einen Anhänger ziehen konnte. Na gut, das konnte der Cadillac auf jeden Fall auch. Oder ob man mit ihm betrunken einen Schleichweg durch den Wald nehmen konnte, damit einen die Polizei nicht drankriegte. Das wollte er mit dem Wagen nicht probieren. Er war nur der Chauffeur.

Der Mann saß im Fond und richtete die Krawatte. Im Rückspiegel beobachtete ihn der Chauffeur immer wieder einmal. Scharf gezogener Scheitel im dunkelbraunen Haar. Der Schnurrbart wie vom Barbier geschnitten. Die viereckige Brille. Mit dem Zeigefinger korrigierte er ihren Sitz und beugte sich dann nach vorn.

«Das muss bei Schankweiler sein», sagte der Mann leise.

«Gewiss», gab der Chauffeur zurück. «Ich weiß, wie wir dort hinkommen.»

Es war wie gestern auch. Und vorgestern. Beim Einstieg im Hotel in Luxemburg reichte ihm der Mann eine Adresse auf einem handgeschriebenen Zettel oder er nannte ihm einen Ort. Er suchte sie dann auf der Michelin-Karte heraus.

Nun hatte er die Landstraße erreicht, die er aber gleich schon wieder verlassen musste. Dort war der Abzweig. Blinker setzen. Langsam das Tempo drosseln. Abbiegen. Vorsichtig beschleunigen.

«Repräsentieren Sie auf der Straße die Würde, die der Wagen vermittelt», hatte der Mann beim ersten Treffen gesagt. Als Antwort hatte er genickt, ohne wirklich zu verstehen, was gemeint war. «Sehen Sie», hatte der Mann gesagt, «dieses Auto werden sich die Leute merken. Geben Sie ihnen die Gelegenheit, es zu betrachten.»

Hier musste er erneut die Straße wechseln. Blinker setzen. Tempo drosseln. Abbiegen. Wieder beschleunigen. Sie waren gleich am Ziel.

Da stand jemand an der Straße und winkte. Ein alter Mann in Blaumann und Gummistiefeln zeigte auf einen Bauernhof, der fünfzig Meter von der Straße entfernt stand. Darüber wunderte er sich. Gestern war es genauso gewesen. Da hatte das Ehepaar in Hüttingen vor dem Haus gewartet. Und vorgestern, als er den Mann zum ersten Mal gefahren hatte, war er von einem Bauern empfangen worden, der sogar im Anzug steckte. Grau, leicht verschlissen, aber das Beste, was er im Schrank hatte. So viel hatte er schon von weitem erkennen können.

Er bremste vor dem Haus. Dann ließ er fünf Sekunden verstreichen, so wie von dem Mann gefordert. Er stieg langsam aus, rückte im Gehen die Kappe auf dem Kopf zurecht und bewegte sich vorn um den Cadillac herum. Dann öffnete er die Tür zum Fond und verbeugte sich leicht.

Der Mann selbst ließ sich Zeit, bevor er ausstieg. Während er sich aufrichtete, setzte er das Lächeln auf, das er im Wagen nicht zeigte. Dann ging er auf den Bauern zu, der mit weit aufgerissenen Augen auf ihn wartete. «Herr Petrus», sagte er laut. «Ich freue mich, Sie endlich kennenlernen zu dürfen.»

[7]

Den Schmerz würde sie ertragen. Wie immer. Wenn sie in irgendetwas Erfahrung hatte, dann darin.

Gaby Teichert verließ ihr Haus und blickte sich um. Da war niemand aus dem Dorf, der sie beobachtete. Alle waren beschäftigt. Beschäftigt mit irgendwas. Alle waren sowieso immer beschäftigt.

Sie auch.

Freude war, was sie gerade empfand. Freude auf den Schmerz. Diesen anderen Schmerz.

Aus der Küche von den Feckers trieb der Duft von bratendem Fleisch. Sie beschleunigte den Schritt und hatte bald die Stelle erreicht, wo sie zwischen den Bäumen verschwinden konnte. Die Füße ließen sie fast laufen, bis sie am Ufer des Baches angekommen war. Dort blieb sie stehen.

Manchmal konnte sie sich einfach nicht mehr erinnern, wann das angefangen hatte. Sie ging leicht in die Knie und sprang ab.

Mit ausgebreiteten Armen landete sie im Bach. Obwohl sie den Kopf zur Seite drehte und so weit wie möglich nach hinten reckte, schlug sie mit dem Kinn auf einem Stein auf.

Tat das weh.

Tagelang würde man das sehen können.

Der linke Oberschenkel würde blau werden. Und das rechte Schienbein sicher auch, aber nicht ganz so schlimm.

Dafür, dass der Bach so wenig Wasser führte, war es aber glimpflich ausgegangen. Sie lag noch im Wasser und versuchte einzuschätzen, ob sie am Kinn eine Wunde haben würde. Vielleicht einen kleinen Riss. Blutete das?

Einen Moment noch blieb sie so liegen und ließ das kalte Wasser um sich herumfließen. Dann stellte sie die Hände neben dem Oberkörper auf und erhob sich. Mit dem Oberkörper schon oberhalb des kargen Baches sah sie sich um. Niemand stand da. Keine Kinder, die sich über sie lustig machten. Und auch nicht deren verdammte Eltern.

Sowieso war es egal. Man tat, was man tun musste. Sie sprang halt in den Bach.

Und gleich, welche Wörter sie dafür hatten … Sie würde es wieder tun. Morgen. Oder am Tag danach.

Das Kinn hatte wirklich etwas abbekommen. Sie tastete vorsichtig das Gesicht ab, noch im Bachbett stehend. Gleich im Spiegel würde sie es genau sehen können. Sie würde es sehen und sie würde den Schmerz spüren.

[8]

Zum Mittagessen ist Ulrike bei uns, nachdem wir den Vormittag auf dem Hochsitz verbracht haben. Wir räumen gemeinsam den Tisch ab und fahren dann mit den Rädern nach Körperich. Das darf ich erst, seit ich zehn bin, also seit etwas mehr als einem Jahr. Denn auf der Landstraße ist meistens viel Verkehr, und Mama guckt immer streng, wenn wir darüber reden. Ich glaube, sie hat einfach Angst, dass wir nicht aufpassen. Dabei fahren wir immer genau auf dem weißen Randstreifen, wir haben ja selbst große Angst vor den Autos. Ich bin meistens vorn.

In Körperich gibt es alles. Geschäfte, die Post, eine Bank und die Kneipe, in der Papa immer Skat spielt. Sogar eine Polizeiwache ist da. Ein Revier wie die Polizisten im Fernsehen hat Herr Reiter allerdings nicht. An dem Haus, in dem er lebt, hängt ein Polizeischild, aber die Leute, die da klingeln, wollen meistens einfach nur reden, sagt Papa immer. «Hier passiert doch nix», sagt Papa auch.

Außer Verkehrsunfällen. Dann hat Herr Reiter natürlich zu tun. Und manchmal hat er sogar ganz schön viel zu tun. Die Leute machen dann oft einen Witz, der mit Herrn Reiters Nachnamen zu tun hat. Wahrscheinlich muss er das Pferd noch satteln, sagen sie dann, wenn es wieder so lange dauert, bis er am Unfallort auftaucht.

Heute wäre es schön, wenn Herr Reiter irgendwo zu einem Verkehrsunfall müsste. Kein richtig schlimmer, niemand will ja, dass Leuten etwas Fürchterliches passiert. Also dass einem ein Bein abgerissen wird wie dem Onkel von Detlef aus der Parallelklasse, der mit seinem Moped unter einen Trecker gekommen ist, total betrunken. Aber wenn irgendwo zwei Autos einfach nur zusammenstoßen würden, das würde schon helfen bei dem, was wir vorhaben. Herr Reiter soll uns auf gar keinen Fall dabei sehen.

Die Post ist unser Ziel. Ich bin nämlich ganz sicher, dass es da hängt. Wir stellen die Räder um die Ecke ab, damit wir nicht mit ihnen in Verbindung gebracht werden können. Das nur für alle Fälle, wenn irgendetwas schiefgehen sollte und wir zum Beispiel weglaufen müssen.

Ich weiß nicht, wie es Ulrike geht. Aber ich habe totales Herzklopfen. Das hier ist etwas anderes als bei Trine im Laden oder die Sache mit den Fußballbildern zu Hause.

Als wir an der Tür zur Post ankommen, bin ich überrascht, dass die ganze Glasscheibe in der Mitte der Tür mit dem Plakat ausgefüllt ist. So habe ich es nicht in Erinnerung. Gerade geht die Tür auf, und jemand kommt heraus. Ich kenne die Frau irgendwoher und sie mich auch, denn sie lächelt mich an. Wenn sie mich erkannt hat, dann müssen wir natürlich umso mehr aufpassen ab jetzt. Noch bevor die Tür wieder zugeht, können wir erkennen, dass das Plakat auch von innen zu sehen ist. Da haben sie wahrscheinlich zwei aneinandergeklebt, weil es ihnen wichtig ist, dass man es von beiden Seiten sehen kann.

Ulrike sagt keinen Ton, aber ihr Blick geht von der Tür zu mir. Ich schüttele den Kopf. «Da ist es zu gefährlich», sage ich. Die Tür geht schon wieder auf. Ein alter Mann kommt aus der Post heraus, den ich auch irgendwoher kenne. Das ist kein Wunder. Hier in der Gegend kennen sich ja alle. Der alte Mann guckt uns aber nicht an. Vielleicht ist das unser Vorteil. Viele Leute beachten uns einfach nicht, weil wir Kinder sind.

Noch bevor die Tür richtig zugefallen ist, entdecke ich es. Im Vorraum hängt noch eines von den Plakaten an der Wand. Ich stupse Ulrike an der Schulter an, und wir gehen hinter einer Frau rein, deren Gesicht ich nicht beachtet habe. Hoffentlich ist das kein Fehler.

Durch das Glas der zweiten Tür kann man sehen, dass in der Post selbst nicht viel los ist. Drei Frauen stehen in der Mitte des Raums und unterhalten sich. Und eine Frau und ein Mann warten am Schalter.

Ich habe Ulrike an die Vordertür geschickt und versuche, den Geschäftsraum im Auge zu behalten. Dann stelle ich mich unter das Plakat und gucke mich noch einmal um. Ich habe die Finger schon an dem Plakat. Weil sich Ulrike nicht rührt, ziehe ich es einfach herunter. Es kommt mit den Tesastreifen von der Wand.

Als ich das Plakat in den Händen halte, bin ich auf einmal ganz ruhig. Ich rolle es sorgfältig zusammen, als würde ich das jeden Tag machen. Dann gehen wir raus und um die Ecke zu den Rädern und fahren wieder zurück. Daran, dass wir besser etwas zum Tragen mitgebracht hätten, haben wir nicht gedacht. Deshalb ist es auf dem Rückweg besonders gefährlich. Mit nur einer Hand am Lenker ist es schwerer, auf dem weißen Streifen an der Straße zu bleiben. Ulrike fährt dieses Mal ausnahmsweise vor.

[9]

Der hatte wirklich gar keine Chance gehabt. Auf gar keinen Fall, nachdem er von der Straße abgekommen war.

Polizeiobermeister Reiter stand am Abgrund und blickte hinunter. So viele richtig steile Abhänge gab es nicht in der Gegend. Und gerade hier runterzufallen. Was für ein Pech. Der war auch nicht von hier. Sonst hätte von der Stelle hier gewusst. Die enge Kurve. Selbst die jungen Leute fuhren hier vorsichtig.

Der Wagen ein Escort, 77er-Modell, recht neu also. Das Kennzeichen aus Koblenz. Mittlerweile war das Dach so weit abgeflext, dass die Sanitäter den Toten rausholen konnten. Dass er tot war, hatte er sich schon bestätigen lassen.

Im Grunde hätte er das selbst überprüfen müssen. Aber wie hätte er da runterkommen sollen? Dafür war er nicht mehr beweglich genug. Er hätte sich natürlich von Baum zu Baum hangeln können, gewiss. Was für ein Pech der Fahrer aber auch gehabt hatte, dass er nicht von einem der stärkeren Bäume aufgehalten worden war. Man konnte die Schneise, die der Wagen geschlagen hatte, zwischen den dünnen Stämmen sehen.

Jetzt kam das Zeichen noch einmal. Der Sanitäter legte beide Hände flach übereinander und strich sie dann zur Seite. Garantiert tot.

Mit der Information konnte er sich verdrücken. Den Rest würden die Profis machen. Bestatter und Abschleppunternehmen.

Das Funkgerät.

«Was?», fragte er. «Was haben die gestohlen? Das Fahndungsplakat?»

«Unglaublich», sagte er noch. «Und wer?»

[10]

«Eigentlich könnten wir einfach da rüber. Die Straße ist leer, und ... durch den Fluss sind das keine dreißig Meter.»

«Komm. Komm zurück. Hinter dem Baum hier kann uns keiner sehen.»

«Hier ist doch niemand. Wer soll uns sehen?»

«Komm einfach.»

«Ja, ja. Aber sieh dich um. Da runter, und da auch. Jetzt über die Straße, und der Fluss ist nicht tief und nicht schnell.»

«Dann sind wir ohne Wagen.»

«Nicht das Problem. Wir haben das Geld dabei. Und wir haben die Eisen.»

«Die anderen Sachen sind noch im Haus.»

«Na und? Wir sind hier, um über die Grenze zu kommen. Um nichts anderes geht es.»

«Sie werden sie finden.»

«Wer soll sie finden?»

«Die Bullen.»

«Wenn die Bullen nicht wissen, dass wir hier waren, werden sie das Haus nicht durchsuchen. Niemand weiß von Klaus' Haus. Und Klaus wird sich um die Sachen kümmern.»

«Da.»

«Was?»

«Da. Eine Uniform?»

«Wo?»

«Da hinten. Der große Busch hinter dem Fluss. Rechts davon. Die drei Bäume. Dann der Fels. Und da.»

«Scheiße.»

«Ein Grenzer.»

«Und wo einer ist ...»

«... könnte noch einer sein.»

«Muss nicht.»

«Muss nicht. Siehst du einen Hund?»

[11]

Der Himmel ist grau, ganz leise ist Donner zu hören, aber es regnet nicht. Wir stehen auf dem Hochsitz und gucken auf das Dorf. Jedenfalls tun wir so.

Ulrike sagt kein Wort, ich auch nicht.

Ich schiele rüber zu ihr, ohne den Kopf zur Seite zu bewegen, und ich glaube, dass sie das genauso macht. Es ist ein bisschen wie bei so einem Pistolenduell bei einem Western im Fernsehen. Keiner rührt sich. Aber wenn sich einer von uns ...

Ulrike bewegt einen Arm ganz langsam. Es ist der, den ich nicht so gut sehen kann. Ich weiß, dass ich gewonnen habe.

Jetzt zieht sie das Bild aus der Jackentasche und hält es mir hin. «Ein Schwede», ruft sie ziemlich laut.

Ich bin dran. Den Schweden habe ich gesehen, aber mehr als einen kurzen Blick habe ich nicht auf das Bild geworfen. Den Namen habe ich sowieso noch nie gehört. Ich warte eine Sekunde und dann noch eine und lasse Ulrike zappeln. Und dann greife ich in meine Hosentasche und zeige ihr meinen Fang.

«Ein Brasilianer.» Nelinho steht drauf. Nur der eine Name. Nicht wie sonst Vor- und Nachname.

Ulrike guckt ganz genau auf mein Bild. Nickt dann. Guckt danach mich an. Da ist Freude, die ich in ihren Augen sehe. Aber auch nicht so viel. Wir wissen beide, dass wir unser Album nie vollkriegen werden. Also gucken wir wieder auf das Dorf.

Dabei sehen wir meine Brüder. Rudi und Michi verschwinden gerade auf der anderen Seite der Straße im Wald. Das ist ganz schön weit weg, und sie sind schon nicht mehr zu sehen, als Ulrike und ich uns zuerst ansehen und dann vom Hochsitz klettern, auf unsere Räder steigen und dahin flitzen, wo die beiden eben noch zu sehen gewesen sind.

Die Räder verstecken wir gar nicht erst, sondern lassen sie einfach da liegen, wo meine Brüder eben verschwunden sind. Wir sind leise und achten darauf, dass wir nicht auf trockene Zweige treten. Aber Rudi und Michi sind nicht mehr zu sehen.

Es ist fast dunkel hier im Wald. Die Sonne hat sich hinter Wolken versteckt, und die Bäume tragen viele Blätter.

«Wo sind die?», fragt Ulrike viel zu laut.

Ich lege einen Finger auf die Lippen und zeige mit dem anderen auf ein Ohr.

Also stehen wir da unter den großen Bäumen und versuchen, die beiden zu hören. Und wir hören eine ganze Menge Sachen.

Außerhalb vom Wald erst einmal einen Starfighter, dann ein Auto auf der Straße, dann einen bellenden Hund und irgendwo einen Trecker, einen alten Trecker, so wie wir einen haben. Sowieso ist immer irgendwo ein Trecker zu hören.

Im Wald sind auch Sachen zu hören. Komischerweise sind die aber gar nicht so einfach zu erkennen wie die Geräusche, die von außen hereinkommen. Vor allem um uns herum ist es total leise. Dann knackt irgendwo etwas, das ist eher vor uns, und von hinter uns gibt es ein Fauchen zu hören, so als wenn der Wind durch einen Busch rauscht. Als ich mich umdrehe, ist da aber gar nix.

Ulrike atmet schneller als sonst. Ich weiß, dass sie Angst hat. Ich eigentlich auch. Ein bisschen. Weniger wegen dem Wald, und auch nicht wegen Rudi und Michi, sondern weil die Eltern immer so wahnsinnig besorgt gucken, wenn sie über die Sachen reden, die die beiden suchen. Sie tun dann immer so, als würden wir alle bald sterben.

Aber ich weiß, dass sich unsere Eltern wirklich große Sorgen machen wegen der Sachen von Rudi und Michi. Das Wort habe ich mir gemerkt, Devotionalien. Das ist es, was sie manchmal an Herrn Hoppe verkaufen, der sie dann selbst weiterverkauft. Herr Hoppe wohnt zwischen unserem Dorf und Hüttingen in einem kleinen Holzhaus.

Wir gehen weiter in den Wald hinein. Ein Wind kommt auf. Und für einen Moment klingt es so, als würde es regnen. Aber es sind nur die Blätter, die der Wind bewegt. Wenn sich alle Blätter auf einmal bewegen, dann klingt das ganz ähnlich.

Jedenfalls sind wir mitten im Wald und mitten in dem Rauschen, als wir das Loch im Boden sehen.

Wir gehen langsam darauf zu. Ulrike nimmt meine Hand.

Und so viel sehen wir gar nicht, als wir da reingucken. Aber die Plastiktüte ist offen, und ganz oben drauf liegt ein kleines Hakenkreuz aus Metall. Ein kleines Band hängt noch dran.

Dann sehe ich erst einmal nichts mehr. Als ich nämlich auf den Boden geworfen werde, brauche ich eine Sekunde oder noch etwas mehr, um zu kapieren, dass Rudi auf mir liegt. Er schlägt auf meinen Kopf ein, mehr mit der flachen Hand als mit der Faust. Und er ist richtig stark. Er ist ja auch mein großer Bruder.

«Lass das», schreit Ulrike zur gleichen Zeit. «Nicht da. Nimm die Finger weg.» Ich kann nichts sehen, wegen Rudi. Immerhin hat er aufgehört zu schlagen. Aber Ulrike macht mir Sorgen, denn sie ist nur ganz selten so laut.

Dann höre ich Michi pusten. Und Rudi klettert von mir runter.

Ulrike sieht Michi total wütend an. Und der hält sich die Gegend zwischen den Beinen, sagt aber nichts.

Rudi steht schon über dem Loch im Boden, beugt sich hinab und verschließt die Tüte mit dem Hakenkreuz. Dann dreht er sich um und schaut tief in den Wald hinein.

«Jetzt brauchen wir ein neues Versteck», sagt er.

[12]

Der Chauffeur beobachtete, wie sie seinen Mann zu zweit verabschiedeten. Der Bauer und seine Gattin. Die Frau, im Kostüm, und das am Werktag, bekam den Mund nicht zu, als der Bauer die Hand ausstreckte. Er wüsste doch zu gern, was die dadrinnen besprochen hatten.

Der Mann, der gleich wieder im Fond des Cadillac sitzen sollte, ergriff die angebotene Hand mit einer kurzen Verzögerung. Das war nur ein Moment, aber das Zögern war deutlich zu sehen. Der Bauer aber merkte das gar nicht, so beschäftigt war der mit dem, was eben geschehen war.

Dann folgte, was auch an den beiden Vortagen schon passiert

war. Er hielt die Tür auf, Mütze ab, der Mann mit der großen Brille kam und blieb wieder ein paar Sekunden stehen, bevor er sich betont langsam in den Wagen setzte.

Die Eheleute glotzten dem Wagen dann hinterher. Im Rückspiegel konnte er sie sehen. Der Mann schüttelte den Kopf. Und er tat das nicht vor Empörung.

Was hatte sein Fahrgast mit denen besprochen? Ihre Augen trafen sich kurz im Rückspiegel. Er nahm den Weg, den sie eben gekommen waren. «Aber nur bis zur Landstraße», hatte der Mann am Morgen gesagt. «Dann fahren Sie noch eine Stunde durch die Dörfer. Wir wollen bemerkt werden.»

Wenn er nur den Akzent zuordnen könnte. Der Mann sprach perfektes Deutsch, schon, wahrscheinlich ein besseres als er selbst. Auf jeden Fall kannte er mehr Wörter.

Wie nannte man das? Aktiver Wortschatz.

Aber der Klang. Wahrscheinlich Amerikanisch. Sie waren an der Grenze bislang durchgewinkt worden. Deshalb hatte er den Pass nicht gesehen, mit dem sein Auftraggeber reiste. Das würde schon noch geschehen, dachte er. Er war ja für drei Wochen gebucht. Irgendwann würden sie angehalten werden an einem der Grenzübergänge.

Das war vielleicht sein ungewöhnlichster Auftrag. Er hatte schon viele Leute gefahren, Peter Alexander bislang sogar vier Mal. Und eigentlich war der Mann auch nicht sein Auftraggeber. Das war sein Chef, der die Autos besaß, und die Firma, Luxury Cars in Frankfurt. Der besaß nicht einmal einen Cadillac Seville, den Wagen hatte er sich selbst irgendwo besorgt. Der hatte genug Schlitten, um Flagge zu zeigen, klar. Sogar einen Cadillac, aber den Fleetwood Eldorado, der länger war, nur zwei Türen hatte und eher von Männern aus dem Gewerbe angefordert wurde. Und natürlich Mercedes in jeder Tonlage. Bis hin zum Pullman, wenn es etwas ganz Besonderes sein musste. Darin hatte er einmal Cliff Richard gefahren. Nur vom Flughafen bis zu seinem Hotel in Frankfurt.

«Mach einfach, was er will.» Der Chef hatte gegrinst, als er das gesagt hatte. Und er grinste nur so, wenn es um richtig viel Geld ging. Sogar im selben feinen Hotel in Luxemburg war er untergebracht. Nicht in der Suite natürlich, wie der Mann mit dem schwarzen Anzug. Dessen Namen er nicht einmal kannte. Aber in einem tollen Zimmer mit allem Pipapo, sogar einen Fernseher gab es.

«Sie können ruhig an der nächsten Ecke stehen bleiben», kam es gerade aus dem Fond. Niedersgegen stand auf dem Ortseingangsschild. «Einfach da an der Abzweigung», sagte er. «Zehn Minuten, und dann fahren Sie weiter.»

Er nahm das Tempo heraus, fuhr vorsichtig über die weiße Linie und stoppte mit zwei Reifen auf dem schmalen Grünstreifen. Dann blickte er sich vorsichtig um. Das war ein ganz normales Dorf, wie alle anderen ebenfalls. Wirklich schlau wurde er nicht aus dem Mann.

DIE TAGE VOR OSTERN

[1]

Beim Hofkehren sehe ich mich immer wieder nach Ulrike um, die mich morgens abholt. In den Ferien muss sie oft auf mich warten, weil ich meine Pflichten erledigen muss. So nennt Mama das.

«Wenn du deine Pflichten erledigt hast», sagt sie immer, «kannst du tun, was du willst.»

So ein Quatsch, den Mama da redet. Als ob man tun kann, was man will.

Aber jetzt sind Osterferien, und da ist etwas mehr möglich als sonst. Weil keine Schule ist zum Beispiel.

Wir müssen bald unser Album basteln für die Fußballbilder, das ist auf jeden Fall ganz wichtig. Das Album muss selbstgebastelt sein, damit niemand auf die Idee kommt, nachzuschauen, was es tatsächlich ist. Wenn wir mit einem echten Album ankämen, dann wüssten alle, wo die Bilder geblieben sind, die die Brüder vermissen.

Ganz sicher brauchen wir auch noch mehr Bilder. Aber viel mehr als ab und zu eines bei den Brüdern mopsen und bei Trine die Hanutas ist nicht drin. Wir bekommen einfach zu wenig Taschengeld. Die Brüder kriegen sogar extra wegen der Fußball-WM noch etwas hinzu. Und ich nicht. Weil ich ein Mädchen bin.

Und dann müssen wir uns unbedingt den Langhaarigen angucken. So einen haben wir bislang nur im Fernsehen zu sehen gekriegt.

Was das Taschengeld angeht, da gibt es natürlich noch den

Wochenspiegel. Das ist nicht ganz dasselbe. Rudi und Michi, die ihn sonst austragen, haben in den Osterferien mehr Arbeit auf dem Hof. Da sollen Ulrike und ich den *Wochenspiegel* im Dorf verteilen, so eine langweilige Zeitung, die vor jedem Haus abgelegt werden muss. Das Geld gibt es leider erst am Ende des Monats. Trotzdem, wenn ich es genau betrachte, ist das vielleicht die allergroßartigste Sache überhaupt. Dass sie uns das Austragen übergeben haben und nicht Chrissi. «Du musst auch mehr auf dem Hof machen», hat Mama zu ihm gesagt. Aber ich weiß natürlich, warum Chrissi den *Wochenspiegel* nicht gekriegt hat. Schließlich ist er fast ein Jahr älter als ich. Deshalb wäre er einfach dran gewesen. Aber Mama hat Papa gegenüber schon ein paar Mal gemeint, dass man sich auf den Jungen nicht verlassen kann.

Das habe ich gehört, obwohl sie genau das, glaube ich, vermeiden wollten.

Trotzdem. Die Pflichten haben alle zu erledigen. Vor allem in den Ferien. Ich muss den Hof kehren zwischen dem Wohnhaus und den Ställen, und ich soll mich außerdem um die Schweine kümmern, sie füttern und manchmal auch den Stall fegen. Außer der Reihe kommen auch Sachen wie Unkraut jäten dazu, oder Gras mähen rund ums Haus, manchmal auch die jungen Kätzchen füttern, die es immer wieder gibt. Früher musste ich mich auch um Fuchsi kümmern, unseren alten Hund, aber der ist vor ein paar Wochen gestorben. Rudi und Michi müssen fast wie die Erwachsenen arbeiten. Dabei dürfen sie jeden Tag mit dem Trecker fahren. Und Chrissi geben die Eltern natürlich immer wieder Aufgaben. Aber er erledigt sie so gut wie alles andere, was er macht. Also geben ihm die Eltern keine Dinge, von denen zum Beispiel das Überleben irgendwelcher Tiere abhängt.

Als ich kehre, kommt Papa vom Einkaufen wieder. Er stellt

den Kombi vor dem Haus ab und überlässt es Mama, alles auszuräumen. Weil ich mit dem Besen in der Hand herumstehe, ruft sie mich zu sich. Manche Fehler macht man eben immer wieder.

Das meiste sind Sachen, die wir nicht selbst anbauen oder herstellen. Wir haben schließlich einen Bauernhof, also brauchen wir kein Fleisch und kein Gemüse. Aber manche Sachen werden eben doch dazugekauft, wie Brot oder Käse. Mama gibt mir aber zuerst die Sahne vom Aldi, die nicht für uns ist. Aber ich darf niemandem, wirklich niemandem davon erzählen, was wir damit machen.

«Die anderen tun das schließlich auch», sagt Papa immer. Trotzdem soll ich darüber nichts erzählen. Nicht einmal Ulrike. Die Sahne muss ich in den Kühlschrank im Vorratsraum stellen und ihn wieder abschließen. Nicht, damit sich niemand davon nimmt. Wir haben außer Käse die meisten Sachen, die man aus Milch machen kann. Aber auch, wenn alle es machen, soll niemand sehen, was wir da lagern. Dabei geht außer uns sowieso niemand in den Vorratsraum.

Als ich fertig damit bin, steht Ulrike schon auf dem Hof. Sie starrt auf den Aufkleber, den Papa vor ein paar Wochen auf der Heckscheibe des Autos angebracht hat. «Ich gehöre nicht zur Baader-Meinhof-Gruppe» steht da schwarz auf weiß. Papa hat beim Frühstück gelacht, als er davon erzählt hat, dass er ihn beim Skatabend geschenkt gekriegt hat. Und Papa lacht eigentlich sonst nicht so viel.

Ich weiß natürlich genau, worum es dabei geht, nicht nur wegen dem Plakat, das wir uns geholt haben. Baader-Meinhof ist der Chef einer Bande, die Banken überfällt. Und die ist ziemlich brutal. Die Eltern finden das nicht gut, wenn im Fernsehen wieder einmal davon zu hören ist. Dabei sagt Mama manchmal, dass die es ja haben, wenn es um die Banken geht. Sie meint, glaube ich, dass die genug Geld haben und anderen ruhig mal was abgeben können. Aber die von der Bande wollen dann doch nicht so lange warten, bis sich die Banken dazu entschlossen haben.

Das ist mehr oder weniger auch meine und Ulrikes Einstellung. Nicht so sehr in Bezug auf Banken, sondern eher auf die Sachen in Trines Laden. Die hat genug von all den süßen Sachen. Also kann sie auch mal was abgeben von denen. Und wir sind nicht einmal bewaffnet wie die Leute von diesem Baader-Meinhof.

Ich muss noch zu den Schweinen. Je schneller ich das hinter mir habe, desto eher können wir los. Diesen langhaarigen Lehrling will ich mir wirklich ansehen. Ich bin mir sicher, dass Ulrike das auch interessiert.

[2]

Im Stall hätte er das genauso gut machen können, dachte er. Bei den Schweinen. Die hätten gegrunzt wie immer und sich nicht gewundert.

Aber dann wusste man doch nie, ob nicht jemand hereinkam. Einer der Helfer. Ein Nachbarskind. Die Frau. Wirklich unbeobachtet war man nicht einmal im Stall. Wirklich unbeobachtet war man eigentlich nirgendwo.

Er bremste, ohne den Blinker zu setzen, und gab dann ordentlich Gas, als es bergauf ging. Zuletzt stotterte der Motor immer wieder, wenn er richtig zu arbeiten hatte, wie jetzt auch. Der alte Mercedes musste dringend in die Werkstatt.

Ein Opel Ascona mit Bonner Kennzeichen, der hinter ihm auftauchte, hatte diese Probleme nicht. Er kam schnell näher, blinkte vorschriftsmäßig, zog vorbei und ordnete sich wieder vor ihm ein. Auch dabei hatte die Fahrerin den Blinker gesetzt. Das machte hier so keiner. Zwei Frauen zusammen in dem Wagen. Wo mochten die hinwollen?

Lesben bestimmt. Manchmal kamen die aus der Stadt, um hier Urlaub zu machen. Versteckte Häuser gab es genug.

Da war die Abzweigung. Er gab dem stotternden Motor noch einen Tritt mit dem Gaspedal und rollte in den Weg hinein. Als er von beiden Seiten von Bäumen umgeben war, ließ er den Wagen ausrollen. Er holte tief Luft und stieg dann aus dem Auto.

Im Kofferraum musste er die Matte über dem Ersatzreifen anheben, um den kleinen Lederbeutel herauszuholen. Die Pistole war eiskalt, als er sie in die Hand nahm. Er hatte sie vor einigen Wochen dort versteckt, nachdem er sie überprüft und geölt hatte. Nie hätte er gedacht, dass er sie einmal brauchen würde. Nach dem Krieg war sie eben da gewesen und da geblieben, und er hatte sie in einer Scheune versteckt. Aber die Idee, dass er sie benutzen würde, war ihm nicht gekommen. Bis vor ein paar Wochen, als er sich das alles noch einmal ganz gründlich überlegt hatte. Er verdiente von Jahr zu Jahr weniger Geld, obwohl er nicht weniger arbeitete als früher. Oder vielleicht doch. Er hatte die Leidenschaft für den Hof verloren. Und dann war da noch die Sache mit Hannes. Seit der nach Paraguay gegangen war, hatte er kein Interesse mehr an seinem Beruf. Was er auch machte, irgendwann würde der Hof sowieso vor die Hunde gehen.

Er blickte sich um. Aber hier kam kaum einmal jemand her. Morgens und abends manchmal einer der Jäger aus Köln oder aus dem Ruhrgebiet. Geldsäcke, die hier ihre Freizeit verballerten.

Freizeit. Was für eine kranke Sozi-Idee.

Er schloss den Kofferraum und lehnte sich mit dem Hintern an den Wagen. Dann hob er die Waffe mit der rechten Hand an und zielte ins Nichts. «Bumm», sagte er im Geiste.

Zwei Schritte nach vorn. Er stellte sich mit geschlossenen Beinen auf und zielte erneut. Bumm.

Dann mit versetzt voreinander gestellten Füßen. Bumm.

Und schließlich breitbeinig und mit zwei Händen an der Waffe. Bumm.

Wie gern würde er wirklich schießen mit dem Ding. Aber so weit war er auch nicht weg vom Dorf. Und diese ganzen vorwitzigen Kinder sprangen doch ständig hier irgendwo rum.

Was letzte Woche geschehen war, durfte sich nicht wiederholen. Sein erster richtiger Banküberfall. In Trier. Der Kerl hatte sich aber auch benommen wie ein Idiot. Auf einen Bewaffneten zuzustürmen. Wer tat denn so was? Aber zum Glück war nicht so viel geschehen. Ein Schuss in den Oberschenkel. Der Schwachkopf würde das überleben, hatte er in der Zeitung gelesen. Geld hatte es leider keines gegeben für ihn. Nach dem Schuss hatte er gesehen, dass er davonkam.

Die Pistole lag jetzt auf dem Autodach, er öffnete die linke hintere Tür. Mit der rechten Hand griff er unter den Fahrersitz und schüttete die Plastiktüte auf der Rückbank aus. Zuerst nahm er die Teufelsmaske und betrachtete sie. Dann schüttelte er die blonde Langhaarperücke aus.

Er zog sie über den Schädel und legte dann das dünne Gummiband der Maske um den Hinterkopf. Dann justierte er sie auf Nase und Jochbein. Zog ein paar Mal an den Haarspitzen, um alles zum Sitzen zu bringen. Die Pistole wieder in der Hand stellte er sich erneut auf und zielte auf einen Baum. Bumm.

Mit einer Maske wurde man jemand anderes. Er hatte sie schon im letzten Jahr in Mainz gekauft. Und die Perücke dann in Trier, kurz darauf. Da hatte er den Plan noch gar nicht im Kopf gehabt. Na ja, wenn er ehrlich war sich selbst gegenüber, vielleicht doch. Als Hannes gegangen war, hatte er kapiert, dass das Leben so nicht weitergehen konnte. Der Hof würde nicht in der Familie bleiben. Die anderen Kinder lebten ohnehin ihr eigenes Leben. Der älteste Sohn in Mainz und die Tochter in Koblenz.

Er steckte Maske und Perücke wieder in die Plastiktüte, stopfte beides unter den Sitz. Die Maske würde er nun doch nicht mehr einsetzen. Er hatte eine bessere Lösung gefunden. Jedenfalls war das eine, die ihm nach dem Zwischenfall von letzter Woche sicherer schien. Außerdem hatte niemand von den blonden Haaren geredet, als es um den Überfall ging. Alle hatten nur von der Maske geredet. Mal sehen, wie es dieses Mal wirkte.

Aus dem Kofferraum nahm er den Lederbeutel und hielt inne. Die blöde Schumacher fiel ihm ein. Wie arrogant sie war. Wie sie ihm letztes Jahr den Kredit verweigert hatte, mit dem er den Hof vergrößern wollte. Das waren die Wochen, in denen er noch einmal so etwas wie Leidenschaft für den Beruf gespürt hatte. Landwirt zu sein. Das Volk zu ernähren. Er warf den Beutel in den Kofferraum, stellte sich erneut breitbeinig auf, hielt die Pistole mit ausgestreckten Armen vor sich und dachte an die Filialleiterin. Bumm.

Als er den Kofferraumdeckel zugeschlagen hatte, drehte er sich einmal um sich selbst, aber da war niemand, der ihn hätte beobachten können. Doch wenn er sich nicht täuschte, dann sah er durch die Bäume hindurch den Ascona wieder bergab fahren. Die Lesben suchten irgendwas. Sie sollten ihn mal um Rat fragen. Er hätte sicher mehr als nur einen für sie.

[3]

Der Herreshof ist mitten im Dorf, dort wo es anfängt, leicht bergauf zu gehen. Kein weiter Weg. Mehr als die vier Höfe und die anderen Häuser, fünfzehn oder sechzehn oder so, höchstens, gibt es nicht. Ulrike guckt nicht mal zur Seite, als wir ihr Zuhause passieren.

Es ist nicht mehr Morgen und noch nicht Mittag, als wir

dort ankommen. Das Wohnhaus auf dem Hof ist offen wie fast überall im Dorf. Leute gehen ja rein und wieder raus. Aus dem Küchenfenster riecht es nach Fleisch und Gemüse. Irgendwann versammeln sich hier alle zum Mittagessen. Wie auf den anderen Höfen. Frau Herres ist nicht zu sehen. Sie trägt eine hohe Dauerwelle, wie Mama sie früher auch gehabt hat, als ich noch klein war. Und alle im Dorf sagen, dass sie gut kocht. Ich kann das nicht beurteilen, weil ich noch nie hier zum Essen war.

Auch sonst ist niemand da, der uns verscheuchen könnte. Wir Kinder dürfen eigentlich überall im Dorf sein, solange wir niemanden von der Arbeit abhalten. Oder solange wir nichts Gefährliches tun. Wobei das immer so eine Sache ist. Was wirklich gefährlich ist, da gehen die Meinungen ganz schön auseinander. Ob es wirklich gefährlicher ist, auf einen Baum zu klettern oder auf einer Wiese mit den Kühen zu sein, als zum Beispiel Zwiebeln zu schneiden, da bin ich mir nicht ganz sicher. Mama schneidet sich so oft in die Finger mit diesem scharfen Messer. Das ist wirklich gefährlich. Und dass ich mit sieben zum ersten Mal einen Trecker gefahren habe, finden die Eltern meiner Klassenkameraden auch komisch – wenn sie es überhaupt glauben. Für uns ist das ganz normal. Selbst für meine Eltern, die oft so vorsichtig sind.

Auch die Tore zu den Ställen und der Scheune stehen sperrangelweit offen. Vor einem liegt der Schäferhund, dessen Name ich vergessen habe. Er ist der einzige reinrassige Hund im ganzen Dorf.

Wir sind mittlerweile am Ende der Freifläche angekommen. Hier passiert nichts. Gekocht wird eben.

«Hörst du das?», fragt Ulrike.

Der Hund mault kurz. Irgendwo muhen Kühe. Ein Kampfjet nähert sich gerade und überfliegt uns und die Gegend. Aber das alles kann sie nicht meinen.

«Was denn?»

«Na ...» Ulrike zeigt auf das Scheunentor.

Ich schüttele den Kopf, als der neue Trecker vom Meierhof bergauf fährt.

«Aber da ist was», sagt Ulrike.

«Komm», sagt sie ein paar Sekunden später und zieht mich in die Scheune hinein, einen Finger auf den Lippen. Und da höre ich es auch.

Es ist ein Summen. Und es ist das Summen einer Frau. Nicht ganz wie ein Lied, aber es klingt irgendwie gut gelaunt.

Ulrike tippt mir auf die Schulter und legt den Zeigefinger mehrmals auf die Lippen. Dabei habe ich schon verstanden, dass ich leise sein muss. Ich folge ihr zu ein paar gestapelten Heuballen, die schlecht über- und nebeneinander abgeworfen worden sind.

Als Ulrike sich neben einen Ballen kniet und den Kopf vorsichtig in einen Spalt schiebt, weiß ich schon, was wir sehen werden. Wir sind ja nicht mehr so klein. Das Summen ist jetzt ganz deutlich. Es beginnt immer auf einem hohen Ton und endet ein paar Sekunden später deutlich tiefer. Und da ist ein bestimmter Rhythmus in den Klängen. Man kann ihn fast körperlich fühlen.

Ich hocke mich neben Ulrike, die halb in dem Zwischenraum verschwunden ist. Langsam bewegt sie sich zurück und legt schon wieder den Finger auf die Lippen. Ich habe es doch kapiert.

Als ich so tief in dem Spalt bin, dass ich was sehen kann, hat das Summen aufgehört. Die Frau hat lange blonde Haare und blickt nach unten. Sie lächelt ein paar Sekunden lang auf eine Art, wie ich noch niemanden habe lächeln sehen. Es kommt von irgendwo ganz tief aus ihr heraus. Dann fängt sie an, sich zu bewegen. Und auch wieder zu summen. Obenrum trägt die Frau ein T-Shirt mit einem großen gelben Smiley. Untenrum trägt sie nichts. Ich kann einen behaarten Bauch sehen und ein Bein, auf dem auch total viele Haare sind. Zwei Arme, auch die mit Haaren, kommen nach vorn. Die Hände schieben sich unter den Smiley.

Das Klopfen von Ulrike wird stärker. Irgendwie habe ich es ignoriert. Sie hat mir schon eine ganze Weile mit einen Finger auf den Rücken gepocht. Klar, sie will auch wieder gucken. Denn es fängt an, interessant zu werden. Die Frau bewegt sich nämlich schneller und schneller.

Ulrikes Pochen wird auch schneller. Und heftiger.

Also komme ich vorsichtig nach hinten und überlasse ihr den Platz wieder. Ich schleiche um die Heuballen herum, ganz leise, Schritt für Schritt und nur noch auf den Zehenspitzen.

Zuerst sehe ich noch einmal lange blonde Haare. Die gehören zu dem Mann. Das muss der Lehrling sein, über den immer alle reden. Er atmet jetzt, als würde er laufen, dabei liegt er einfach nur da. Wo die Frau auf ihm sitzt, bewegt er sich aber ein wenig.

Es ist wirklich interessant. So habe ich das noch nie gesehen.

Die Eltern machen das anders. Zwei Mal schon habe ich sie dabei beobachtet.

Dabei ...

Wie sagt man dazu? Egal. Ich kenne eine ganze Menge Wörter, die Leute dafür haben. Aber die passen irgendwie nicht auf das, was die beiden Blonden mit den langen Haaren hier machen.

Dabei jedenfalls. Einmal war das nachts, als ich aufs Klo musste. Ich habe sie gehört und durch das Schlüsselloch geguckt. Und ein anderes Mal auf einer Wiese. Schon eine ganze Zeit her, ich war noch klein. Sie haben gedacht, sie wären allein, aber ich habe es gesehen. Und genau wie später, das mit dem Schlüsselloch, hat Mama auf dem Rücken gelegen und nicht so viel getan. Papa über ihr aber schon. Das hat beide Male nicht schön ausgesehen, was die Eltern da gemacht haben. Wirklich nicht.

Irgendwann muss ich einmal darüber nachdenken.

Als wir wieder auf der Straße sind, wartet Chrissi auf uns. Ich weiß nicht, was er gesehen hat, aber er steht da und hat so ein komisches Grinsen auf den Lippen. Wir versuchen, ihn zu ignorieren. Aber er stellte sich hinter Ulrike und bewegt seine Hüften vor und zurück.

Als Ulrike ihn wegstößt, kommt er zu mir. Er legt seine Arme um mich und macht das auch bei mir. Ich kratze ihn, bis er damit aufhört, und dann schlage ich ihm ins Gesicht.

[4]

Diese Blicke.
Immer diese Blicke.

Nie war man allein hier. Ein offenes Fenster. Eine angelehnte Tür. Sicher stand jemand dahinter und guckte. Alle guckten sie.

Nur jetzt, lange bevor das erste Licht zu sehen war, konnte man ungestört durch das Dorf kommen. Vielleicht.

Gaby Teichert blieb vor dem Haus mit dem kleinen Laden stehen. Da war ein Licht irgendwo.

Jemand hatte es angelassen.

Oder jemand war wach.

Sie drehte sich einmal um sich selbst.

Es war komplett egal. Da war eben ein Licht im Haus. Nicht mehr, nicht weniger.

Sie ging weiter. Aus dem Kuhstall der Herres war ein unruhiges Scharren zu hören. Alle sollten doch schlafen, dachte sie. Mensch und Tier.

Nur sie war wach. Aber sie war ja fast immer wach. Sie drehte sich um und ging in die andere Richtung. Zur Landstraße.

Da war der Hof der Kleins. Wie immer blieb sie hier stehen. Sie ging nicht so oft bis zur Straße.

Einmal, das war schon lange her, da war Bauer Klein nachts heimgekommen. Ganz schnell hatte sie sich hinter dem Busch dort versteckt. Und dann hatte sie gesehen, wie Klein den Wagen abgestellt hatte und dann auf das Wohnhaus zugetorkelt war. Der hatte vielleicht getankt gehabt.

Alle tranken.

Nur sie nicht. Nicht mehr.

An Jochen musste sie kurz denken. Es passierte nicht oft, dass sie ohne Gedanken an ihn war.

Ihr Jochen.

Einmal hatte Bauer Klein sie nachts noch vor dem Hof stehen sehen und ihr Prügel angedroht. Da war sie weggelaufen.

Vom Boden her spürte sie eine unwirkliche Kälte heraufziehen. Sie blickte an sich herab und bemerkte die nackten Füße. Kurz gesellte sich der Schreck zur Kälte. Sie war im Nachthemd unterwegs. Der hellblaue Stoff floss ihr um die Beine.

Kalt war ihr auf einmal. Ernsthaft kalt. Eiskalt. Die Finger an der linken Hand begannen zu zittern.

Was machte sie hier draußen?

Kurz besann sie sich und rannte dann bergauf nach Hause. Ganz schnell. Hoffentlich hatte sie dieses Mal wirklich niemand gesehen.

[5]

Der Chauffeur wartete vor dem Hotel in Luxemburg. Eigentlich sollte der Mann gleich erscheinen. Bisher war er auch immer auf die Minute pünktlich gewesen.

Die Anweisungen erhielt der Chauffeur stets am Vorabend. Warten Sie dann und dann auf mich. Also stand er da und war bereit zur Abfahrt.

Im Frühstücksraum begegneten sie sich nicht. Sein Mann frühstückte entweder nicht, oder er ließ sich das Essen aufs Zimmer bringen. Er war weder unfreundlich noch abweisend, aber dem Chauffeur war klar, dass er nicht mehr erzählen wollte als nötig.

Sein Chef hatte ihn zu sich gerufen. Er hatte auf den Schreibtisch vor sich geblickt. «Das müssen wir so spielen, wie es der Kunde will», hatte er gesagt. «Auch wenn sich das komisch anhört.»

Dann hatte er gefragt: «Bist du schon einmal in der Eifel unterwegs gewesen?»

Als er nicht sofort geantwortet hatte, tauchte dieses Grinsen auf den Lippen auf. «Nun mach schon. So schwer wird die Frage ja nicht zu beantworten sein.»

Der Chauffeur hatte mit dem Kopf geschüttelt. Und dann gesagt: «So gut wie nicht.»

«Was heißt das?»

«Ich war einmal in Bitburg. Da habe ich jemanden abgeladen, den ich am Flughafen aufgelesen habe. Bier.»

Flughafen bezog sich immer auf den in Frankfurt. Sie saßen mit ihrer Agentur nicht weit weg.

«Kennst du jemanden in der Eifel?»

Der Chauffeur hatte wieder mit dem Kopf geschüttelt. «Geht es um was Krummes?»

«Der Kunde sagt nein. Also glaube ich ihm.»

Nicht, dass es ein ernsthaftes Problem gewesen wäre, etwas zu erledigen, das nicht vom Gesetz gedeckt wäre. Es war eine Frage des Geldes, natürlich. Sie hatten einmal eine Leiche in einem Kofferraum von Frankreich nach Deutschland gebracht. Er war der Chauffeur gewesen, und sein Chef hatte den Industriellen gespielt. Oder was auch immer. Auf jeden Fall einen reichen Kerl, der es gewohnt war, durch die Gegend gefahren zu werden.

Er hatte sich dafür sogar einen dünnen Schnurrbart wachsen lassen. Sie waren in ihrem Mercedes 600 einfach durchgewinkt worden.

«Warum also ...», hatte der Chauffeur eine Frage begonnen.

«Ich weiß es nicht, und ich will es auch nicht wissen. Das reicht ihm. Du hast in der Eifel nichts oder nicht viel zu tun gehabt. Du hast keine Familie dort. Und er hat einen ordentlichen Betrag auf den Tisch gelegt.»

Also hatte er den Auftrag gekriegt. Ein guter Auftrag. Es ging spät am Morgen los, und sie hatten nur eine Fahrt pro Tag. Normalerweise war das ein Bauernhof nahe der Grenze. Nach dem Besuch dort, der nie allzu lange dauerte, ließ sein Fahrgast ihn noch ein bisschen durch die Gegend fahren. Dann ging es wieder zurück. Den größten Teil des Nachmittags und Abends hatte der Chauffeur frei. Nicht, dass man in der Stadt Luxemburg viel hätte tun können. Aber er hatte eine portugiesische Kneipe gefunden, wo sie ihn ordentlich bedienten. Und in einem Puff war er auch schon gewesen.

Wo der Mann nur blieb?

Zwei Mal hatte er den Mann am Autotelefon reden gehört. Dabei war er ganz schön einsilbig gewesen. Viel mehr als ein Ja oder Nein hatte er nicht gesagt. Er hatte sich nicht einmal vorgestellt bei den Leuten, die er angerufen hatte. Also hatten die den Anruf erwartet.

Da kam er aus der Tür des Hotels heraus. Er nickte dem Portier nicht einmal zu.

«Entschuldigen Sie bitte, dass ich Sie warten lasse», sagte er, als der Chauffeur die Tür aufhielt. Und im Wagen dann: «Wir fahren doch nicht nach Schankweiler, sondern nach Mettendorf. Fahren Sie wie vorgesehen über Echternach, und dann orientieren Sie sich an der Landkarte.»

[6]

«Ein Pole ist weg», sagt Rudi.

«Ein Pole.» Chrissi kichert. Unter seinem Auge ist ein blauer Fleck. Mama hat gefragt, wie er sich den geholt hat, aber keine Antwort gekriegt. Chrissi würde nie sagen, dass er den von mir hat. Und ich habe auch meine Gründe, die Klappe zu halten.

«Pass eben auf deine Sachen auf.» Mama trägt die Mittagssuppe auf den Tisch. «Wo bleibt denn ...»

Papa kommt gerade zur Tür herein.

«Welcher Pole denn?», fragt Michi.

«Hab ich vergessen.» Rudi stiert auf die Suppe.

Ich bin mir sicher, dass er den Namen nicht vergessen hat. Er vergisst nie etwas, das mit Fußball zu tun hat. Eher kann er den Namen nicht aussprechen. Oder er traut sich nicht. Wenn er es falsch macht, kann es sein, dass Michi es besser weiß. Und macht er es richtig, würden alle denken, dass er geübt hat, ihn richtig aufzusagen.

Papa steht an seinem Platz, ohne sich hinzusetzen. Er hat etwas zu sagen. Manchmal macht er so etwas sehr dramatisch. Als Mama sich hingesetzt hat, schaut er kurz in die Runde. Sein Blick bleibt kurz auf mir, dann auf Ulrike. Ich frage mich, ob wir etwas ausgefressen haben. Aber eigentlich ist da nichts gewesen, was wir sonst nicht auch tun.

«Da war wieder ein Banküberfall», sagt Papa dann. Er hat sich immer noch nicht hingesetzt. «In Körperich.»

Alle reden auf einmal.

«Körperich.» Mama.

«Wo denn?» Michi.

«Wann?» Rudi.

«Banküberfall.» Chrissi.

Nur Ulrike und ich sagen nichts. Wir gucken uns an.

«Und er hat wieder geschossen.» Papa setzt sich hin. «Wurde aber niemand getroffen dieses Mal. Und das beste ...» Er sieht Mama an. «Wollen wir nicht anfangen?»

Mama nimmt sofort den Suppenlöffel in die eine Hand und Ulrikes Teller in die andere.

«Das Beste ist», Papa macht eine Pause, «sie wissen, wer es ist.» Er hält seinen Teller neben den Suppentopf und wartet darauf, dass Mama ihn auffüllt. Langsam breitet sich ein Grinsen auf seinem Gesicht aus.

«Dieser Lehrling von den Herres war es nämlich. Hab ich es euch nicht gesagt? Man sieht es denen an.»

«Du hast gesagt, der sieht aus wie ein Mädchen.» Rudi hat Suppe auf dem Löffel und wartet auf eine Reaktion.

Michi nickt. Chrissi nickt genauso. Wenn die beiden großen Brüder Papa widersprechen, kann er sich gefahrlos anschließen.

«Ja», sagt Papa, «aber das ist ja auch ...» Er öffnet die linke Hand und guckt hinein, als würde er dort irgendetwas finden.

«Wann war das denn?», fragt Ulrike, bevor Papa weiterreden kann.

«Eben», sagt Papa. «Heute Morgen.»

Ulrike und ich gucken uns an.

«Alleine?», fragte ich.

«Ganz allein.»

«Aber ...» Ulrike hört sofort auf zu reden, als ich ihr unter dem Tisch gegen das Schienbein trete.

Papa redet dann noch über einen Politiker in Italien, der entführt worden ist. Er kann sich an den Namen nicht mehr erinnern, aber er sagt, dass das da in Italien jetzt genauso ist wie bei uns. Im letzten Jahr ist in Deutschland auch einer entführt worden. Deswegen haben sie sogar ein paar Mal das Fernsehprogramm geändert. Nur wegen dem. Mama lässt ihn ausreden, und dann wartet Papa darauf, dass sie etwas sagt. Oft stellt sie eine Frage, dann redet Papa noch ein bisschen mehr. «Was kann man denn da schon machen?», fragt Mama. «Da müsste einer mal richtig aufräumen», das ist, was Papa darauf sagt. «Der Strauß», sagt er, «der könnte das.» Ich weiß, dass das ganz anders gemeint ist mit dem Aufräumen. Aber ich stelle mir immer vor, dass dieser Strauß, ich weiß auch, dass er Franz Josef heißt mit Vornamen, zu uns kommt und in Chrissis Zimmer mal ein paar Sachen wegwirft.

[7]

Er hatte ja keine Kinder. Aber wenn ... die hätten so was nicht gemacht. Wann hatte man so etwas je gehört? Kinder, die ein Fahndungsplakat stehlen? Wie weit es gekommen war.

Man sollte die Dinge nicht überbewerten. Aber hingucken und das ganz genau, das sollte man schon. Die freiheitliche demokratische Grundordnung steht auf dem Spiel, dachte Reiter. Bald sind diese Kinder erwachsen, und dann geben sie sich nicht mehr zufrieden damit, ein Plakat zu klauen. Weiß der Teufel, was sie dann anstellen. Man sah doch überall, was passieren konnte, wenn Eltern nicht aufpassten.

So viele in dem Alter gab es sowieso nicht hier in der Gegend. Die würde er schon in die Finger kriegen. Und dann ...

Das Telefon klingelte und er nahm den Hörer ab.

«Polizei Körperich», sagte er.

«Ach, du bist's.» Während sein Bruder Heinz redete, öffnete er mit einem Kugelschreiber den Umschlag vor sich. «Ich weiß, ich soll mich nicht so melden. Aber so ist es doch. Hier ist die Polizei. Und hier ist Körperich. Soll ich sagen: Polizei Prüm, Zweigstelle Körperich. Das nützt doch keinem.» Dann ließ Reiter den Bruder reden. Sie hatten ihm das Büro eingerichtet, weil er hier wohnte. Ziemlich genau zwischen den Städten Bitburg und Prüm, wo sich die richtigen Polizeidienststellen befanden. Eine Hilfskonstruktion. Aber er hatte Telefon und Schreibtisch. Und die Leute kamen zu ihm, wenn sie ein Problem hatten. Und die anderen mieden ihn, wenn sie Probleme machen wollten.

«Was macht der?» Reiter griff mit zwei Fingern in den Umschlag hinein und schüttelte den Inhalt frei. «Wo?», fragte er. Der Umschlag segelte auf den Boden. Er hörte seinem Bruder zu und gleichzeitig auch nicht.

Und dann «Geld? Für den Hof? Warum?» Reiter entfaltete die neuen Fahndungsplakate mit einer Hand und strich sie glatt. Dabei begann er, sie zu zählen.

«Nein, ich hab den nicht gesehen. Wegen dem Wagen, meinst du? Ein Cadillac? Der fällt natürlich auf. Das hätte ich mir gemerkt.» Fünf waren es. Er würde noch überlegen, wo er die anderen vier aufhängte, nachdem er das Plakat in der Post ersetzt hatte.

«Bei dir war er nicht. Und?» Rolf-Karl Reiter wunderte sich über den Grund des Anrufs. Sein Bruder und er redeten nicht so oft miteinander. «Was soll ich denn da jetzt machen? Ach, das Kennzeichen. Das hast du?»

Als er es niedergeschrieben hatte, ließ er den Bruder noch weiterreden. «Ich kümmere mich darum», sagte er dann und beendete das Gespräch.

Ein Frankfurter Kennzeichen. Er würde einfach mal nachhören, wer den beiden Nachbarn von Heinz diese irren Summen für die Höfe geboten hatte. Zu viel Geld auf jeden Fall, wenn es stimmte, was die erzählt hatten. Viel zu viel. Das waren sie doch gar nicht wert. So viel wusste er. Auch wenn er nicht Bauer geworden war. Als Zweitältester.

[8]

Die Tür zu meinem Zimmer ist zu. Und weil man sie nicht abschließen kann und weil sie nach außen aufgeht und weil wir auf gar keinen Fall erwischt werden wollen, haben wir uns hinter meinem Bett versteckt.

«Meine», sagt Ulrike und legt einen Stapel Fußballbilder auf den Boden.

Ich lege einen zweiten Stapel daneben.

Auf den ersten Blick sind das ganz schön viele Bilder. Aber dann beginnen wir zu zählen. Und kommen bis 81. Das Schlimmste ist, dass wir keinen Spieler aus Mexiko haben, dafür aber drei Mal einen Polen, der Zbigniew Boniek heißt und von dem wir noch nie gehört haben.

Wir haben natürlich von den meisten Spielern auf den Bildern noch nie gehört. Aber das wird sich ändern, wenn die Weltmeisterschaft endlich im Fernsehen zu sehen ist.

«Wir haben wirklich zu wenig», sagt Ulrike. Womit sie recht hat. Es ist aber auch ungerecht, dass Rudi und Michi, die ohnehin mehr Taschengeld bekommen als ich, nur wegen der Weltmeisterschaft noch etwas obendrauf kriegen. Die Hanutas, die sie wegen der Bilder kaufen, sollten sie unter uns Kindern teilen, aber das vergessen sie dann meistens. Das ist noch eine weitere Ungerechtigkeit.

Ulrike holt das Heft heraus, das sie für die Bilder gebastelt hat. Es ist ein DIN-A4-Heft, in das sie mit dem Lineal Linien gezogen hat für die Bilder. Jede Doppelseite hat sie nach einem der Länder benannt. In Großbuchstaben stehen die Ländernamen auf der linken Seite.

Auf das Deckblatt des Hefts hat sie Pferdebilder geklebt und ein Gruppenfoto von den Bay City Rollers. Das würde niemand aufklappen, nicht einmal Chrissi. Es ist schon wichtig, dass das niemand mitkriegt. Erstens hätte es doofe Bemerkungen gegeben, warum wir als Mädchen uns für Fußball interessieren. Und dann halt die Sache mit der Klauerei, das könnte dann rauskommen. Da haben wir natürlich keine Lust drauf.

Besonders enttäuschend ist, das haben wir vorher gewusst, aber uns nie richtig eingestanden, dass wir nicht genug Bilder haben von den deutschen Spielern. Zwei Mal Ronnie Worm und je eins von Rudi Kargus, Harald Konopka, Hansi Müller und Rainer Bonhof.

Zuerst kleben wir alles in das Heft, was wir von den anderen Mannschaften haben. «Mexiko», sagt Ulrike noch einmal und zeigt auf die komplett leere Doppelseite.

Dann fangen wir mit den Deutschen an. Zuerst kümmere ich mich um Rudi Kargus. Der kommt ganz an den Anfang. Man kann schon am Trikot sehen, dass er Torwart ist. Dann ist Ulrike dran. Sie nimmt das Foto von Hansi Müller, sucht ein paar Sekunden lang nach einem Platz und klebt es in die rechte unterste Ecke. Ich klebe Ronnie Worm über Hansi Müller. Harald Konopka kriegt ein Feld unten links. Dann bleibt nur noch Rainer Bonhof.

Ich überlege mir genau, wo er hinsoll. Und weil ich weiß, dass er Verteidiger ist, klebe ich ihn direkt unter den Torwart. Das ist der Platz für Verteidiger.

Dann ist Schluss.

Wir sitzen eine Weile über der Doppelseite. Ich höre Mama nach mir rufen und gehe runter in die Küche, aber sie will nur wissen, ob ich weiß, wo Chrissi ist.

Wie kommt sie darauf? Ich habe mit Chrissi nichts zu tun.

Als ich wieder in mein Zimmer komme, bringe ich die Schere mit. Ulrike nickt nur kurz.

Ich hole das Plakat aus dem Schrank und lege es aufs Bett.

Wir beugen uns darüber und betrachten es kurz. Dann gebe ich Ulrike die Schere. Sie braucht eine ganze Weile, um sich zu entscheiden. Schließlich schneidet sie das Bild von Willy Peter Stoll aus und klebt es neben Hansi Müller. Von der Größe her passt es perfekt. Dann bin ich dran.

Das Lächeln von Friederike Krabbe finde ich richtig schön. Aber sie ist eine Frau und kann deshalb nicht ins Album. Freiherr Ekkehard von Seckendorff-Gudent wirkt ziemlich ernsthaft, ungefähr so, als würde man ihn in die Verteidigung stellen. Aber er hat erstens einen komischen Namen und ist zweitens auch schon 40 Jahre alt. In dem Alter kann man ja nicht mehr schnell laufen.

Peter-Jürgen Boock hat mit 29 ein gutes Alter, sieht aber irgendwie zu verzweifelt aus. Ich entscheide mich dann für Christian Klar. Weil er Rainer Bonhof ein kleines bisschen ähnlich sieht, kriegt er einen Platz direkt neben ihm.

[9]

Willst du da hoch?»

«Ich geh doch nicht auf den Hochsitz. Man kann auch von hier aus alles sehen. Geht ja sowieso bergab.»

«Da unten ist der Fluss.»

«Ja, vielleicht ist es doch nicht so einfach, wie alle sagen. Dass man hier leicht rüberkommt.»

«Wir werden das noch sehen. Also, guck, da runter ist Norden. Und da ist die Grenze nicht am Fluss, sondern ein paar hundert Meter davor. Von uns aus gesehen.»

«Aber über irgendeine Brücke müssen wir dann trotzdem noch rüber. Wenn wir nicht durchs Wasser wollen.»

«So breit ist der nicht. Und auch nicht so tief. Wir müssen uns das ansehen. Vielleicht kann man einfach rübergehen.»

«Aber wir sind wehrlos, wenn wir in der Mitte sind. Sie knallen uns ab.»

«Klaus sagt, dass man an manchen Stellen einfach die größeren Steine nutzen kann, um rüberzukommen.»

«Mir gefällt das nicht. Weiter im Süden kann man einfach über die Grenze gehen. Da ist kein Fluss.»

«Aber da ist schon Frankreich. Und die französischen Bullen schießen schneller. Deshalb sind wir hier.»

«Nicht, dass ich das nicht weiß. Was ist das da?»

«Was?»,

«Da. Die Räder.»

«Kinder.»

«Ja, sie haben die Räder versteckt und spielen hier irgendwo.»

«Lass uns einfach verschwinden.»

[10]

Alles so unauffällig wie möglich tun. Nicht umgucken. Keine Fahrfehler. Nicht zu langsam fahren. Vor allem nicht zu langsam fahren. Niemand fuhr hier je langsam.

Er legte sich in die Kurve, so wie er es in den belgischen Ardennen geübt hatte. Seit dem Krieg war er nicht mehr Motorrad gefahren. Aber alles war schnell wieder da. Und jetzt hatte er die letzten Kurven vor Körperich im Blick.

Er konnte für das, was er vorhatte, schlecht von zu Hause hier ankommen. Das hatte er sich ganz genau überlegt. Also war er über die Grenze gefahren. Nachher würde er einen gewaltigen Umweg fahren müssen, um wieder zu dem Lieferwagen zu kommen, den er bei Bettendorf abgestellt hatte.

Gott sei die Helmpflicht gedankt. Er hatte sich das vor dem Spiegel genau angesehen. Wie die Perücke unter dem Helm herausschaute. Das wallende blonde Haar. Daran würden sich die Leute erinnern. Und an sonst nichts. Viel besser als letztes Mal mit dieser Maske.

Das französische Kennzeichen. Das würden sie auch bemerken. Das hatte er letztes Jahr schon gestohlen. Eine Vorahnung. Und vielleicht die Waffe. Darüber würden sie reden. Die sah nicht so aus wie das, was sie im Fernsehen zeigten. Älter. Historischer.

Nur eines machte ihm Sorgen. Das musste er sich zugestehen. Wer genau hinsah, würde natürlich bemerken, dass er nicht mehr der Jüngste war. Wenn er vom Bock kletterte. Und wieder rauf. In der Bewegung konnte man das alles sehen. Er konnte nur hoffen, dass die anderen Dinge wichtiger erschienen. Vor allem die langen blonden Haare.

Langsam die letzte Runde drehen, hier, wo die Straße diese Verschwenkung machte, und die Maschine vor der Tür ausrollen lassen. Er stellte sie so auf, dass er hinterher nicht die Richtung wechseln musste. Schnell und in einer flüssigen Bewegung absteigen und dabei den Rücken ignorieren. Die alte Frau ... Wie hieß sie noch? ... stieg dahinten zu ihrem Sohn ins Auto. Der rostige Fiat, der sich vom Dorf aus näherte, den kannte er auch, aber er wusste nicht, woher.

Durch die erste Tür. Das Schießeisen aus der Jacke holen. Durch die zweite Tür. Sofort in die Decke schießen.

Es war ein Höllenlärm. Putz rieselte auf den Mann, der am Schalter stand. Erst als er sich herumdrehte, erkannte er den Hüser aus Geichlingen. Immerhin wusste der, was die Uhr geschlagen hatte und nahm sofort die Arme hoch. Wirklich sofort.

Herr Schlager hinter dem Tresen brauchte etwas länger. Das war kein Wunder. Er war immer schon schwer von Begriff gewesen. Er glotzte auf die Pistole und schluckte.

Die Plastiktüte von Aldi warf er dem Schlager entgegen.

«Geld!», rief er dabei mit so rauer Stimme wie es eben ging. Und, was ganz wichtig war, es hörte sich Hochdeutsch an. Nur das eine Wort ein einziges Mal zu sagen, das war die Idee.

Wo war die dicke Schumacher? Das kleine Büro hinter dem Tresen war leer.

Schlager hielt die Aldi-Tüte in beiden Händen. Aber er brauchte noch eine Sekunde. Und noch etwas Motivation.

Kurz umblicken in der kleinen Bank – da war die Schumacher, sie drückte sich an die Fensterseite in ihrem Büro, dann richtete er die Waffe zur Seite und schoss in die nächste Wand. Das machte Schlager klar, was er zu tun hatte. Er griff unter sich und stopfte raschelnd Zeug in die Tüte. Dabei sah er kaum auf die Hände. Er starrte nur nach vorn. Auf die Pistole.

Wenn er genau zielte, dann könnte er die dicke Frau treffen. Kurz wandte er den Arm vom Schlager weg auf das Büro. Aber darum ging es hier nicht.

Schlager hielt die Tüte nach vorn.

Die Waffe kurz auf Hüser halten, der unmerklich zitterte. Dann wieder auf Schlager. Die Tüte nehmen. In die Lederjacke damit. Die Waffe hinterher. Umdrehen und raus.

Melanie drückte gerade die innere Tür auf. Bleib ruhig. Sie wird dich nicht erkennen. Nicht in dem Aufzug, auch wenn sie die Tochter des Nachbarn war. Melanie blieb mitten in der Tür stehen. Er stieß sie weg und rannte fast durch die Außentür.

Das Bein über die Sitzbank schwingen. Die Maschine sprang sofort an. Vorsichtig Gas geben. Um die Ecke.

Zuerst Richtung Bauler fahren. Dann die Schleichwege. Irgendwann über Belgien zurück nach Luxemburg. Alles war gut gegangen.

[11]

Es gibt viele Arten von Hochsitzen. Manche sehen aus wie ein Sessel, der für Riesen gebaut worden ist. Da sitzt dann ein Mann drauf und wartet auf Tiere. Man sollte annehmen, dass die Tiere das begreifen. Da sitzt jemand nur deshalb rum, um sie zu erschießen. Aber das ist nicht so. Sie kapieren es nicht. Manche von diesen Hochsitzen haben sogar ein Dach. Dann gibt es höhere, die auch ein Dach haben, das über einer Plattform angebracht ist. Da steht man dann und guckt im Trockenen und wartet.

Und es gibt Hochsitze wie unseren. Der ist wirklich hoch, da ist der Name also auch gerechtfertigt. Er hat eine Plattform wie ein Quadrat, fast eineinhalb Meter auf jeder Seite, ein gut abgedichtetes Dach, wo selbst bei starkem Regen kein Tropfen durchkommt, und sogar verkleidete Seiten. Da kriegt man nicht einmal den Wind mit.

Von unserem Hochsitz aus kann man die ganze Welt sehen.

Körperich.

Luxemburg, jedenfalls ein Stück davon.

Und er ist unser Ort. Ulrike und ich können hier auch mal allein sein. Wir haben niemandem davon erzählt. Auch nicht unseren Brüdern. Schon gar nicht denen.

Wir haben uns geschworen, das für uns zu behalten. Und ich habe meinen Schwur auf jeden Fall gehalten. Von anderen Leuten weiß man das ja nie so genau. Aber ich glaube, Ulrike hat uns auch nicht verraten.

Auf dem Hochsitz tun wir, was man da eben tun kann. Wir gucken runter. Körperich eben und Luxemburg. Tiere gibt es natürlich auch, aber nicht so viele, weil die sich im Wald verstecken tagsüber.

Manchmal kommt auch irgendwer vorbei, wenn wir oben sind. Leute, die pinkeln müssen und dabei nicht gesehen werden wollen. Oder auch schon einmal zwei Leute zusammen, die auch Sachen machen, bei denen sie nicht wollen, dass es einer mitkriegt. Wie der Bürgermeister und Frau Söhnker. Wir haben von da oben jedenfalls schon eine Menge Sachen gesehen.

Nur eins haben wir noch nicht erlebt. Dass einer raufkommen wollte auf den Hochsitz.

Zum Glück.

«Willst du da hoch?», fragt die eine Frau.

Ulrike guckt ganz erschrocken. Nicht, weil wir Angst vor denen haben. Sondern weil es einfach sonnenklar ist, dass wir hier allein sind und dass uns dabei niemand stört.

Deshalb ist Ulrike so erschrocken. Und ich auch.

Dann kommen sie aber nicht hoch, und wir warten darauf, dass sie weitergehen. Wir haben sie durch den Wald kommen sehen. Die eine trägt ein Kostüm wie die Lehrerinnen von unserer Schule, und die andere hat einen Hosenanzug an, den wir schon einmal in einem Katalog gesehen haben oder an Frauen im Fernsehen. Die Frauen bei uns im Dorf oder in Körperich sehen nicht so aus.

Und dann reden sie über den Fluss und ob sie darübergehen sollen, und Ulrike und ich gucken uns an, weil man auch einfach über die Grenze fahren kann mit dem Auto, wenn man nach Luxemburg will. Und dann sagt die eine: «Aber wir sind komplett wehrlos, wenn wir in der Mitte sind. Sie knallen uns einfach ab.»

Eigentlich habe ich das genau gehört und verstanden. Ich hätte Ulrike gern gefragt, ob es ihr genauso geht. Nur hab ich mich nicht getraut. Die da unten hätten uns hören können. Oder sogar die, die sie abknallen wollen. Als ich sie anschaue, weiß ich, dass es Ulrike genauso geht.

Irgendwann sind die beiden Frauen wieder weg. Aber komisch ist das schon. Wer will denn die Lehrerin und die Frau aus dem Fernsehen abknallen?

[12]

Viertausendfünfhundertundachtundsechzig Mark.
Der letzte Banküberfall hier in der Gegend war schon so lange her, dass er sich nicht mehr daran erinnern konnte. Das war auch weniger ein Banküberfall gewesen, mehr eine Verzweiflungstat. Der alte Rummeier war schon ein bisschen komisch im Kopf gewesen, als er in der Post hier um die Ecke aufgetaucht war. Mit einer Pistole aus dem Krieg. Sie hatten ihn nicht ernst genommen, und er hatte sich am selben Nachmittag noch erschossen. Aber das hier war ein richtiger Banküberfall gewesen. Teufel auch.

Rolf-Karl Reiter stand in der Raiffeisenbank in Körperich und wartete auf eine Antwort auf die Frage, wer zu so etwas in der Lage war. Gustav Schlager saß ihm gegenüber und tat ganz unbeteiligt. «Da sind eine Menge Verrückte, die in eine Bank reinkommen», sagte er. Dabei putzte er die Brille mit dem dünnen Drahtgestell. «Manchmal denke ich, es ist ein Wunder, dass nicht mehr passiert.»

Eigentlich warteten sie auf die Kollegen aus Bitburg. Raub und Gewaltverbrechen. Reiter hatte die Tür verschließen lassen, damit niemand reinkam. Die Spezialisten würden klopfen müssen. Durch die Glastür konnte man ein paar Dutzend Leute sehen, die irgendetwas gehört und genug Zeit hatten, nicht zu arbeiten.

«Gar nichts», sagte Schlager noch einmal. «Der hat einen Helm getragen. Aber die blonden Haare, die konnte man deutlich sehen. So lang, wie die waren.»

«Und er hat nur das eine Wort gesagt?», fragte Reiter noch einmal.

«Geld.» Schlager nickte. «Der war ja nicht hier, um mit uns zu plaudern.»

Bei den blonden Haaren fiel Reiter nur ein einziger Mann ein. Das hatte er gleich gesehen, dass der Lehrling nicht ganz richtig war. Den würden sie sich gleich holen.

Gernot Hüser war in schlechterer Verfassung. Frau Strempel, die zweite Bankangestellte, die während des Überfalls einkaufen gewesen war, brachte ihm eine Tasse Bohnenkaffee. Vielleicht half ihm das ja. Gesagt hatte er noch gar nichts. Und die Filialleiterin Frau Schumacher saß in Tränen an ihrem Schreibtisch.

Viertausendfünfhundertundachtundsechzig Mark waren eine Menge Geld. Für einen Lehrling sowieso.

Mit dem Geld konnte man ein paar Äcker pachten. Ein ganzes Jahr lang. Und eine Menge Rauschgift kaufen. Reiter stand auf und ging zur Tür. Er versuchte, den Leuten, die von draußen hereinstarrten, nicht in die Augen zu sehen. Und er dachte an gestern Vormittag, als er erfahren hatte, dass das Frankfurter Kennzeichen zu einem Leihwagen gehörte. Er hatte ein wenig telefoniert und einfach ein paar Fragen gestellt. Dabei hatte er auch herausgekriegt, dass der Weidemann ein Angebot von einer Million Mark gekriegt hatte. Für diesen Betrieb. Das war der doch nie wert.

Aber er hatte gesagt, dass er ohnehin nicht verkaufen wollte. Was sollte er denn sonst machen? Nach Mallorca auswandern? Er war Bauer und hatte einen guten Hof.

Der Holter hatte nicht sagen wollen, wie viel ihm der Mann geboten hatte. Aber seine Stimme hatte sich beim Erzählen ein paar Mal überschlagen. Vielleicht dachte er tatsächlich darüber nach zu verkaufen. Jetzt wollte Reiter nur noch wissen, warum der Mann in dem Leihwagen bei beiden Nachbarn seines Bruders vorgefahren war, aber nicht bei ihm. Dessen Hof war doch der wertvollste von allen in der Gegend. Die Kühe, die Schweine, das ganze Land. Wenn man einen Hof in Geichlingen haben wollte, dann doch den vom Heinz.

In die Gruppe vor der Tür kam Bewegung. Zwei Männer bahnten sich einen Weg durch die Schaulustigen. Reiter kannte die beiden nicht, aber das mussten die Kollegen vom Raub aus Bitburg sein.

[13]

Noch bevor sie Mettendorf erreicht hatten, hatte das Autotelefon geklingelt. Der Chauffeur legte den Kopf in den Nacken und stellte die Ohren auf Durchzug. Ignorieren, was hinten geredet wurde, war die Maßgabe. Aber das funktionierte nur in der Theorie, nicht in der Praxis.

«Ja!», sagte der Mann.

Dann hörte er kurz zu.

«Woher haben Sie diese Nummer?», fragte er. Und setzte dann nach: «Ich habe Sie gefragt, woher Sie diese Nummer haben.»

«Wer hat Ihnen diese Nummer gegeben?»

«Nein, ich rede mit Ihnen nicht über Geld.»

«Das geht Sie nichts an.»

«Woher haben Sie diese Nummer?»

Die Stimme des Mannes wurde mit jedem Satz etwas höher. Und obwohl er fehlerfreies Hochdeutsch sprach, war sich der Chauffeur ganz sicher, dass da noch ein anderer Ton untergewebt war. Er wusste aber nicht genau, welcher. Sicher redete der Mann im Alltag eher kein Deutsch.

«Wie ist Ihr Name, bitte?», fragte der Mann im Anzug jetzt.

Dabei holte er ein kleines Notizbuch hervor und blätterte mit einer Hand darin herum. Er justierte seine viereckige Hornbrille und kniff die Augen zusammen. Der Chauffeur konnte ihn nun beobachten, solange er zugleich die Straße im Auge behielt.

Mit dem Daumen fuhr er über eine Seite im Notizbuch und hielt es sich vor die Augen.

«Was hat der Ihnen denn gesagt?», fragte er.

«Das interessiert mich nicht.»

«Nein, nicht über Geld.» Er hatte sich beruhigt.

«Und Sie wollen mir nicht sagen, wer Ihnen die Nummer gegeben hat?» Sein Blick fiel in den Rückspiegel. Der Chauffeur wandte die Augen ab und konzentrierte sich auf die Straße.

Das war tatsächlich eine seltsame Sache, dachte der Chauffeur. Er hatte Zugang zur Telefonnummer. Sie stand irgendwo in den Papieren, die er im Handschuhfach abgelegt hatte. Aber von ihm hatte die niemand haben wollen. Er sah kurz noch einmal in den Rückspiegel. Und begegnete dort dem Blick des Mannes im schwarzen Anzug.

Das Gespräch war zu Ende.

«Fahren Sie einfach weiter», sagte er.

[14]

«Wie weit kommen wir mit dem Geld?»

«Paar Wochen. So lange reicht es bestimmt.»

«Wir könnten uns noch neues holen. Auf dieser Seite der Grenze, meine ich.»

«Aber die nächste Stadt ist weit weg. Lass uns zuerst das mit der Grenze machen. Dafür sind wir hier. Was war das?»

«Was?»

«Da war ein Geräusch.»

«Ich hör nix.»

«Nee. Ich jetzt auch nicht mehr.»

«Bestimmt ein Tier. Hier gibt es viele Tiere, oder? Wir sind mitten im Wald.»

[15]

In den Ferien darf Ulrike manchmal bei mir übernachten, ich aber nie bei ihr, weil ihre Eltern das nicht wollen. Ulrike redet nicht gern darüber, aber ich glaube, es ist irgendetwas mit ihrem Vater, der manchmal in der Unterhose Fernsehen guckt. Der will so nicht gesehen werden. Nicht von den Nachbarn, nicht von der besten Freundin seiner Tochter.

Meinen Eltern ist das ganz recht so, obwohl sie dann mit uns mehr Arbeit haben als normal. Ihnen ist halt wichtig, dass ich morgens meine Pflichten erledige. Den Hof zu kehren ist zwar viel Arbeit, aber das kann man schon mal verschieben, die Schweine zu füttern halt nicht. Die fangen irgendwann an, ganz schönen Krach zu machen.

Manchmal in den Ferien aber lassen sie uns morgens ausschlafen und das Frühstück verpassen. Denn, was klar ist: Wenn wir zusammen in meinem Zimmer sind, dann ist Schlaf nie so wichtig.

Eines haben wir natürlich kapiert. Wenn wir leise sind, also eher leise als laut, dann lassen uns die Eltern auch in Ruhe. Egal wie spät es ist. Ich glaube, worauf sie am wenigsten Lust haben, ist das Gestänkere von Chrissi, bei dem nie einer übernachten will. Wenn sie sich aufregen über uns, dann würde er den ganzen Morgen lang darüber reden. Ich glaube sowieso, dass Chrissi Mädchen einfach nicht ausstehen kann. Keine Ahnung, warum.

In dieser Nacht ist es wie meistens. Wir haben eine Weile mit der Taschenlampe unter der Decke gelesen. Die Taschenlampe hat Mama mir gegeben, nachdem das Experiment mit dem Feuerzeug, das ich mir von Papa ausgeborgt hatte, schiefgegangen ist.

Nach dem Lesen haben wir uns so lange gekitzelt, bis wir wieder richtig wach waren. Und dann haben wir irgendetwas erzählt und dabei gelacht. Natürlich ziemlich leise, damit uns die Eltern in Ruhe lassen.

Und irgendwann haben wir eben geschlafen. Wie lange, weiß ich nicht. Aber als es draußen gekracht hat, da sind wir wach geworden. Also ich vielleicht sogar schon vorher. Ganz genau kann ich es nicht sagen.

Auf jeden Fall bin ich zuerst am Fenster, weil ich den kürzeren Weg habe. Ich glaube, dass ich beim ersten Schleifen von Metall schon fast mit der Nase an der Scheibe bin. Vielleicht habe ich auch nicht so fest geschlafen wie Ulrike. Oder es ist dieser Knall. Der erste von denen, mehr eigentlich ein dunkler Hall. Da habe ich noch nicht gewusst, was das eigentlich gewesen ist. Obwohl ich das schon oft im Fernsehen gesehen habe.

Dann sehe ich das. Zwischen dem Haus und der Straße ist der Gemüsegarten. Und das ist ein großer Garten, aus dem Mama jeden Tag Sachen holt. Außer im Winter. Aber die Sicht auf die Straße ist ganz frei. Natürlich ist der Gaybach noch zwischen Garten und Straße, aber der ist nicht sehr breit. Jedenfalls sehe ich, da bin ich gerade erst am Fenster, wie das Motorrad über die Straße rutscht.

Und nach dem Motorrad kommt auch noch der Fahrer hinterhergeschliddert. Damit fängt das für mich an.

Ulrike kommt viel später ans Fenster. Ich weiß nicht, ob sie durch das Quietschen von dem Metall wach geworden ist oder dadurch, dass ich aus dem Bett gehopst bin. Als sie neben mir ankommt, liegt das Motorrad schon still da.

Dafür bewegt sich der Fahrer, der mitten auf der Straße liegt.

Als ich Ulrike erzählen will, was ich gesehen habe, da streckt er einen Arm von sich. Mit der anderen hält er sich den Bauch. Er will, glaube ich, zum Straßenrand. Und leicht fällt ihm das nicht.

Die nächste Straßenlaterne im Dorf ist nicht weit weg, und ein ganz dünner Strahl von dem Licht trifft ihn genau. Wir gucken natürlich auf den Mann und fragen uns, ob ihm jemand hilft oder was jetzt passiert. Dabei ist es doch Nacht, und wer soll ihm da schon helfen?

Woran ich in dem Moment gar nicht denke, ist Folgendes: Wir haben den dunklen Hall gehört, wegen dem bin ich ja aufgewacht. Und dann das Schleifen von Metall auf dem Asphalt. Der Mann liegt also auf der Straße. Aber die beiden Dinge miteinander in Verbindung zu bringen, das habe ich in dem Moment nicht geschafft. Aber das eine ist der Grund, warum der Motorradfahrer da liegt.

Der Motorradfahrer fängt also an, über die Straße zu krabbeln. Jetzt hat er sich aufgerichtet wie ein Hund. Also Hand zuerst, dann das Knie auf der anderen Seite und umgekehrt. Er hat fast nichts an. Eine kurze Hose und ein T-Shirt, dazu irgendetwas an den Füßen, mehr ist nicht zu sehen. Vor allem kein Kopf, denn er trägt einen Helm. Er ist auf dem Weg zu unserer Seite der Straße. Und das sehr, sehr langsam. Kurz versucht er, sich aufzurichten. Und sackt dann wieder in sich zusammen.

Und plötzlich taucht diese Gestalt neben ihm auf.

Ganz in Schwarz, wie ein Geist. Ein schwarzer Geist mit Anzug, Umhang und einem Hut.

Fast wäre die Gestalt aufgegangen im dunklen Hintergrund der Wiesen und Bäume, so total dunkel ist sie. Der Geist steht also da, neben dem Motorradfahrer, der versucht, schon wieder aufzustehen. Und dann holt der Geist etwas hinter dem Rücken hervor. Es ist auch ganz schwarz und ganz lang und glänzt im Licht der fernen Laterne. Ulrike packt mich ganz fest am Arm.

Das Zucken fängt an in dem langen Ding, und während es tief knallt, setzt es sich fort in dem schwarzen Geist. Der Motorradfahrer, der sich gerade noch auf die Hände stützt, fällt platt zu Boden, Arme und Beine von sich gestreckt.

Der Geist bleibt zuerst neben dem Motorradfahrer stehen, ohne sich zu rühren. Ich kann ihn richtig gut sehen, von vorn. Anzughose schwarz, Jackett schwarz, Umhang schwarz und auch der Hut, spitz, mit ganz weichen Rändern, die über die Ohren hinüberhängen, ist schwarz. Ein kleiner Schein ist zu sehen unter der Krempe. Aber viel erkennen vom Gesicht kann ich nicht.

Dann hören wir das schwere Motorgeräusch. Und der Geist auch. Ich kann sehen, wie sich dessen Körper spannt und wie sich der Kopf in die Richtung dreht, aus der gleich der Lastwagen kommt.

Auch bei uns im Haus tut sich etwas. Ich höre Gepolter auf der Treppe.

Kurz bleibt der Geist noch stehen und springt dann mit beiden Beinen in den Graben, in dem der Gaybach fließt. Das geht alles total schnell, und der Geist ist schon weg.

Der Milchwagen rollt langsam aus und bleibt so stehen, dass das Motorrad und der Fahrer grell beleuchtet werden. Eigentlich hätte der Wagen an der Abzweigung zu unserem Dorf halten müssen, weil da die Kannen mit der Milch stehen. Deswegen kommt er vorbei. Aber wahrscheinlich hat der Fahrer gesehen, dass da etwas nicht in Ordnung ist und ist einfach das kleine Stück weitergefahren.

Jetzt steigt er aus und geht zum Motorradfahrer. Er berührt ihn an der Schulter und steht dann ganz schnell wieder auf, dreht sich um und guckt zu unserem Haus. Aber weil wir kein Licht anhaben, sieht er Ulrike und mich nicht.

Bauer Meier kommt angerannt, unser Nachbar, und dann Papa und kurz darauf auch andere Männer aus dem Dorf.

Der Geist aber, der ist verschwunden.

Papa hockt nun neben dem Motorradfahrer, als das Tatütata vom Polizeiwagen zu hören ist. Herr Reiter kommt, parkt vor dem Milchwagen, steigt aus und schickt alle, die da sind, weg.

Wir stehen so lange am Fenster, bis der Rettungswagen den Motorradfahrer mitnimmt. Weil er sich gar nicht mehr rührt, wissen wir, dass er tot ist.

Ulrike und ich liegen noch lange wach, reden aber nicht mehr. Immer wenn ich mich umdrehe, sehe ich Ulrikes offene Augen. Und das Frühstück ist schon vorbei, als wir aufstehen. Aber natürlich kriegen wir noch was.

Ich suche Papa, der bei den Kühen ist, und erzähle ihm von dem Geist. Er guckt mich lange an und nickt und beschäftigt sich dann wieder mit den Kühen.

Kein Wort hat er mir geglaubt. Nicht ein einziges. Wahrscheinlich denkt er, dass es keine Geister gibt und dass ich mir das alles nur ausgedacht habe.

[16]

Geld hatten die schon hier. Diese Luxemburger. Er dachte an die Pistole im Kofferraum und daran, was passiert wäre, wenn er an der Grenze kontrolliert worden wäre. Also ... richtig kontrolliert. So mit «Steigen Sie bitte mal aus!» und «Können Sie mal den Kofferraum öffnen?» und «Kann ich mal unter den Ersatzreifen sehen?».

Dann wäre es wenigstens zu Ende gewesen. Er blieb vor der Bank in Diekirch stehen. Wo das nur herkam, das ganze Geld. Die Leute hier in Luxemburg gaben doch mehr aus, als sie erarbeiteten. Er hatte da viel drüber nachgedacht. Man nannte es Geld verdienen. So wie man sich zum Beispiel ein Lob verdiente.

Oder eine Auszeichnung, für den besten Deckbullen bei einem landwirtschaftlichen Wettbewerb.

Aber das Geld. Womit hatten die das hier verdient?

Jedenfalls hatten sie genug davon. Selbst in so einer Kleinstadt. Man sah es einfach.

Jetzt, genau jetzt könnte er die Pistole aus dem Kofferraum holen und da reingehen. Und dann sehen, was passiert. Vielleicht einfach so, ohne Maske und die ganze Verkleidung.

Er könnte es ganz anders machen als die beiden ersten Male. Er könnte einem in den Bauch schießen. Gleich beim Betreten der Bank. Eindruck machte das schon, da war er sich ganz sicher.

So eine Bauchwunde stellte er sich gerade vor, so blutend, so schmerzhaft, bis er eine Erektion kriegte. Dann hörte er das Hupen neben sich. Sein Wagen stand in einer Einfahrt.

Also fuhr er weiter, eine Hand zwischen den Beinen. Das war ihm lange nicht passiert.

Während er Diekirch Richtung Grenze verließ, fragte er sich, ob in einer Bankfiliale in Luxemburg jemand bewaffnet war. Womöglich würde jemand zurückschießen. Dann wäre es vorbei.

Alles. Der Hof. Brigitte. Hannes.

Und das kam ihm nicht einmal wie ein Albtraum vor.

[17]

Als Letzter steigt Herr Reiter in seinen Wagen. Er steht noch kurz neben den komischen Zeichnungen auf der Straße, die die Polizisten in den Anzügen hinterlassen haben, und dabei guckt er wie Pfarrer Wiedemann, wenn der die Hostien ausgibt.

Als er weg ist, verlassen die letzten Leute aus dem Dorf den Straßenrand. Alle sind da gewesen. Also das ganze Dorf. Wirklich alle. Außer Mama, die kocht. Ulrikes Mutter ist auch nicht da, die kocht bestimmt auch. Aber fast alle haben da gestanden und geguckt, wie die Polizei Sachen aufschreibt, diese Kreidefigur abfotografiert, in der der Motorradfahrer gelegen hat, irgendwelche Entfernungen mit Schritten abmisst und so leise mit ernsten Gesichtern diskutiert, dass keiner von uns allen was mitkriegt. Ein Abschleppwagen mit Bitburger Kennzeichen hat das Motorrad mit einem Kran aufgeladen und ist damit weggefahren.

Und nun stehen nur noch wir da, Ulrike und ich. An der Abzweigung zum Dorf gucken sich zwei Männer in Anzügen nach uns um.

Die Eltern haben uns am Morgen nicht geglaubt, was wir erzählt haben. Papa ist hoch in mein Zimmer gegangen, um dort aus dem Fenster zu gucken, dann ist er zurückgekommen und hat so mit dem Kopf geschüttelt, dass wir es nicht sehen sollten.

Und dann haben sie von einem Unfall geredet. Ulrike und ich haben uns tief in die Augen geguckt und den Mund gehalten. Was wir zu besprechen haben, können wir auf dem Hochsitz sagen. So lange müssen wir warten. Wir sind sicher, dass weder die Eltern noch meine Brüder wirklich mitgekriegt haben, was in der Nacht passiert ist. Aber wenn der Geist auf den Motorradfahrer geschossen hat, dann kommt das ja raus. Denn das ist kein Unfall.

Ulrike geht zu der gelben Zeichnung auf der Straße, als ich ein Motorgeräusch höre. Ich ziehe sie zurück. Die Straße ist wieder frei, und ein Auto kommt ganz schön schnell angefahren. Gleich danach wieder eins. Und noch eins. Die müssen irgendwo gewartet haben. Ulrike sagt kein Wort. Auch nachdem ich sie von der Straße gezogen habe, starrt sie nur auf die gelbe Kreidezeichnung. Dann schüttelt sie den Kopf.

«So hat der da doch gar nicht gelegen», sagt sie. Sie zeigt auf das Ende der Zeichnung, das uns am Straßenrand am nächsten ist. Ein weiteres Auto rast vorbei. Die Arme der Figur auf der Straße sind ausgestreckt. Ulrike hebt die Arme und macht die Haltung nach, die wir auf der Straße sehen. Schon wieder rasen Autos vorbei. Ich gehe noch einen Schritt zurück.

Dann verschränkt Ulrike die Arme vor dem Gesicht. «Die Hände waren neben dem Kopf.»

Ich überlege, ob ich das auch gesehen habe. Der Motorradfahrer hat sich bewegt, bis der schwarze Geist dazugekommen ist. Der hat dann mit dem Gewehr auf den Motorradfahrer geschossen, und dann hat der sich gar nicht mehr bewegt. Aber wie hat der da gelegen?

«Was meinst du?», frage ich.

«Als der mit dem Gewehr gekommen ist, hatte der die Arme nicht so.»

Und wenn, denke ich. Ein Lastwagen kommt auf unserer Seite ziemlich nah am Straßenrand angerollt. Ich ziehe Ulrike wieder ein Stück zurück.

Unter der Ferse spüre ich etwas Hartes. Ich bücke mich und ziehe ein zerkratztes Stück Plastik unter dem Fuß hervor. Es sind drei zusammenhängende Buchstaben. S und U und Z.

«Das ist bestimmt von dem Motorrad», sagt Ulrike und guckt zur Seite, wo ihre Mama mit dem Auto anrollt.

«Ich weiß», sage ich. «Das ist von einer Suzuki. Und ich weiß auch, wo die herkommt.»

Aber Ulrike hört schon nicht mehr zu. Sie zeigt auf den blauen Käfer, in dem ihre Mutter am Steuer sitzt und ihre beiden Brüder hinten. «Wegen meiner Tante», ruft sie, als sie auf den Rücksitz klettert. Da erinnere ich mich. Die Geburtstagsfeier, wegen der sie nach Frankfurt fahren müssen. Sie hat davon erzählt.

Ich bleibe zuerst noch ein bisschen an der Straße stehen. Und ich denke an den Petershof und die Motorräder, mit denen die

Leute, die dort wohnen, unterwegs sind. Der, der auf dem Motorrad gesessen hat, ist bestimmt von dort gekommen.

Dann gehe ich die paar Schritte bis zum Gaybach. Viel Wasser führt der gerade nicht. Wenn man sich etwas auskennt, denke ich ...

[18]

Diese Schweine.

Jetzt interessierten sie sich für das Dorf. Sonst fuhren sie doch nur daran vorbei.

Das Unkraut vor dem Haus fiel ihr auf. Sie hatte es viel zu lange gewähren lassen. Zwischen den Platten auf dem schmalen Weg. Wie hatte das geschehen können? Da musste sie unbedingt gleich noch mal ran.

Diese Schweine. Guck sich das einer an. So viel Polizei.

Von hier aus war nicht alles zu sehen. Aber das war klar. Hinter der Absperrung standen sie in Dutzenden. Uniformen und Zivile.

«Der ist nicht einfach nur verunglückt.» Bauer Klein war eben noch mit dem Kombi vorbeigekommen und hatte kurz gehalten.

Bauer Klein. Wie sie den hasste. Dass er sich schon so vorstellte. Bauer Klein. Als sei er in der Kirche auf den Namen Bauer getauft worden.

So ein Arschloch.

So ein Riesenarschloch.

So ein Riesenriesenarschloch.

Als Jochen damals verunglückt war, da hatte er nur genickt. Natürlich wusste er damals schon alles. Aber als sie ihm davon erzählt hatte, da gab es nicht mehr als dieses Nicken. So als hätte gar nichts anderes passieren können.

Zwanzig war er gewesen. Ihr Jochen. Zwanzig Jahre nur. Viel zu jung, um zu sterben.

Auch im Garten neben dem Haus gab es zu viel Unkraut. Gaby Teichert beugte sich vornüber. Sie begann, mit den Händen zu rupfen, bis ihr der Atem wegging. Dann stellte sie sich wieder auf.

Da kam die Tochter von Bauer Klein mit der Tochter vom Bauunternehmer. Die kleine Klein, haha, die sah aus wie ein Junge. Da merkte man doch schnell, dass da was nicht stimmte. So kurze Haare, das war doch nichts für ein Mädchen.

Die beiden Kinder guckten weg, als sie das Haus passierten. Die meisten Leute hatten Angst vor ihr. Manche hielten sie für komisch. So viel war ihr schon klar. Aber eins passierte nicht: Niemand hielt sie für blöd.

Und blöd war sie auch nicht. Dass die beiden Männer in den Anzügen, die gerade die Straße raufkamen, zur Polizei gehörten, das war ihr schon klar. Der eine streckte sein Kinn so nach vorn, dass sie sofort wusste, zu wem sie wollten.

[19]

Das mit der Tante hatten wir beide total vergessen, weil so viel los war. Jetzt liege ich im Bett, weil Papa gesagt hat, dass ich den Schlaf von letzter Nacht nachholen muss.

Aber ich bin viel zu aufgeregt zum Schlafen. Also liege ich da und gucke an die Decke.

Unten im Haus ist viel los, es ist ja immer etwas zu tun auf dem Hof. Irgendwer hat sogar meine Pflichten übernommen, ich weiß aber nicht, wer.

«Kinder müssen schlafen», hat Papa gesagt. Und wahrscheinlich hat er damit nur mich gemeint und nicht meine Brüder.

Dabei ist Chrissi kaum ein Jahr älter als ich. Der Gedanke, dass er vielleicht den Schweinestall sauber machen muss, gefällt mir aber.

Ich stehe auf und lege ein Ohr an die Tür. Die Sachen vom Morgen habe ich sowieso noch an. Nicht mal die Schuhe habe ich ausgezogen. Weil ich glaube, dass die Luft im ersten Stock rein ist, schleiche ich zur Treppe und höre noch einmal ganz genau hin. In der Küche läuft das Radio, also ist Mama nicht weit weg. Mama ist sowieso nie weit weg. Rauskommen ist wahrscheinlich einfach. Aber was dann?

Die Tür zur Küche ist angelehnt, die nach draußen zu. Die Klinke quietscht ein bisschen, aber Mama hört das nicht. Wegen dem Radio. Draußen ist niemand. Aus den Ställen höre ich Stimmen. Michi kann ich erkennen. Papa auch.

Leider komme ich nicht zum Fahrrad. Dafür müsste ich an der Küche vorbei. Und wenn ich da unter den Fenstern hinwegkrabbele, dann kann mich immer noch irgendwer aus den Ställen sehen. Also renne ich einfach los. Durch das Dorf, über die Landstraße hinweg, ein Stück weit die Straße hoch Richtung Hochsitz, aber dann nach links auf den Trampelpfad zwischen zwei Feldern. Da bleibe ich erst einmal stehen und drehe mich um.

Ich bin total außer Atem. Aber niemand ist hinter mir her.

Also renne ich weiter. Erst wenn ich das Wäldchen erreicht habe, bin ich sicher.

Also ... sicher davor, dass mich vom Dorf aus jemand sieht. Sonst eigentlich das Gegenteil. Das genaue Gegenteil.

Es gibt noch einen Ort, wo wir auf gar keinen Fall, aber wirklich auf gar keinen Fall hindürfen. Das ist der Petershof.

Als ich hinter den Bäumen stehe und nach unten ins Dorf zurückgucke, fallen mir ein paar der Worte ein, die Mama und Papa immer sagen über die Leute, die dort wohnen. Verkommen sind sie, asozial auch, unchristlich fällt dann manchmal, und irgendetwas mit aufräumen sagt Papa dann. Wieder mit dieser Stimme, die nicht nur fegen und Dinge ins Regal stellen meint.

Es gibt noch ein Wort, das Papa manchmal sagt, wenn er über die Leute auf dem Petershof redet. Aber er wartet immer, bis wir Kinder draußen sind. «Rudelbums» sagt er, würde dort passieren.

Ich habe nur einen sehr groben Verdacht, was das sein könnte. Im Duden steht das Wort jedenfalls nicht, ich habe extra nachgeguckt. Aber weil es irgendwie lustig ist, habe ich es mir gemerkt.

Es ist nur ein kleines Wäldchen, das um den Hof herum steht. Wegen dem Wind oder so. Da kann man sich aber gut verstecken, denn die Bäume sind ziemlich groß. Ich renne trotzdem ein wenig gebückt, bis ich mich hinter einem alten Baum verstecken kann.

Der Hof ist nicht so viel anders aufgebaut als unserer. Auf der einen Seite das Wohnhaus, auf der anderen ein paar Ställe. Nur dass die Ställe leer sind. Da muss ich nicht groß nachgucken, das wissen alle im Dorf, dass sie hier keine Tiere mehr haben. Das Wohnhaus hat zwei Stockwerke wie unseres, und dann noch ein Dach. Aber sonst ist eigentlich alles anders. Ein paar der Fenster an der Seite, die ich von meinem Standort aus sehe, sind kaputt. Eingeworfen, so sieht es aus. Aus zwei der Fensterrahmen ragen nur noch Zacken und Splitter.

Aus den Ritzen direkt am Haus wachsen Grasbüschel. Deshalb kniet Mama da immer, also bei uns, um jeden Grashalm, der da auftaucht, gleich auszurupfen. Neben der Haustür stehen ein paar Stühle, zwei sind umgeworfen. Davor liegt ein kaputtes Motorrad. Es ist aber nicht das von dem Unfall. Oder eigentlich war das gar kein Unfall. Das, was Ulrike und ich beobachtet haben.

Wir haben das am Morgen, als Ulrike so schnell wegmusste, gar nicht mehr so genau besprochen. Jetzt fällt mir ein, wie man das nennt. Wir haben einen Mord gesehen. Auf einmal ist mir total schwindlig.

Ein Mann kommt aus dem Haus. Er stolpert über das platte Vorderrad des Motorrads, das da rumliegt, fällt aber nicht hin. Dann bleibt er stehen und guckt sich um. Ich versuche zu sehen, was er sieht.

Da ist der Kühlergrill von einem Oldtimer, der aus einem der Ställe herausguckt. Und dann die Säcke mit Zement, die direkt neben dem Tor liegen. Sie sehen so aus, als hätte sie jemand vor ziemlich langer Zeit dort abgelegt. Ein paar von ihnen sind aufgerissen. Eine Katze rollt sich auf dem obersten Sack. Der Mann, dem ich nie begegnet bin, dreht sich langsam, betrachtet die beiden Motorräder, die vor dem anderen Stalltor stehen. Sie sehen total neu aus und so, als könnte man mit ihnen ganz schön schnell fahren. Eines von ihnen ist auch eine Suzuki, das erkenne ich an dem Schriftzug. Auf dem Tank des anderen Motorrads steht Kawasaki.

Vielleicht heißt das -ki am Ende ja Motorrad auf Japanisch. Denn so viel weiß ich natürlich, dass die aus Japan kommen.

Der Mann guckt in den Wald hinein, in dem ich bin. Er ist ziemlich alt. Aber nicht so alt wie Papa, und der ist 43. Er kratzt sich da, wo sich Männer ab und zu mal kratzen. Dabei atmet er tief ein und wieder aus. Eigentlich ist er ganz schön nah, denke ich gerade. Bestimmt liegen nicht viel mehr als zehn Meter zwischen ihm und mir. Das muss einer der Petersbrüder sein. Sie heißen Horst und Paul und Peter. Aber Peter ist jünger als der, der da steht.

«Horst», ruft er jetzt. Dann noch einmal, lauter. Vielleicht ist der Mann also Paul. Dann guckt er noch einmal genau auf die Stelle, wo ich mich verstecke. Und dann rennt er los.

Eine Sekunde lang brauche ich, um das zu verstehen, denn der kann mich doch gar nicht gesehen haben. Oder?

Und dann drehe ich mich um und fange auch an zu laufen. Ganz kurz bleibe ich mit dem Fuß irgendwo hängen, falle aber nicht hin. Und dann laufe ich, so schnell ich kann. Hinter mir höre ich das Keuchen von dem Mann und dann auch, wie er «Scheiße» ruft, und noch, wie er hinfällt.

Das macht einen richtigen Plumps. Und ich bin kurz darauf schon so weit weg, dass ich gar nichts mehr höre außer dem Rauschen in meinen Ohren. Erst an der Straße runter zum Dorf bleibe ich stehen. Das Herz klopft mir im Hals, und ich bin außer Atem wie noch nie vorher.

Später, beim Mittagessen, erzählt Papa dann, dass der Unfall gar kein Unfall war. Der Motorradfahrer war Peter Peters, da habe ich also richtiggelegen, und er hat eine Kugel abgekriegt, sagt er. Was er nicht sagt, ist aber auch interessant. Wenn der Motorradfahrer eine Kugel abgekriegt hat, dann muss die irgendwo hergekommen sein.

Das kapieren auch meine Brüder.

«Mord», sagt Rudi.

«Mord?», fragt Michi.

«Mo-hord.» Chrissi kichert fast dabei.

Dann reden sie alle durcheinander.

Papa sagt dann aber auch noch, obwohl nur ich und Mama es hören können, dass der Lehrling von den Herres das gar nicht war mit dem Banküberfall. Was klar war, weil er nicht gleichzeitig in der Scheune sein kann mit der blonden Frau und auch noch in der Sparkasse. Aber freigelassen hat ihn die Polizei trotzdem nicht. Sie haben Haschisch bei ihm gefunden, sagt Papa. Ich sage das nicht laut, aber Haschisch ist eines meiner Lieblingswörter. Allein, weil es so klingt, wie es klingt. Ich weiß, dass es verboten ist und dass man deswegen ins Gefängnis kommen kann.

Aber das Wort klingt einfach ganz toll.

Haschisch.

[20]

Die Fahndungsbögen hängen hier überall.»

«Wir sehen nicht so aus wie auf dem Bogen.»

«Aber irgendetwas stimmt hier nicht.»

«Ja, irgendwas ist passiert. So viele Bullen, wie hier unterwegs sind. Aber wir gehen nur einkaufen. Und die interessieren sich nicht für uns.»

«Aber die sehen doch sofort, dass wir nicht von hier sind.»

«Es sind Osterferien. Hier sind lauter Leute, die Urlaub machen.»

«Da, da sind noch mehr Bullen.»

«Wo?»

«Da, guck. Der Wagen. Der kommt direkt auf uns zu.»

«Da ist einfach ein Mann am Steuer. Das ist der Dorfbulle. Und der ist nicht wegen uns unterwegs. Versprochen.»

«Und was machen wir jetzt?»

«Du gehst einkaufen. Was sonst? Ich bleibe im Wagen. Alles ist unter Kontrolle.»

[21]

Nach Bollendorf», hatte der Mann gesagt, als er sich auf der Rückbank niederließ.

Das war nicht angekündigt. Der Chauffeur erinnerte sich

genau an den letzten Satz des Mannes. «Hommerdingen vielleicht», hatte er am Vorabend gesagt. Er war, wie sonst auch, an der Auffahrt zum Hotel grußlos ausgestiegen.

Ihm war es gleich. Sowieso führte ein möglicher Weg nach Hommerdingen durch Bollendorf. Er setzte den Blinker und fuhr über die Sauerbrücke. Der Fluss war schnell hier, beinah reißend, das nahm er im Augenwinkel wahr, als er am Ende der Brücke vor dem deutschen Grenzposten hielt. Der Uniformierte winkte ihn durch.

«Fahren Sie nach links und parken Sie, wo es möglich ist», hörte er von hinten. Also stellte er den Wagen in Sichtweite des Grenzpostens direkt an der Uferpromenade ab und wartete auf weitere Anweisungen. Aber der Mann verließ wortlos den Wagen und ging am Ufer entlang in die entgegengesetzte Richtung, am Grenzosten vorbei und in das, was der Chauffeur für die Innenstadt hielt. Anders als die anderen Orte, die sie bislang angefahren hatten, war Bollendorf ein kleines Städtchen. Verwaltung sicher, und auch Industrie hatte er gesehen. Ein Bauernhof jedenfalls war hier weit und breit nicht.

Es wurde Mittag, und dann begann es, leicht zu regnen. Der Chauffeur wurde hungrig. Aber er hatte keine anderen Anweisungen erhalten, als hier zu warten. Keine Anweisungen zu erhalten, bedeutete nichts anderes, als eben zu warten. Auch in den letzten Tagen hatte es keine Arrangements gegeben, mittags eine Mahlzeit zu sich zu nehmen. Der Mann hatte nichts gegessen, jedenfalls nicht, solange er im Cadillac gesessen hatte. Sicher allerdings hatte er bei seinen Besuchen etwas gekriegt.

Aber es war nicht verboten, sich die Füße zu vertreten. Den Wagen musste er halt im Blick behalten. Also stieg der Chauffeur aus und dehnte sich ein wenig. Das waren die Empfehlungen, die man jetzt kriegte. Wer den ganzen Tag lang einen Wagen lenkte, sollte sich ab und zu bewegen, um Problemen mit dem Rücken vorzubeugen. Das hatte man neulich herausgefunden. Im Fernsehen sah man dauernd irgendwelche Sendungen zu dem Thema.

Es dauerte nicht lange, und er sah den Mann, wie er zwischen den Häusern an der Uferpromenade hervorkam. Er war sicher mehr als hundert Meter weit weg, und der Chauffeur drehte sich um, damit der Mann nicht den Eindruck gewann, dass er nach ihm gesucht hatte. Erst als er hinter sich das Räuspern hörte, wandte er sich erneut um.

[22]

«Polizei Körperich.»
«Du musst sofort kommen.»
«Was? Wer ist denn da.»
«Ich bin's, Cäcilie.»
«Was denn?»
«Sie prügeln sich.» Cäcilie fing an zu schluchzen. Seine Schwägerin rang um Worte. «Der Heinz», sagte sie, «und der Trommler.»

Der Trommler war Heinz' Nachbar, 67 Hektar. Oder 68.
«Was ist denn passiert?»
«Die haben sich nur unterhalten. Und auf einmal... schlägt der Trommler... Der schlägt einfach zu. Das musst du dir mal vorstellen.»

Reiter ließ Cäcilie ein wenig Zeit. Ihr Atem beruhigte sich. «So», sagte er, «jetzt muss ich erst einmal wissen, ob die sich immer noch schlagen.»
«Nein, der Trommler ist ja weg.»
«Wo haben die sich denn geprügelt.»
«In der Einfahrt, bei uns ... Das war so ... Die haben doch einfach nur geredet.»

«Wo warst du denn?» Reiter setzte sich an seinen Schreibtisch. Es würde dauern, bis Cäcilie die Geschichte erzählt hatte.

«Ich hab gesehen, wie die angefangen haben.»

«Von wo aus?»

«Aus dem Küchenfenster.»

«Und dann?»

«Als ich bei denen angekommen bin, war alles zu Ende.»

«Wo ist der Heinz jetzt?»

«Im Bett.»

«Und der Trommler?»

«Weitergefahren.»

«Worum ging es denn überhaupt?»

«Um den großen Wagen.»

«Um das Sternzeichen?», fragte Reiter. Dabei ahnte er schon, worum es wirklich ging.

«Nein.» Cäcilie schrie fast. «Da ist so einer, der lässt sich rumfahren. Einer in einem amerikanischen Wagen.»

«Ich weiß, ich weiß. Hab davon gehört.»

«Ja, und die haben darüber geredet, was der dem Trommler geboten hat.»

«Und?»

«Ich weiß nicht. Ich war nicht dabei.»

«Aber sag doch mal, warum die sich eigentlich geprügelt haben.»

«Ich glaube, der Heinz hat dem Trommler gesagt, dass sein Hof gar nicht so viel wert ist.»

«Um wie viel Geld geht es denn da?»

«Ich hab keine Ahnung.»

«Weißt du, was? Ich glaube, ich komme einfach mal vorbei. Sag dem Heinz, er soll liegen bleiben und nichts Blödes tun. Auf gar keinen Fall irgendetwas Blödes.»

[23]

Weil Sie gerade so draußen stehen», sagte der eine Polizist. Er trug blauen Anzug und Oberlippenbart. Der Bart war einigermaßen gepflegt, hing etwas zu weit über die Mundwinkel herab, der Anzug hatte zu viele glänzende Stellen. «Wir ermitteln in einem Tötungsdelikt. Auf der L1 ist ein junger Mann erschossen worden. Und Sie verbringen viel Zeit draußen und im Garten», sagte er. Er las den Namen vom Zettel ab. «Frau Teichert? Gaby Teichert? Das sagen jedenfalls alle.»

«Wenn das alle sagen ...»

«Ja», der Mann im blauen Anzug blickte den Kollegen an. Dunkelgrau der Anzug. Teurer der Stoff. Kein Bart. Kurzes Nicken. «Ja», sagte der blaue Anzug wieder. «Ist Ihnen da irgendetwas aufgefallen? Sie sind manchmal auch nachts draußen, haben wir gehört.»

«Mir fällt jeden Tag was auf. Wer ist denn der Tote?» Gaby Teichert strich den Kittel glatt. Beide Männer waren eigentlich ganz schmuck. Aber sie war nicht richtig angezogen. Und sie hatte eine Wunde am Kinn.

«Der Name von dem Herrn ist Peter Peters.»

Hm, der jüngste der Brüder also, denkt sie. «Und was wollen Sie dann von mir wissen?»

Der mit dem grauen Anzug trat einen Schritt vor. Er hatte eine schöne Nase, die Ohren lagen eng an. Das eine Auge guckte nicht ganz zu ihr, sondern etwas zur Seite. «Irgendetwas Ungewöhnliches, das Sie bemerkt haben?»

«Hier im Dorf?»

«Hier.»

Sie überlegte ernsthaft. Dabei betrachtete sie den grauen Anzug sehr genau. Ließ den Blick an ihm herabfahren, stoppte kurz unter dem Hosenbund, hielt den Blick dort für ein paar Sekunden und sah dem Mann dann direkt in die Augen.

Eine Nasenwand zitterte ein wenig. Er blickte an ihr vorbei. So etwas machte die Männer immer nervös. Wenn man sie so ansah. Gerade, wenn sie ein bisschen jünger waren. So lange war es noch gar nicht her, dass sie ab und zu mal einen abgekriegt hatte. Jetzt kam aber keiner mehr. Sie hatte mittlerweile einen Ruf.

«Nein», sagte sie dann. «Eigentlich nicht.»

«Keine Fremden?», fragte der andere.

«Von uns will doch keiner was.»

«Und hier im Dorf? Hat es da mal Streit gegeben?»

Klar hat es im Dorf mal Streit gegeben, dachte Gaby Teichert. Sie könnte die meisten Leute hier umbringen, ohne dass sich ihr Gewissen rührte. Aber was ging die beiden das an? Genau, nichts. Und was hatte das mit dem Mordfall zu tun? «Nein», sagte sie.

«Wir werden gleich an alle Türen im Dorf klopfen», sagte der Graue. «Wenn Ihnen noch was einfällt. Sie finden uns.»

Gaby Teichert nickte, als die beiden sich schon abgewandt hatten.

[24]

Zu Hause bleibe ich an der Hofeinfahrt stehen. Niemand zu sehen, niemand zu hören. Aber ganz sicher ist Mama in der Küche. Ich hüpfe leise ins Haus hinein und begreife erst in meinem Zimmer, dass ich etwas übersehen habe.

Vor der Tür bin ich doch eben an dem Zeitungsstapel vorbeigekommen. Der *Wochenspiegel*. Das ist sonst immer der Stapel von Rudi und Michi. Aber jetzt ist es meiner. Oder besser: der von Ulrike und mir.

Ich ziehe die Schuhe aus, um den Eindruck zu erwecken, auf dem Bett gelegen zu haben, und gehe wieder ins Erdgeschoss hinunter. Auf der Treppe liegen ein paar kleine Erdklumpen, die ich im Schuhprofil eigeschleppt haben muss. Die muss ich gleich unbedingt einsammeln. Mama steht in der Küchentür und trocknet eine Schüssel ab. Sie sieht mich wortlos an, dreht sich um und verschwindet wieder in der Küche.

Der Stapel ist ein Stäpelchen. Es ist auch nur ein kleines Dorf. Jeder Haushalt kriegt ein Exemplar vom *Wochenspiegel*.

Bei uns liest den niemand.

Bei uns liest sowieso niemand die Zeitung.

Woanders liegt schon mal der *Trierische Volksfreund* herum. Aber wenn die Leute im Dorf etwas wissen wollen, dann machen sie den Fernseher an.

Beim *Wochenspiegel* ist es dann aber auch noch so, dass er nicht nur nicht gelesen wird, weil die Leute eben nicht lesen. Sondern weil nichts drinsteht. Das sagt Papa manchmal. Deshalb wird er bei uns immer benutzt, um den Ofen anzumachen. So ist er wenigstens für etwas nütze, sagt Papa auch.

Und für besseres Taschengeld. Dafür ist er vor allem da. Normalerweise für Rudi und Michi. Und in den Osterferien zum ersten Mal für mich.

Für Ulrike und mich. Wir teilen uns die Arbeit. Und wir teilen uns das Geld.

Das Abendessen ist dann schon fast fertig, und Ulrike ist immer noch nicht da. Ich stehe am Tor an der Straße und halte Ausschau nach dem Käfer, aber er kommt einfach nicht.

Mama rennt auf und ab und raus aus dem Haus und wieder rein. Sie wischt sich die Hände an der Schürze ab. «Du musst jetzt los», sagt sie.

«Aber Ulrike ist noch nicht da.»

«Es wird gleich dunkel.»

«Aber ich hab's ihr versprochen. Dass ich warte.»

«Ich will nicht, dass du im Dunkeln die Landstraße überquerst.»

«Aber ich bin schon elf.»

«Wenn Ulrike nicht kommt, dann musst du es eben allein machen. Irgendwer muss es jetzt tun.»

Also stehe ich kurz darauf an der Landstraße. Es sind nur wenige Häuser dort auf der anderen Seite, aber die müssen den *Wochenspiegel* auch kriegen. Ich spüre, dass Mama mich beobachtet, als ich die Straße hochgehe, die wir sonst zum Hochsitz fahren. Da wohnen die Holerts, die Braunbachs und die Schneiders. Dann gehe ich zurück zur Straße, warte zwei Autos ab, eines aus jeder Richtung, um auf der linken Seite die hundert Meter zu gehen und die Häuser von den Wilhelms, den Fürstenbachs und den Schedels zu erreichen. Wenn Mama aus dem Fenster sieht, und ich bin mir ganz sicher, dass sie es tut, soll sie keinen Grund haben, sich zu beschweren. Ich überprüfe das aber nicht. Ich will auf gar keinen Fall, dass mich Mama dabei sieht, wie ich überprüfe, ob sie tatsächlich da steht und guckt.

Als ich unseren Hof wieder erreiche, das ist ganz am Anfang des Dorfes, ist es wirklich fast dunkel. Ich nehme den Rest des Stapels zwischen die Arme und gehe los.

Ulrike und ich haben genau abgezählt, wie viele Häuser es im Dorf gibt. Neunzehn nämlich. Vier davon sind Höfe, und der Rest andere Häuser. Dazu kommen die sechs außerhalb, macht also alles in allem 25 Adressen, die wir zu beliefern haben. Es gibt dafür 26 Mark im Monat, also knapp eine Mark für jede Adresse, die dafür dann viermal zu beliefern ist, manchmal im Monat natürlich auch fünfmal. Wenn es einen Donnerstag im Monat mehr gibt.

Wobei wir erst einmal nur die Osterferien übernommen haben. Und außerdem ist es gar nicht mal Donnerstag, sondern Mittwoch, weil ja bald Ostern ist, und am Gründonnerstag wird natürlich gar nichts ausgetragen.

Jetzt hätte ich mit Ulrike besprochen, welchen Weg wir nehmen, um möglichst schnell möglichst viele von den Zeitungen loszuwerden. Na gut, dann muss ich das allein machen. Ich gehe einfach die Straße bergauf und fange an. Es ist so gut wie dunkel. Und an der Haustür habe ich die Familie am Abendessentisch sitzen hören. Das Essen habe ich auch gerochen. «Wir lassen dir was übrig», hat Mama gesagt.

Den *Wochenspiegel* auszutragen, ist eine ziemlich einfache Arbeit. Man legt die Zeitung einfach vor die Haustür oder steckt sie in den Briefkasten und geht weiter. Bei Frau Teichert werfe ich sie schnell hin, weil ich hoffe, dass sie nicht mit mir redet. Als ich am nächsten Haus bin, höre ich hinter mir, wie sie die Tür aufmacht. Und fast hätte ich mich rumgedreht, einfach so, weil ich weiß, dass sie da steht und guckt. Aber ich schaffe es, das nicht zu tun. Die Tür geht dann wieder zu.

Bei Ulrikes Haus lege ich keinen *Wochenspiegel* ab. Ulrike kriegt einen von mir persönlich, wenn sie wiederkommt. Und bei den Feckers ist alles hell erleuchtet. Die Haustür ist offen, der Kofferraumdeckel des Autos ist hochgeklappt. Ich lege einen *Wochenspiegel* vorsichtig vor die Tür. Nicht in die Mitte, damit keiner drauftritt, sondern ganz an die Seite. Dann gehe ich weiter und sehe neben dem Haus die Wäscheleine. Da hängen ein paar Männerunterhosen, gut beleuchtet aus dem Fenster raus, und auch zwei Unterhemden.

Ich will schon weitergehen, als ich dahinter eine Gestalt stehen sehe. Etwas wacklig, aber da steht einer. Ein bisschen bin ich erstaunt, dass ich mich gar nicht richtig erschrecke. Denn da steht schließlich jemand im Dunkeln. Aber dann bemerke ich, dass es nur ein schwarzer Anzug ist, der da hängt. Die Jacke auf einem Bügel und die Hose direkt dahinter auf einem anderen. Aber ein bisschen sieht es tatsächlich so aus, als stünde da jemand. Fast wie ein Vogelscheuche.

Ich drehe mich um und will zum letzten Haus gehen, bevor ich umkehre. Und da wird mir auf einmal ganz kalt. Ich bleibe stehen, trotz der Sachen, die mir gerade einfallen, und gucke mir noch mal die Vogelscheuche an. Ich weiß, dass es nur ein leerer Anzug ist.

Und als ich den Anzug da hängen sehe, sehe ich auch die Bilder aus der Nacht wieder. Es war ein schwarzer Anzug, den der Mann getragen hat. Der Mann, der den Motorradfahrer erschossen hat. Ganz klar. Und dann noch diesen komischen Hut aufhatte und einen Umhang.

Ich packe die restlichen Exemplare vom *Wochenspiegel* ganz fest an mich und laufe zurück nach Hause.

[25]

«BIT – KR 550.» Das Funkgerät kratzte die beiden Ls am Ende der Zahl fast weg, so sehr knarzte es.

«Oui. Ich wiederhole. Bitburg – Konrad, Richard, fünf fünf null.» Norbert Roth nahm die Füße vom Tisch und streckte die Schultern in alle Richtungen. Dienst am Grenzübergang war ihm mehr und mehr zuwider.

«Stimmt. Hellblauer Rekord Caravan. Zigaretten unter dem Beifahrersitz.»

«Verstanden.» Roth hatte sich schon aufgerichtet. Es würde kaum drei Minuten dauern, bis der Wagen auftauchte. Er zog die Uniform zurecht und öffnete die Tür des kleinen Zollhäuschens. Hier in Wallendorf war nicht so viel los, und eigentlich war ihm der Dienst zu langweilig. Er blickte auf Berts breiten Rücken.

Dem ging es ganz anders. Je weniger los war, desto besser für ihn. Er nickte zwei Autos hintereinander durch.

«Ich mach weiter», sagte Roth langsam. Bert Lautermann drehte sich um und ging ins Zollhäuschen. Sein «Jaja...» war kaum zu hören. Er würde sich den Kuchen genehmigen, den ihm seine Frau gebacken und eingepackt hatte. Roth war manchmal neidisch auf den Dicken. Aber auch nur wegen dem Kuchen, der immer so lecker aussah und roch. Frau Lautermann wickelte ihn zuerst in Alufolie und steckte ihn dann in eine Plastikdose. Stück für Stück. Manchmal hatte er drei davon für den Nachmittag in der Ledertasche.

Roth hielt das nächste Auto an, das um die Ecke gebogen kam. Wenn man Bescheid wusste, dann konnte man sich auch ein kleines Spiel erlauben. Er war ohnehin gespannt, was für ein Gesicht er in dem Auto sehen würde.

Der Fahrer des Käfers blieb stehen, wo er stehen bleiben sollte. Roth tat so, als interessierte er sich für ihn. Hinter ihm wartete schon ein Peugeot mit Luxemburger Kennzeichen. Ein Volvo stellte sich dahinter. Und da kam auch schon der Rekord.

Mit einem knappen Kopfwackeln schickte er den Käfer über den Fluss und die Grenze. Die Fahrerin des Peugeot trug die Bluse ganz schön weit offen. So machten die jungen Frauen das heute. Er tat nicht nur so, als interessierte er sich für sie. Es war ein schöner Anblick. Aber auch sie musste er rüberschicken. Ganz kurz, als er den Kopf bewegt hatte, dachte er, es wäre auch nicht so schlecht gewesen, sie aussteigen zu lassen. Können Sie mal den Kofferraum öffnen?

Dem Volvo-Fahrer schenkte er die gleiche Aufmerksamkeit wie dem des Käfers vorhin. Gesicht. Innenraum. Auto als Ganzes. Erneut das Gesicht. Und alles wie in Zeitlupe. Und das alles nur, um den Mann im Rekord in Sicherheit zu wiegen.

Nötig war nichts davon. Aber wenn einem solche Möglichkeiten gegeben waren. Bei Möglichkeiten dachte er kurz noch einmal an die Peugeot-Fahrerin. Er hätte sie aussteigen lassen sollen.

Der Rekord blieb vor ihm stehen. Zuerst das Gesicht. Hatte Roth schon einmal gesehen. Kam aus einem der umliegenden Orte. Ein Name fiel ihm aber nicht ein. Betont gelangweilt den Innenraum mit den Augen abfahren. Zeitung auf dem Rücksitz. Offene Camel-Packung demonstrativ auf dem Beifahrersitz. Krümel auf der Ablage vorn. Lange nicht sauber gemacht. Und kein Landwirt.

Der Blick über die Karosserie. Paar Kratzer, eine Delle vorn am Kotflügel. Nichts Besonderes.

Und wieder der Blick ins Gesicht. Ja. Da war eine Schweißperle auf der Stirn. Und trotzdem ahnte er noch gar nichts. Noch eine Sekunde in die Augen gucken.

«Können Sie mal den Motor abstellen?» Ganz tonlos die Frage. Völlig desinteressiert wirken. So geht das Spiel.

«Steigen Sie bitte mal aus?»

Der Mann zog sich am Türrahmen nach oben und blieb mit dem Rücken zum Auto stehen. 45 etwa. Haarkranz und Schnurrbart. Hemd und Pullunder. Cordhose und Arbeitsschuhe.

Handwerker, dachte Roth. Er ging betont langsam hinten um den Rekord herum. Blickte durch die Scheibe auf die Ladefläche des Kombis, auf der außer einem alten Eimer Farbe nicht viel zu sehen war. Der Mann war nur wegen der Zigaretten über die Grenze gekommen. Gleich würde er ihn überraschen.

«Haben Sie etwas zu verzollen?», fragte Roth leise, als er auf der rechten Wagenseite durch das Fenster auf die Rückbank guckte. Jetzt erst drehte sich der Handwerker um.

«Nein», sagte er in einem Ton, der Verwunderung ausdrückte. Die Stimme am Ende der Silbe leicht in die Höhe gezogen.

«Können Sie mal die Türen aufmachen?» Immer noch fast tonlos.

Der Mann griff in den Wagen, öffnete zuerst die Tür links hinten. Dann kniete er sich auf den Fahrersitz und zog die beiden Knöpfe auf der anderen Seite hoch.

Roth öffnete zuerst die hintere, dann die vordere Tür. Er tat so, als ginge er in sich, würde überlegen. Dann bückte er sich und griff zielgenau unter den Beifahrersitz. Nur schade, dass er nicht zugleich auch noch das Gesicht des Mannes beobachten konnte.

[26]

Als ich unseren Hof erreiche, hält der Käfer gerade an der Einfahrt. Ulrikes Mutter kurbelt die Scheibe runter und murmelt irgendwelche Sachen: «Tante ... krank ... Umleitung ... Stau ...»

Was Erwachsene halt sagen, wenn ihre Kinder eine Verabredung wegen ihnen nicht einhalten können.

Ulrike steigt aus und hat den Mund total zusammengekniffen. Sie guckt mich gar nicht an, sondern steht einfach in der Gegend herum. Mama kommt dazu und schlägt vor, dass wir beide erst mal zu Abend essen. Und als wir dann am Tisch sitzen, sagt sie, dass sie mit Ulrikes Eltern geredet hat und Ulrike bei uns bleibt.

Beim Essen sitzen wir allein am Tisch. Papa guckt Fernsehen und trinkt Bier. Rudi und Michi rennen einmal durch die Küche, gucken uns aber nicht an. Und Chrissi liegt mit einer Erkältung im Bett.

Über die Dinge aus der letzten Nacht reden Ulrike und ich nicht. Nicht am Tisch. Nicht, nachdem uns niemand zuhören wollte.

Wir gehen früh aufs Zimmer. Und wir stellen uns gleich ans Fenster.

Erst mal sagen wir ganz schön lange nichts. Dann kommt Mama und hat uns zwei Flaschen Coca-Cola aus dem Keller geholt. Die gibt es sonst nur am Wochenende. Jetzt sind sie nicht ganz kalt, aber trotzdem köstlich. Ulrike trinkt sie fast in einem Zug aus. Ich bin da etwas vorsichtiger und hab noch mehr als die Hälfte in der Flasche. Reden tun wir immer noch nicht.

Als Ulrike ihre Flasche geleert hat, knipst sie das Deckenlicht aus. So können wir besser hinaussehen.

Nur gibt es gar nichts zu sehen. Ab und zu fährt ein Auto vorbei. Mehr passiert nicht.

«Da kam der her.» Ulrike zeigt ungefähr auf die Stelle, wo die schwarze Gestalt auf die Straße getreten ist.

«Nicht eher da?» Für mich ist es ein Stück weiter links gewesen.

Es dauert ganz schön lange, bis Ulrike antwortet. «Vielleicht von da.» Sie bewegt den Arm ein Stück zur Seite.

Und dann dauert es wieder lange, bis ich was sage. «Der hatte ja einen Anzug an.» Ich erzähle ihr endlich die Geschichte vom frühen Abend.

Ulrike dreht die Cola-Flasche in der Hand. «Jedenfalls war der ganz schwarz.»

«Aber es war doch ein Anzug, oder?» Das ging alles so schnell in der letzten Nacht. Und ich will, dass Ulrike mich bestätigt.

«Ich weiß nicht», sagt Ulrike. Sie starrt auf die Straße, als könnte sie es dort sehen.

«Und der Hut», sage ich.

«Der Hut», sagt Ulrike tonlos.

«Aber du erinnerst dich. Oder?»

«Ja ...», sagt sie.

«Nein ...», sagt sie dann.

Und nach ein paar Sekunden: «Doch.»

Dann guckt sie mich an. «Ein Anzug. Vielleicht ... Und der Hut war ... komisch. Und der Umhang. Aber wer trägt denn Anzug?»

«Dein Vater.»

«Das war nicht mein Vater.»

«Aber er trägt einen Anzug, wenn er ins Büro fährt.»

«Das tut er», sagt Ulrike ganz langsam. «Und alle Männer haben einen Anzug an, wenn sie in die Kirche gehen.»

«Dann haben also alle Männer einen Anzug.»

«Klar haben alle Männer einen Anzug.»

«Und warum haben Frauen keinen?»

«Weil Frauen andere Sachen anziehen. Wir haben auch keinen Anzug. Was hast du zur Kommunion getragen?»

«Das Scheißkleid.»

«Siehst du?»

«Seh ich was?»

«Alle Jungs und alle Männer haben einen Anzug.»

«Ja», sage ich, weil ich das jetzt auch kapiere. «Und wie finden wir dann heraus, wer das da war auf der Straße?»

«Wie?», fragt sie.

«Wie was?», frage ich zurück.

«Warum finden wir was heraus?», fragt sie.

«Weil wir die Einzigen sind, die es gesehen haben. Wer soll es sonst tun?»

«Stimmt», sagt Ulrike.

Ich trinke meine Cola aus. Kleine Schlücke, damit ich mehr davon habe. Als ich fertig bin, sieht Ulrike mich wieder an. Das Zimmer ist dunkel, aber der Schein der allerletzten Laterne vor der Landstraße beleuchtet ihr Gesicht ein bisschen. «Und der Hut war komisch.»

Ja, das stimmt. Er war höher als der, den Papa sonntags trägt. Und auch etwas breiter? Und die Krempe hing herunter. Vielleicht fangen wir damit an.

[27]

Deshalb hat Klaus das Haus hier gekauft.»

«Nur deshalb?»

«Er macht manchmal auch Urlaub hier. Aber dass das Haus so nah an der Grenze ist ...»

«An diesem Grenzübergang ...»

«... und an diesem Grenzübergang, hat genau damit zu tun.»

«Und warum fahren wir dann nicht einfach rüber? Da steht doch keiner.»

«Ja, jetzt nicht. Aber wenn wir mit dem Wagen wiederkommen und da steht doch einer, dann müssen wir hier stehen bleiben und warten. Oder auf und ab fahren, um immer wieder nachzugucken. Und das fällt einfach auf.»

«Dann rufen sie Verstärkung.»

«Wahrscheinlich.»

«Und wenn wir es einfach riskieren?»

«Dann riskieren wir eine Ballerei.»

[28]

Als Chauffeur lernte man, nicht aufzufallen. Ruhe zu bewahren, war die Regel Nummer eins. Auch wenn hinten im Wagen kopuliert wurde, musste er schließlich auf die Straße achten. Und er hatte das schon erlebt. Er hatte eigentlich alles schon erlebt.

Vor allem war es wichtig, eigene Bedürfnisse nicht an die große Glocke zu hängen. Wenn er pinkeln musste, hielt er ein, bis sich eine Gelegenheit ergab. Zur Not öffnete er die Tür als Sichtschutz und pisste in den Rinnstein. Aber nur, wenn es gar nicht anders ging. Am Vortag hatte er sich an der Einfahrt zu einem Bauernhof hinter einen Busch gestellt. Wo war das Problem?

Das ergab sich nur, wenn er mal ein Drücken im Bauch hatte. Im Grunde genommen kam das nur selten vor, aber es passierte. Und gestern Abend war er in einem französischen Restaurant gewesen. Nicht, dass er es nicht geahnt hätte. Französische Küche wurde sowieso überbewertet. Und er hatte den ganzen Salat gegessen, den sie ihm auf den Tisch gestellt hatten, so hungrig war er gewesen. Und dann die Nierchen.

Jetzt in Hommerdingen stand er neben dem Wagen zwischen Stall und Wohnhaus, und er hatte schon Schmerzen vom Einhalten. Er musste eine Lösung finden für sein Problem. Also klopfte er an die Tür.

Die Frau, die ihm öffnete, hatte er eben kurz wahrgenommen. Graubraune Dauerwelle, große Brille, beinah quadratisch die Gläser, noch ganz hübsch trotz ihres Alters. Sie strahlte über das ganze Gesicht. Die Wangen hatten einen roten Ton, und die Augen hätten im Dunkeln geleuchtet.

Er schilderte sein Problem, und sie trat zur Seite. «Da», sagte sie und zeigte auf eine schmale Tür direkt neben dem Eingang. Der Chauffeur bedankte sich kurz und verschwand dahinter.

Als er erleichtert die Tür wieder öffnete, hörte er die Stimme eines Mannes. «Wollen Sie nicht doch etwas trinken?» Laut, aufgeregt, am Anschlag. Der Chauffeur linste durch den Türspalt in die Küche, aber von dort kam die Stimme nicht. «Der gute Pflaumenschnaps», sagte der Mann gerade im allerfreundlichsten Ton.

Das musste aus dem Raum hinter der Küche kommen. Das Wohnzimmer vielleicht. Gläser klirrten aneinander.

«Kein Alkohol», hörte der Chauffeur seinen Mann sagen, deutlich leiser als der andere, «bitte, ich vertrage ihn sowieso nicht. Noch ein Wasser reicht mir schon.»

«Irgendwas?», fragte die Frau. «Nicht irgendwas?» Und nach einer kleinen Pause: «Wirklich gar nichts? Es macht ja keine Mühe. So gar keine.» Sie ging wieder in die Küche.

«Es ginge vielleicht auch ganz anders», sagte der Fahrgast. Der Chauffeur blieb in der Tür stehen und hörte, wie in der Küche eine Flüssigkeit eingegossen wurde.

«Man braucht irgendwann natürlich auch ein Zentrum für die Verarbeitung.» Das war wieder der Mann, den er fuhr. «Das muss ja auch entstehen. Eine komplexe Sache ist das. Und wenn man da geschickt mit seinem Grund und Boden umgeht ... Sie sind da sehr gut vorbereitet auf die Zukunft. Und so viel kann ich Ihnen versprechen. Diese Gegend hier wird sich verändern.»

Der Chauffeur hörte, wie im Wohnzimmer ein Sessel verschoben wurde und machte, dass er aus dem Haus kam.

[29]

Sie blickten sich um, als wäre das eine Kulisse.

Stadtpolizisten. Anzugträger. Der Stoff von dem einen war richtig fein. Reiter hätte nicht zu sagen gewusst, wo man so etwas kaufen konnte. Nicht einmal in Bitburg gab es so einen Anzug. Vielleicht in Trier. Obwohl ... Eher noch in Luxemburg. Dann musste der aber Geld in der Familie haben.

Der andere hatte seine Hände tief in den Hosentaschen, die Schultern hingen wie die Enden des Schnurrbarts. Die Steigerung von gelangweilt. Absolut unter seiner Würde, in so einer Polizeiwache zu stehen.

Wobei – Wache war schon eine kleine Übertreibung. Schreibtisch, Telefon, dazu ein Regal und ein Schrank für die beiden Uniformen. Nicht einmal eine Gewahrsamszelle konnte er bieten.

Mein Gott, dachte Reiter. Der Schnurrbart verzog sich nun tatsächlich zu einem Grinsen, als er sich umblickte.

«Der Tote», sagte der im grauen Anzug. Halutschek hieß er. Das wusste Reiter noch von der ersten Begegnung am Tatort. Freisammer hieß der andere. Man konnte darauf wetten, dass die Großeltern von beiden nicht in der Gegend geboren waren.

Halutschek sah ihn beim Reden nicht einmal an. «Peter Peters.» Er schüttelte den Kopf. «Was sind das für Eltern, die einem Kind so einen Namen geben? Also, da sind mehr als nur ein paar Dinge schiefgelaufen, oder?»

«Der Petershof ist schon lange am Ende, als Bauernhof.» Reiter setzte sich zum Reden hin, ohne sich um Sitzgelegenheiten für seine Gäste zu kümmern. «Bei der Flurbereinigung sind da ein paar Dinge passiert. Die haben immer mal wieder eine Parzelle verkauft, um sich über Wasser zu halten. Und irgendwann war der Hof so klein, dass sich die Bewirtschaftung eigentlich nicht mehr lohnte.»

Reiter legte den Kopf in den Nacken, um den beiden Mordermittlern in die Augen zu sehen. Beide hörten aufmerksam zu. Immerhin. «Und dann brauchten sie eine andere Einnahmequelle.»

«Schmuggel.» Der graue Anzug.

«Schmuggel.»

«Und was haben die so geschmuggelt?»

«Das hat alles ganz harmlos angefangen. Kaffee und Zigaretten. Aber die ganze Rechnung hat hinten und vorn nicht gestimmt. Da lebten damals fünf Leute auf dem Hof. Die Mutter ist irgendwann gestorben, und die Tochter, die Gabriele, ist weggegangen. Die ist in Köln, zum Studieren, glaube ich. Jetzt sind es nur noch drei, zwei meine ich … Also jetzt sind es nur noch zwei von den drei Söhnen. Der Peter ist ja tot. Und weil sie nach und nach die Landwirtschaft aufgegeben haben und dann auch noch die letzten Tiere und ein paar schrottreife Maschinen verkauft haben, blieb ihnen nicht mehr viel.»

«Kaffee und Zigaretten.»

«Ja, die sind in Luxemburg viel billiger.»

«Das wissen wir auch.» Freisammer zog Rotz die Nase hoch und schluckte eine Sekunde später.

«Und dann haben sie sich was Besseres gesucht?»

Reiter nickte. Er holte Luft und fing an, die Geschichte von vorn zu erzählen, die in der Gegend alle kannten.

Die Familie Peters hatte einst einen florierenden Bauernhof geführt. Das war lange her, und er war selbst nicht alt genug, um sich daran zu erinnern. Aber am Familientisch hatte der Vater den Petershof immer wieder genannt, wenn es darum ging zu erklären, wie man es richtig machte. Als Reiter dann größer wurde, und als er langsam begriffen hatte, dass sein älterer Bruder den Hof der Familie übernehmen würde, da hatte schon niemand mehr irgendetwas Gutes über die Peters gesagt. Da war Hugo Peters auch schon bei diesem fürchterlichen Unfall um Leben gekommen. Wann war das gewesen? Ende der Fünfziger? Oder später? Er war in Bitburg von einem amerikanischen Sportwagen überfahren worden. Und obwohl es Zeugen gegeben hatte, die den Unfall beschreiben konnten, war der Wagen nie gefunden worden. Und der Fahrer natürlich auch nicht.

Von da war es bergab gegangen mit dem Petershof. Hugos ältester Sohn Gottfried war überfordert gewesen mit allem, was das Geschäftliche betraf. Und er hatte immer dann, wenn es eng wurde, kleine Parzellen verkauft. Die Nachbarhöfe hatten so eine offizielle und eine nicht so offizielle Flurbereinigung erlebt. Als dann Gottfried mit dem Alkohol angefangen hatte und irgendwann zerquetscht unterm Trecker gelegen hatte, weil er im Suff die Kurve in die Hofeinfahrt nicht mehr gekriegt hatte, war alles den Bach runtergegangen. Heide, seine Frau, hatte sich ein paar Wochen später auf dem Speicher erhängt. Und Horst, deren Ältester, war plötzlich in der Verantwortung. Ohne Erfahrung. Ohne Plan. Und ohne echtes Interesse an der Landwirtschaft.

Was Reiter nicht erzählte, war, dass sie alle ein Auge zugedrückt hatten, als Horst und seine beiden Brüder Paul und Peter mit den Zigaretten angefangen hatten. Er selbst ja auch. Damals war er so scharf gewesen auf Gabriele. Da hätte es einen schlechten Eindruck gemacht, wenn er den Jungs Handschellen angelegt hätte. Ohnehin hatte er damals die Wache in Körperich frisch eingerichtet und hatte noch herausfinden müssen, was man tat und was man besser ließ. Nicht nur wegen Gabriele.

«Und dann?», fragte Freisammer, als Reiter eine Pause ließ.

«Dann hat das Geld auch mit dem normalen Schmuggel nicht mehr gereicht.»

Beide sahen auf ihn herab und warteten. Halutschek nahm eine Packung Filterzigaretten aus der Jacke und hielt sie hin. Freisammer nahm sich, Reiter wackelte kurz mit dem Kopf. «Dann hat Horst angefangen, andere Sachen zu schmuggeln», sagte er.

«Drogen», sagte Freisammer.

«Drogen», sagte Reiter.

«Ja», sagte Halutschek. «Der Schmuggel. In so einer Grenzregion guckt ihr doch sicher ein bisschen darauf, was für eine Art Schmuggel es ist, den die Leute betreiben. Ich meine, ob jemand die zweite Stange Zigaretten in den Koffer tut oder ob man die kistenweise über den Fluss schleppt, ist schon ein Unterschied.»

Freisammer zog an der Zigarette und wartete.

Reiter war neugierig darauf, was Halutschek eigentlich erzählen wollte.

«Und das sind alles eigentlich legale Sachen», sagte er. «Wenn sie erst mal hier sind. Zigaretten. Kaffee. Aber wenn es um Drogen geht ... Was tut ihr dagegen?»

Reiter gefiel der Ton nicht, in dem Halutschek redete. Was tut ihr dagegen? Wer denkt der denn, wer er ist? Bleib ruhig, ermahnte sich Reiter. «Wir tun, was wir können», sagte er. «Und der Schmuggel selbst ist auch gar nicht das, wofür wir verantwortlich sind.»

«Sie?»

«Ich.»

Reiter konnte in den Augen der beiden lesen, was sie über seine Verantwortung dachten. Entlaufene Kühe, liegen gebliebene Trecker, und die Verkehrsunfälle natürlich.

«Ja», sagte Halutschek. «Dafür gibt's den Zoll. Und die Drogendezernate. Wir werden uns jedenfalls gleich mal auf dem Petershof umgucken. Die werden sich nicht wundern über unser Interesse, oder? Kennen die doch. Wäre schön, wenn Sie dabei sein könnten.»

[30]

Morgens ist wieder richtig viel los. Die Polizei ist überall, an der Landstraße, im Dorf und drum herum. Ich verstehe nicht, was sie da tun, aber wir werden überall weggescheucht.

Zuerst muss ich morgens natürlich meine Pflichten erledigen. Und dann schnappen wir uns einfach die Räder und fahren in Richtung Hochsitz. Zwei Mal werden wir von Polizisten angehalten, die uns einmal über eine Wiese und dann in eine Brache schicken, damit sie da, wo sie rumstehen, irgendetwas tun können.

Auf dem Weg nach oben haben wir ziemlichen Gegenwind. Ulrike fällt sofort zurück, und ich warte ein paar Mal am

Straßenrand auf sie. Ein Auto mit Luxemburger Kennzeichen kommt den Berg hoch. Es bremst ganz kurz etwas ab und fährt dann weiter. Ein Peugeot.

Als Ulrike bei mir ankommt, fahre ich wieder ein Stück vor. Ich bin einfach schneller als sie. Was soll ich machen? Das Luxemburger Auto kommt da den Berg schon wieder runter. Komisch, denke ich. Wenn er aus Luxemburg ist, kennt der sich doch hier bestimmt aus. Jedenfalls ist das bei den meisten Luxemburgern so. Ich kann den Mann am Steuer jetzt auch kurz sehen. Ganz hohe Stirn, dickrandige Brille und ein fetter Schnurrbart. Ich bleibe stehen und warte auf Ulrike.

Ulrike kommt angekeucht.

«Du brauchst ein neues Fahrrad», sage ich.

Ulrike sagt gar nichts. Sie keucht halt.

Das luxemburgische Auto kommt wieder von hinten. Vielleicht hat der mit der dicken Brille irgendwo etwas vergessen. Dann ist er eben zurückgefahren, das kann dann nicht weit gewesen sein, und jetzt ist er wieder unterwegs nach Hause. Nach Luxemburg.

Wir haben es nicht mehr so weit bis zur Abzweigung. Ich fahre ganz langsam, und als wir gerade ein paar Meter auf dem Schotterweg gemacht haben, steht da der Wagen, der uns eben noch überholt hat, der mit dem Luxemburger Kennzeichen. Was für ein Zufall.

Ein bisschen nehmen wir Tempo raus. Vielleicht, weil Ulrike immer noch so keucht. Oder weil wir nach dem Fahrer gucken. Denn der ist nicht mehr im Wagen.

Kurz bevor es dann noch mal nach rechts zum Hochsitz geht, sehen wir ihn. Seinen Rücken zuerst, also eine weite Jeanshose und eine graue Jacke. Er steht da und bewegt sich nicht.

Und dann dreht er sich langsam um. Ganz kurz, bevor wir ihn erreichen.

Ulrike fängt sofort an zu weinen und bleibt stehen. Ich sehe zuerst zu ihr rüber und kapiere dann erst, warum sie heult. Der Pimmel von dem Mann guckt uns direkt an. Er sieht aus wie ein Maulwurf, nur dass er keine Haare hat. Vorn ist er ganz spitz. Und der Mann streichelt den Maulwurf mit einer Hand.

Ich boxe Ulrike kurz mit der Faust, jedenfalls so gut ich von Fahrrad zu Fahrrad an sie herankomme. Ich will nämlich nicht, dass sie weint. Manchmal wollen die Leute doch nur das.

Dass Mädchen heulen. Also tu ich das erst recht nicht. Und ich will auch nicht, dass Ulrike es tut. Jedenfalls nicht, wenn uns einer sehen kann. Und gerade können uns der Mann und sein Maulwurf sehen.

Ulrike ist schon dabei, sich mit dem Rad rumzudrehen, was im Stehen gar nicht so schnell geht. Fast fällt sie dabei auch hin. Ich sehe noch die großen Augen von dem Mann. Hinter der dicken Brille sehen sie ganz komisch aus. Und als der Mann anfängt, am ganzen Leib zu zucken, drehe ich mich auch um.

Ulrike hat schon einen kleinen Vorsprung, aber ich hole sie schnell ein. Sie weint immer noch, und sie biegt auf die Teerstraße ab, ohne sich umzugucken. Aber es kommt zum Glück kein Auto.

Als wir den Eingang zu einem Feld erreichen, bleibt Ulrike stehen. Ich bremse und blicke mich um, aber der Peugeot ist nicht zu sehen.

«Das sag ich Mama.» Ulrike hat aufgehört zu weinen.

«Auf keinen Fall.»

«Warum?» Sie wischt sich durch das Gesicht.

«Weil sie uns dann nicht mehr zum Hochsitz lassen.»

«Und wenn der wieder da wartet?»

«Das tut er aber nicht.»

«Warum nicht?»

«Darum nicht.»

Ich nehme Ulrike in den Arm. Und denke dabei an den Kaplan, der sich so nah an die offene Toilettentür gestellt hat, dass ich seinen Pimmel sehen musste beim Pinkeln. Er hat dann so rübergezwinkert zu mir. Seinen Namen habe ich vergessen. Und dann fällt mir der Biologielehrer Reich ein. Das ist erst ein paar Wochen her. Der hat mich im Schulflur gefragt, ob ich das verstanden hätte, was er uns über Fortpflanzung erklärt hat. Ich glaube, ich habe nur genickt. Dann hat er gesagt, ich könne ihn immer fragen, wenn mir was nicht klar wäre. Er würde mir gern helfen. Der Biologielehrer fällt mir deshalb ein, weil er die Augen dabei genauso aufgerissen hat wie der Mann mit der dicken Brille eben.

«Ist das klar?», frage ich Ulrike.

«Was?»

«Dass wir nichts erzählen. Auf gar keinen Fall.»

Ulrike überlegt eine ganze Weile und nickt dann. Ich bin mir nicht so supersicher, dass sie dichthalten wird.

OSTERN

[1]

Wenn man sich ernsthaft unterhalten will, muss man einen Ort haben, an dem das überhaupt möglich ist. Mein Zimmer ist da nicht schlecht, aber Mama kann jeden Moment durch die Tür kommen und vom mir verlangen, dass ich den Hühnerstall sauber mache.

Zum Glück haben wir den Hochsitz. Da kann man auch mal nachdenken über eine Frage, bevor man antwortet.

Ulrike sagt, dass sie Angst hat vor dem Mann mit dem Maulwurf. Also nicht direkt, eher ist das ein «Weiß nicht», als ich zum Hochsitz will. Ich verstehe, was sie meint.

«Der kann gar nicht mehr da sein», sage ich.

«Warum?»

«Weil der denkt, dass wir mit unseren Vätern wiederkommen. Und stell dir das mal vor.»

«Was die mit dem machen würden?»

Als ich nichts antworte, meint Ulrike nur: «Klar.» Das sieht sie dann auch so.

Auf dem Hochsitz sage ich dann: «Ich weiß es nicht.» Und ich habe ziemlich lange nachgedacht, bevor ich ihr geantwortet habe.

Ihre Frage ist: «Denkst du, dass das jemand aus dem Dorf gewesen ist?»

Ich weiß es wirklich nicht.

Ulrike hat die Geschichte mit dem Geist auch ihrem Vater erzählt. Und der hat gesagt, dass sie das geträumt hat. Dann hat sie gesagt, dass ich das auch gesehen habe. Und dann hat Ulrikes

Vater telefoniert. Sie ist sich ziemlich sicher, dass er Papa angerufen hat.

Was werden sich die beiden erzählt haben?

Dass wir Kinder sind.

Geschenkt.

Wir sind elf Jahre alt. Aber wir sind nicht blöd.

Würden sie uns ernster nehmen, wenn wir Jungs wären?

Vielleicht.

Wahrscheinlich.

Ganz sicher eigentlich.

Ulrike sagt, dass ihr Vater sie darauf nicht mehr angesprochen hat. Genau wie bei Papa und mir.

Jetzt denke ich noch mal ein bisschen nach über Ulrikes Frage. Und je mehr Zeit ich mir lasse, desto sicherer bin ich mir. «Eigentlich muss das einer aus dem Dorf gewesen sein.»

«Warum?»

«Weil ... Überleg mal. Als der Milchwagen gekommen ist, da ist der Geist nicht vom Dorf weg gelaufen. Das wäre ja bergauf gewesen. Also dahin, wo wir gerade sind. Sondern er ist in den Bach gesprungen. Und nur, wenn sich der Geist auskennt, weiß er, dass man genau da, neben dem Bach am Gebüsch lang ins Dorf gehen kann.»

«Wenn man sich bückt.»

«Wenn man sich bückt unter der Brücke und es egal ist, wie man aussieht, wenn man da wieder rauskommt. Aber du kannst so unter der Straße durchgehen und am Meierhof wieder raus aus dem Bachbett.»

«Und dann gehst du nach Hause.»

«Dann ist der Weg nach Hause nicht mehr weit.»

«Wenn der Geist aus dem Dorf gekommen ist.»

«Wenn», sage ich. «Aber ob der Geist nun aus dem Dorf gekommen ist oder nicht. Ein richtiger Geist war es nicht.»

«Nein. Er hat geschossen.»

«Und Geister laufen nicht mit einem Gewehr durch die Gegend.»

«Auch nicht in der Nacht», sagt Ulrike.

«Wie nennen wir den Geist denn dann? Wenn es kein Geist gewesen ist?»

Das ist wieder so eine Frage, über die man ziemlich lange nachdenken muss. Aber Ulrike weiß, dass sie genug Zeit zum Überlegen hat.

Später, beim Abendessen, sagt Papa dann, dass der Mann, der Bauernhöfe bei uns in der Gegend kaufen will, noch nicht bei uns im Dorf gewesen ist. «Also bei mir auf jeden Fall nicht», sagt er. Und die anderen Bauern hätten auch nichts erzählt. «Den Wagen, von dem sie alle reden, den sieht man ja, so auffällig wie der ist. Der versteckt sich nicht.»

Rudi fragt, für wie viel Papa denn den Hof verkaufen würde. «Ich verkaufe nicht», sagt Papa.

«Auch nicht für hundert Millionen?», fragt Chrissi. Eine typische Chrissi-Frage. Papa antwortet nicht einmal darauf.

«Aber wie viel ist der Hof denn wert?», fragt Michi.

Papa überlegt, und dann sagt er: «In Ferschweiler reden die Leute schon nicht mehr miteinander. Wegen der Sache. Die sind sich nicht mehr grün.»

[2]

Zwei Mannschaftswagen warteten schon auf dem Petershof. Nein, falsch, dachte Reiter, als er hinter dem Passat der beiden Mordermittler hielt. Die hatten gar nicht auf ihn gewartet. Sie hatten schon mit der Arbeit begonnen.

Paul und sein Bruder Horst Peters standen in Hemd, Hosen

und Pantoffeln vor dem Eingang zum Haus. Jeder auf einer Seite der Tür, jeder mit zwei Mann in Uniform neben sich. Sie kannten das Procedere schon. Paul hatte den Kopf oben, bemerkte Reiter und sah ihn an mit einem Blick, als hätte er selbst die Kavallerie auf den Hof geführt. Horst scharrte mit einem Fuß am Boden, zuckte mit den Schultern und kratzte sich am Bauch.

«Gut», sagte Freisammer eher zu sich, als er sich neben Reiter stellte. Dann holte er Luft: «Ihr könnt anfangen.»

Gut, dachte Reiter. Sie hatten doch auf ihn gewartet. Sie hatten nur alles schon vorbereitet.

Ein Grauhaariger, dem Reiter schon einmal begegnet war, nahm die Aufforderung zum Anlass, mit dem Arm in mehrere Richtungen zugleich zu zeigen, worauf sich etwa zehn Uniformierte in Bewegung setzten. Die, die die beiden Brüder bewachten, blieben neben ihnen stehen.

Es dauerte nur ein paar Minuten, bis ein Uniformierter mit einem kleinen Paket in der Stalltür neben dem aufgebockten Simca erschien. Der Vorgesetzte wies ihn mit dem Daumen an, seinen Fund Freisammer und Halutschek zu zeigen.

Es war ein großes Brikett Haschisch, einfach in eine Plastikfolie gewickelt. Freisammer wog es in den Händen. «Ein Kilo?», fragte er in die Runde. Er sah dem jungen Uniformierten in die Augen.

«In dem Franzosen», sagte der. «Da, wo sonst der Ersatzreifen ist.»

«Wie viel kriegt man dafür?» Halutschek nahm dem Kollegen das Paket ab und wog es ebenso in den Händen.

«Muss man viele Kartoffeln für einfahren», sagte Freisammer. Er wandte sich wieder an den Jungen vor ihm. «Danke, gute Arbeit. Mach weiter.»

Er drehte sich nach hinten. «Das haben Sie so auch angekündigt.»

Reiter nickte. Er war gespannt, was die noch alles finden würden. Und wie viel davon.

«Hier», rief einer irgendwo im Haus. Kurz darauf kam er mit einer Plastiktüte von Kaiser's Kaffee heraus. Wie eben schon schickte ihn der Einsatzleiter zu Freisammer. Der junge Polizist hielt die Tüte offen mit beiden Händen vor sich. Zuerst blickte Halutschek hinein und gab einen Pfiff von sich. «Ah ja», sagte dann Freisammer. Reiter wusste schon, was in der Tüte war, bevor er die Scheine sah. Er schätzte die Summe aus Scheinen und Münzen auf mehrere tausend Mark, mehr auf jeden Fall als die Beute aus dem Banküberfall letztens, dann sah er dem jungen Polizisten in die Augen. Der Idiot war nicht nur stolz darauf, die Kohle gefunden zu haben. Ihm war nicht einmal der Gedanke gekommen, sich davon was für sich selbst zu nehmen. Der Anfänger.

Es wurde langsam dunkel.

«Alles so, wie Sie es uns erzählt haben», sagte Halutschek.

Reiter nickte, an seinem Wagen lehnend. «Brauchen Sie mich noch?», fragte er. «Ich muss noch ein paar entlaufene Kühe suchen.» Er war ein kleines bisschen stolz auf seinen Widerstandsgeist.

«Also vor mir aus ...» Halutschek wartete auf Freisammers Zustimmung. In dem Moment kam noch ein Uniformierter aus dem Haus gerannt.

«Unter dem Teppich», rief er aufgeregt. «Unter dem Teppich.» Ohne seinen Vorgesetzten zu beachten, kam er auf Reiter und die beiden vom Mord zugerannt. Er entschied sich, seinen Fund Reiter zu präsentieren. Es war eine kleine Plastiktüte mit weißem Pulver.

Reiter nahm das Säckchen, das oben mit einem losen Knoten zusammengebunden war und nickte.

Der Junge atmete heftig und sah alle drei Polizisten zugleich an.

«Gut gemacht», sagte Freisammer und streckte die Hand in Richtung Reiter aus. «Was haben wir also hier?»

«Und wir haben gedacht, alles Böse kommt von den Amis.» Halutschek fixierte Reiter. «Dabei haben es die Leute hier auch faustdick hinter den Ohren.»

Als Reiter darauf nichts entgegnete, fragte Halutschek: «Nicht wahr?»

[3]

Sie haben uns schlafen lassen, und deshalb sitzen Ulrike und ich allein am Tisch. Ich weiß gar nicht, warum alle so nett zu uns sind. Sogar meine Morgenpflichten sind schon erledigt.

Natürlich haben wir dafür andere Pflichten. Gründonnerstag wird geklabbert. Und bald ist es schon Zeit, pünktlich um zwölf Uhr geht es nämlich los. Und das Allerallerbeste ist, dass Ulrike und ich die ältesten Kinder beim Klabbern sind. Wir sind heute die Chefs.

Beim Treffen gegenüber am Eingang zum Meierhof glaub ich dann aber nicht, was ich sehe. Theo steht da. Dabei ist der schon dreizehn. Der gehört eigentlich gar nicht mehr mit dazu.

Theo hat aber auch ganz schön viel Respekt vor mir. Ich hab ihn einmal geschlagen, richtig geschlagen. Ich weiß nicht mehr genau, warum. Aber er wird es verdient gehabt haben. Seitdem ist er vorsichtig, wenn ich in der Nähe bin. Und genau deshalb spricht nichts dagegen, dass Ulrike und ich die Chefs sind heute.

Die anderen Kinder sind alle jünger als wir. Erika vom Herreshof ist gerade zehn geworden und ist älter als die anderen, die alle noch in die Grundschule gehen. Wir sind fünf Mädchen und drei Jungs. Und Theo. Also mehr Mädchen als Jungs.

Und Theo geht auch nur mit wegen Samstag. Da gibt es

Süßigkeiten. Und Geld. Und manchmal auch Eier. Aber die sind nicht wichtig, die haben wir ja selbst.

Mama hat gesagt, dass Mädchen erst seit ein paar Jahren Klabbern dürfen. Sie hat nicht so genau erklärt, warum. Mädchen hätten das eben nicht gedurft, weil es mit der Kirche zu tun hat. Als ob das ein Grund ist.

Mit der Kirche hat das ganze Klabbern überhaupt zu tun. Weil die Glocken aus den Kirchen wegen Ostern in den Vatikan fliegen und nicht läuten können, weil sie ja weg sind, also im Vatikan oder auf dem Weg dorthin oder vielleicht auch schon wieder unterwegs zu uns zurück, müssen die Leute mitkriegen, wann es Mittag oder Abend ist. Das ist jedenfalls die Erklärung, die wir gekriegt haben, als wir noch klein waren. Irgendwie fehlt in der Geschichte etwas. Aber wir haben uns an sie gewöhnt. Und vor allem freuen wir uns darauf.

Wir haben alle unterschiedliche Klabbern dabei. Alle selbstgemacht. Also von der Familie. Irgendwann. Wir haben zwei im Haus, und eine davon hat jetzt Ulrike. Sie ist noch nicht so lange im Dorf. Die beiden Klabbern hat Papa mal für Rudi und Michi gebastelt, glaube ich. Man packt sie am Griff und dreht das Holz, wenn man die Hand bewegt. Durch den Widerstand der Zahnräder macht das dann den Krach. Oder so ähnlich. Andere Kinder haben eher so eine Art Kasten, den man auf- und zumacht. Hauptsache ist, dass die Dinger aus Holz sind und man mit ihnen Lärm machen kann.

Theo ist zwar der Größte von uns. Aber er hütet sich, an die Spitze der Gruppe zu kommen. Da sind Ulrike und ich. Und gerade gehen wir los. Auf meiner Armbanduhr ist es Punkt zwölf.

Zuerst wird geklabbert.

Dann gerufen: «Moettichglock lätt.» So wissen die Leute, dass es Mittag ist, weil die Mittagsglocke läutet. Einige wissen es vielleicht auch so, weil sie eine Uhr zu Hause haben. Aber das ist egal.

Klabbern.

Rufen: «Moettichglock lätt.»

Wir nehmen zuerst die Straße, die den Berg hinaufführt, bis zum letzten Haus. Das ist das der Feckers. Dann kehren wir um, und bei den Herres gehen wir quer über den Hof rüber, um zu den Hohlscheids und zu den Thiersens zu kommen.

Klabbern.

«Moettichglock lätt.»

Klabbern.

«Moettichglock lätt.»

Die Wäscheleine ist leer.

Klabbern.

«Da hat er gehangen», rufe ich, als alle klabbern. Ich schreie eigentlich, aber nur Ulrike kann mich hören, so laut wie wir zusammen sind.

«Moettichglock lätt.»

Klabbern.

«Der Hut», ruft Ulrike zurück.

«Moettichglock lätt.»

«Was?»

Klabbern.

«Wir müssen mit dem Hut anfangen», ruft sie. «Anzüge haben ja alle. Oder mit dem Umhang.»

Hinter den Reilichs gehen wir über die Wiese runter zu der Straße, die hinter unserem Hof herführt. Klabbern und rufen werden kurz leiser. Ich gucke mich um. Theo geht ein paar Meter hinter der Gruppe. Er ist wirklich nur wegen der Süßigkeiten dabei.

Auf der Straße werden wir wieder lauter.

Klabbern.

«Wir müssen den Hut finden», ruft Ulrike.

«Moettichglock lätt.»

Während wir wieder klabbern, frage ich mich, warum ich daran noch nicht gedacht habe. Vor allem: Wenn uns niemand glaubt, dass wir das mit dem Motorradfahrer und dem Mann in Schwarz gesehen haben, dann kümmert sich ja auch niemand sonst darum.

Klabbern.

«Moettichglock lätt.»

Und wenn sich niemand darum kümmert ...

Klabbern.

«Moettichglock lätt.»

Gleich sind wir wieder da, wo wir angefangen haben.

Wenn sich niemand anders darum kümmert, dann müssen wir es tun. Der Hut. Oder eben der Anzug. Oder doch der Umhang?

Letztes Klabbern.

«Moettichglock lätt.» Das war recht leise, und nicht mehr alle haben mitgerufen.

Trotzdem: Wer außer uns?

[4]

Überall starrten sie einen an. Egal, was sie tat, sie wurde permanent beobachtet. Sie musste nur an einem der Scheiß-Häuser im Dorf vorbeigehen, und schon bewegten sich die Vorhänge. Das war so, seit ihr Ex sie wegen dieser anderen Frau verlassen hatte.

Scheiß-Häuser.

Scheiß-Dorf.

Nur hier war sie mal unbeobachtet. Hier, hinter dem Meierhof. Hier, am Gaybach.

Gaby Teichert stand von Bäumen umgeben am Ufer. Da war sogar etwas Wasser drin. Kniehoch vielleicht. Höher jedenfalls als zuletzt. Es hatte auch ein bisschen geregnet. Sie fasste sich ans Kinn. Da war immer noch etwas Schorf auf der Wunde.

Umblicken. Niemand zu sehen.

Klar war hier niemand. Der Weg wurde fast nicht benutzt. Und gerade fing es an, leicht zu nieseln.

Zeit, sich kurz zu sammeln. Die letzten Male war sie mehr oder weniger unbeobachtet vom Bach wieder nach Hause gekommen. Aber Gaby Teichert wusste, dass die Leute im Dorf hinter ihren Haustüren lauerten, um ihren Kindern zu erzählen, wie verrückt die Teichert war. Vielleicht riefen sie sogar wen an.

Ich bin nicht verrückt.

Sie zog den Rock hoch. Dann ging sie leicht in die Knie. Atmete ein. Und erhob sich wieder.

Der Wagen, der durchs Dorf fuhr, störte sie. Hörte sich an wie der von Theos Eltern. Wenn einer im Dorf wirklich bekloppt war, dann der Junge.

Als das Motorengeräusch verklungen war, zog sie erneut den Rock hoch und ging in die Knie. Sie sprang schnell ab, bevor noch irgendetwas dazwischenkommen konnte.

Flach und frontal landete sie im Bach. Es schmerzte an der linken Hand und am rechten Knie. Die Hüfte war auch auf einem Stein aufgekommen. Aber es war nicht schlimm. Wahrscheinlich blutete sie gar nicht so sehr.

Mit dem Kopf im Wasser blieb sie liegen, solange der Atem reichte. Dann erhob sie sich, kletterte aus dem Wasser und ging auf ihr Haus zu. Bei Feckers blieb sie stehen.

Keine der Gardinen bewegte sich. Aber das hieß nicht, dass sie nicht alle dort standen und sie beobachteten.

Sie blickte an sich herab. Da war Blut am Ärmel der Bluse. Hoffentlich war kein Riss darin. Sie mochte die Bluse. Das Knie war aufgeschürft.

Klar beobachteten sie sie.

Pack.

[5]

«Kaffee ans Bett. Wie schön. Das ist ja wie im Urlaub.»
«Steht was in der Zeitung?»
«Nix.»
«Nix?»
«Nix über uns. Und auch nix über die anderen.»
«Und Italien?»
«Ja, schon. Moro-Entführung hier, Moro-Entführung dort.»
«Und?»
«Sie werden ihn draufgehen lassen.»
«Und sagt die KPI irgendwas dazu?»
«Nix.»

[6]

«Bollendorf zuerst», sagte der Mann, als er einstieg. Er wischte sich die Feuchtigkeit von den Schultern, die ein paar Regentropfen auf dem Jackett hinterlassen hatten.

Der Chauffeur stellte den Wagen auf demselben Platz ab wie einige Tage zuvor und sah, wie der Mann im Anzug grußlos ausstieg. Am Ufer entlang beobachtete der Chauffeur ihn und sah, wie er in eine Gasse einbog, die vom Fluss wegführte. Er hätte dem Mann einen Schirm anbieten sollen, dachte er. Aber er war so schnell verschwunden und hatte die Kommunikation auch gemieden. Und gerade hatte es aufgehört zu regnen.

Er stieg selbst aus, blickte sich kurz um und rannte die Strecke bis zu der Gasse, wo sein Fahrgast verschwunden war. Vorsichtig blickte er bergauf und nahm noch wahr, wie der Mann an einem windschiefen Fachwerkhaus in eine weitere Gasse abbog. Jetzt kam es darauf an. Wenn er ihm nun folgte und ihm womöglich begegnete, vielleicht weil sich sein Gast in der Gasse geirrt hatte und ihm gleich wieder entgegenkam, oder weil er nur etwas abzugeben hatte und seine Aufgabe schon erledigt hatte, dann ... Wenn sie sich hier begegneten, dann war klar, dass er dem Mann gefolgt war.

Dann wäre er seinen Job los. Ganz einfach. Ganz schnell. Interesse an den Aktivitäten des Fahrgastes war das Gegenteil jener Diskretion, die von ihm erwartet wurde.

Aber er war zu neugierig. Er rannte die nächste Strecke bis zum Fachwerkhaus und stoppte dort. Ein paar dicke Tropfen fielen vom Dach auf die Straße vor ihm, und er drückte sich dichter an die Wand des Hauses. Er hätte selbst einen Schirm mitnehmen sollen.

Hastig warf er einen Blick um die Ecke, konnte den Mann im Anzug aber nicht entdecken. Einen Moment lang sammelte er sich und ging dann langsam wie ein betagter Spaziergänger in die Gasse hinein.

Kleine Häuser zu beiden Seiten. Renoviert dieses, heruntergekommen jenes. Dort ein Kunstgewerbehandel, nebenan ein leeres Ladenlokal. Nichts, was auf den ersten Blick den Halt hier rechtfertigte. Und der Mann im Anzug war ohnehin nirgends zu sehen.

So langsam, wie er in die Gasse hineingegangen war, drehte er sich um und spazierte zurück. Erreichte die Ecke mit dem Fachwerkhaus, drehte sich einmal um die eigene Achse und überlegte, ob er noch länger nach seinem Gast suchen sollte. Da entdeckte er ihn unten an der Uferpromenade. Eiligen Schrittes war er unterwegs zurück zum Auto. Und sein Weg war kürzer als der eigene.

Verdammt. Ohne lange nachzudenken, rannte er in die Gasse hinein, die gegenüber dem Fachwerkhaus schräg abwärts zum Ufer führte. Der Regen wurde wieder stärker.

Auf einem nassen Abschnitt mit Kopfsteinpflaster rutschte er kurz weg, fing sich aber wieder. An der Straße, die von der Brücke geradeaus durch den Ort führte, stoppte er kurz und wechselte dann in einen langsamen Tritt. Genau gleichzeitig mit dem Fahrgast erreichte er das kleine Zollhäuschen. Ohne einander anzuschauen, gingen sie nebeneinander auf den Wagen zu und setzten sich gleichzeitig auf ihre Plätze im Auto.

[7]

Der hat angefangen.»

Reiter betrachtete seinen Bruder Heinz im Ohrensessel. Den hatte er sich vor zwei Jahren in Trier gekauft. Hatte gesagt, er sei alt genug für so einen. Dabei war er erst 55. Im Kamin brannten ein paar Scheite, obwohl es dafür zu warm war. Auf dem Tisch stand ein Selbstgebrannter. Heinz hatte einen Verband um den Kopf gelegt, der mehr verbarg als nötig. So heftig war die Auseinandersetzung doch gar nicht gewesen. Und die Schwellung unterhalb des linken Auges war schon fast weg.

«Du weißt, dass ich da nicht so viel machen kann.»

«Ja, ja, weil du mein Bruder bist.»

«Weil ich dein Bruder bin. Ich kann einen Kollegen aus Bitburg zu Hilfe rufen, der das alles protokolliert. Der wird sich dann alles anhören und sicher irgendeine Anzeige zu Papier bringen. Sonst lohnt sich das Kommen gar nicht. Und, bevor du fragst, ja, ich muss auch noch zum Trommler. Und wenn es nur aus reiner Höflichkeit ist.»

«Aber da muss man doch etwas machen können.»

«Wogegen?»

Heinz nahm das Schnapsglas, betrachtete es und kippte sich den Schluck in den Rachen. Die Frage beantwortete er nicht.

«Cäcilie sagt, dass du zuerst geschlagen hast. Sie hat sich zuerst etwas geziert, aber es dann zugegeben.»

«Die eigene Frau? Aber das ist doch alles nicht richtig.»

«Was? Es ist nicht verboten, einen Hof zu kaufen. Auch nicht mehrere.»

«Aber der von Trommler ist doch keine vier Millionen wert.»

«Es ist auch nicht verboten, über dem Marktwert zu kaufen. Im Gegenteil. Gib mir auch einen.» Reiter zeigte auf den Schnaps. «Was ist das? Pflaume?»

«Pflaume.»

«Wer mehr rausschlägt, als eine Ware wert ist, gilt hierzulande als schlau.»

«Erklär mir nicht das System.»

«Du hast dich beschwert.»

«Geh zum Trommler und frag nach dem Namen von dem.»

«Das tu ich nicht. Wenn er ihn mir ungefragt gibt, dann nehm ich ihn. Sonst geht mich das nichts an. Es ist nicht verboten, mit Geld um sich zu werfen, wie oft soll ich dir das noch sagen. Aber ich mach mir mal meine Gedanken. Versprochen.»

[8]

Das Funkgerät kratzte kurz, dann war François wieder zu hören. «NR – PS 34.»

«Oui», sagte Roth. «Ich wiederhole. Neuwied, Penis, Sackgesicht, drei, vier.»

Die Luxemburger konnten einem ganz schön auf den Geist gehen. Da standen schon wieder zwei von denen an dieser Tankstelle, François und ein Kollege, und warteten darauf, dass irgendein armer Landwirt sich den Wagen mit Zigaretten oder Kaffee volllud.

Was taten die eigentlich die ganze Zeit über? Redeten die über Fußball? Aber was soll man als Luxemburger schon über Fußball reden?

«Haha», sagte François. «Strich-Achter, blau. Zigaretten im Kofferraum. Und nicht wenig. Wirklich nicht.»

Das Haha hörte sich mehr an wie A-A, und wie er Strich sagte, war auch komisch. Wie der das I in die Länge zog. Und was das für ein Wagen war, wusste Roth sowieso. Das Kennzeichen war ihm vertraut. Es war Mittag und nicht viel zu tun.

«Verstanden», sagte er mit Verzögerung ins Funkgerät. Jetzt war es wichtig, dass er rechtzeitig vor dem Häuschen stand. Aber Lautermann ging wie immer gern zurück zu einer seiner vielen Mahlzeiten.

Eine Ente mit Luxemburger Kennzeichen kam herangestottert. Roth winkte sie durch, kaum dass sie angehalten hatte. Die Frau am Steuer war alt und nicht interessant. Hinter dem Audi kam auch schon der blaue Mercedes über die Brücke gefahren. Also würde er sich den Audi mal ansehen. Junger Kerl, gescheitelt. Aktentasche auf dem Beifahrersitz. Der Wagen war neu und gut gepflegt. Roth sah genauer hin. Da war schon ein Kratzer. An der Seite. Aber die letzte Wäsche war noch nicht so lange her. Der Kerl blickte gelassen nach vorn.

Einmal kurz um den Wagen herumschleichen. Noch ein strenger Blick, den der Fahrer nicht einmal bemerkte. Arrogantes Arschloch. «Weiter geht's», sagte Roth. Der Audi rollte an.

Der Mercedes hielt vor ihm. Roth sah Hubert kurz in die Augen. Dann wackelte er kurz mit dem Kopf. Der Mercedes fuhr weiter.

Sein Schwager Hubert wohnte in Neuwied. Das war ganz schön weit weg. Aber was sich lohnte, lohnte sich eben. Zigaretten waren teuer in Deutschland. Und diese Sache hier hatten sie letzte Woche telefonisch vereinbart.

Im Augenwinkel konnte er die junge Frau im R4 sehen, die langsam über die Brücke gerollt kam. Vielleicht würde er sie aussteigen lassen, um die Heckklappe zu öffnen. Mal sehen. Ein schöner Tag. Manchmal mochte Norbert Roth seine Arbeit.

[9]

Abends genauso wie am Mittag. Die kleine Rosi von den Hellers ist dieses Mal nicht dabei. Also sind wir einer weniger. Und Theo steht am Rand. Er will wirklich nur die Süßigkeiten haben.

Es ist aber auch nicht so spannend wie am Mittag. Erstens ist es das zweite Mal. Und das zweite Mal ist nie so schön wie das erste Mal. Und dann ist das allerschönste auch, es ganz früh morgens zu machen, wenn wirklich noch ein paar Leute schlafen. Also … Nicht wirklich viele, die meisten arbeiten ja auf einem Bauernhof, und da fängt man früh an. Aber ein paar schon noch. Aber das passiert erst morgen früh.

Also machen wir die Runde. Da müssen wir durch.

«Owendglock lätt.»

Klabbern.

«Owendglock lätt.»

Die verrückte Frau Teichert steht in ihrer Tür. Und wir sind bestimmt alle ganz froh, zusammen zu sein. Keiner von uns begegnet ihr gern im Dunkeln. Und es ist gleich richtig dunkel.

Wo der Anzug gehangen hat, ist die Wäscheleine wieder voll mit Sachen. Aber kein Anzug ist dabei.

Und wir gehen die Runde auch schneller als am Mittag.

Als wir ankommen, wo wir losgegangen sind, löst sich die Gruppe schnell auf. Klar, alle wollen zum Abendessen. Ulrike und ich bleiben alleine stehen.

Wir haben natürlich Hunger. Aber irgendwie ist klar, dass wir noch was zu besprechen haben. Trotzdem dauert es ganz schön lange, bis Ulrike etwas sagt. Bestimmt eine Minute.

«Was war das denn für ein Hut?», fragt sie.

«Der war komisch. Groß auf jeden Fall.»

«Der hat über die Ohren gehangen.»

«Und über die Stirn.»

«Also war es kein normaler Hut», sagt Ulrike.

«Was ist ein normaler Hut?»

«Den, den Männer sonntags anziehen.»

«So einer war es nicht. Ich glaube, ich hab so einen mal bei einem Angler gesehen.»

«Und ich bei einem Soldaten.»

«Wo denn?»

«Wir waren mit dem Auto irgendwo. Und da stand ein Lastwagen von der Bundeswehr an der Straße. Da saßen die drin.»

«Und die hatten so Hüte auf?»

«Ja, die Farbe war anders. Aber die hingen auch über die Ohren rüber.»

«Gehen wir zum Abendessen? Ich muss, glaub ich.»

«Ja.» Ulrike geht los, dreht sich noch einmal um. «Aber warum tragen Leute so einen Hut? Der passt auch gar nicht zu dem Anzug. Sonst würden den alle Männer tragen.»

«Ich weiß es», sage ich. «Um das Gesicht zu verdecken.»

«Hm», sagt Ulrike. Dann geht sie weiter.

Später, beim Abendessen, sagt Papa, dass er im Radio etwas über die Fußballweltmeisterschaft gehört hat. «Wegen der Politik», sagt er. «Deshalb soll man nicht dahin.» Rudi und Michi gucken Papa an. «Wer soll nicht dahin?», fragt Rudi. «Die Mannschaften», sagt Papa. «Das ist ja bescheuert», sagt Michi. «Warum?», fragt Chrissi. «Ja, wegen der Politik», sagt Papa. Dann sagen erst einmal alle nichts. Bis sich Rudi traut: «Das verstehe ich nicht», sagt er. «Muss man auch nicht», sagt Papa mit vollem Mund.

Und nach dem Essen, als ich mir vor der Küchentür im Hausflur einen Schuh neu binde, sagt Papa zu Mama, dass die Polizei nach einem sucht, der Peter Peters erschossen hat. Darüber reden sie überall, sagt er. Und er sagt auch, dass man sich nicht wundern muss, wenn so etwas passiert.

[10]

«Hier ist es.»

«Die Grenze?»

«Hier reicht die Grenze direkt bis an die Straße. Nur an dem einen Punkt.»

«Aber wir haben nichts davon.»

«Nein. Die Karte zeigt … Warte … Das ist nur diese kleine Ecke, die bis hier reicht. Da ist ein schmaler Pfad, direkt zwischen Feld und Wald.»

«Und da warten die Grenzer dann.»

«Vielleicht. Klaus wusste nicht, ob sie hier warten.»

«Wenn wir da mit dem Ascona auftauchen …»

«Ich weiß es nicht. Es gibt hier diese kleine Straße, die nach Vianden führt, guck, hier.»

«Und nur hier an der Stelle sind wir in Luxemburg, bevor wir den Fluss überqueren?»

«Nur hier.»

«Aber ich traue dem nicht.»

«Ich glaube, ich auch nicht.»

[11]

Ich habe den Wecker gestellt, bin allein aufgestanden, hab mir einen Kakao gemacht und mehr Pulver reingetan, als Mama es tut. Und gleich geht es los. Nur Ulrike ist nicht da.

Mama kommt in die Hofeinfahrt und guckt uns an. Wir müssen jetzt losgehen. Ich bin ganz vorn.

Klabbern.

«Stidd opp ihr Leet, sehn Flie am Bääd.»

Ich weiß nicht, wie sich das anfühlt, wenn man Flöhe im Bett hat. Aber Papa hat es mal beschrieben. Er ist mal Soldat gewesen, als Krieg war. Und er hat gesagt, dass es da, wo die Soldaten gelebt haben, oft Flöhe gegeben hat. Stell dir vor, dass es so ist, als wenn ich dich die ganze Zeit kitzle, hat er gesagt. Kannst du dann schlafen?

Klabbern.

«Stidd opp ihr Leet, sehn Flie am Bääd.»

Natürlich kann man dann nicht schlafen.

Da kommt Ulrike. Sie ist ganz außer Atem.

Neben mir klabbert sie erst mal mit und sagt etwas. Ich versteh kein Wort, weil sie so schnell redet.

«Stidd opp ihr Leet, sehn Flie am Bääd.»

«Was?», frage ich unter dem Klabbern.

«Stidd opp ihr Leet, sehn Flie am Bääd.»

«Ich glaube, ich hab den Anzug gesehen.»

«Stidd opp ihr Leet, sehn Flie am Bääd.»

«Wo?» Wir gehen gerade an dem Haus vorbei, wo Ulrike wohnt. Ihr Papa steht in der Tür und winkt.

«Stidd opp ihr Leet, sehn Flie am Bääd.»

Klabbern.

«Stidd opp ihr Leet, sehn Flie am Bääd.»

«Ich hab den Herrn Herres eben im Anzug gesehen. Den vom Herreshof.»

«Stidd opp ihr Leet, sehn Flie am Bääd.»

«Was für einer?»

«Stidd opp ihr Leet, sehn Flie am Bääd.»

«Der war schwarz.»

«Stidd opp ihr Leet, sehn Flie am Bääd.»

Klabbern. Jetzt sind wir am Haus der Feckers, wo ich den Anzug auf der Wäscheleine gesehen habe. Da hängt gar nichts. Gleich drehen wir um.

«Stidd opp ihr Leet, sehn Flie am Bääd.»

«Und?», frage ich.

«Stidd opp ihr Leet, sehn Flie am Bääd.»

«Das könnte der gewesen sein.»

«Stidd opp ihr Leet, sehn Flie am Bääd.»

«Aber es ist Karfreitag», sage ich.

«Stidd opp ihr Leet, sehn Flie am Bääd.»

«Das ist der Tag, wo Männer den Anzug anziehen», sage ich.

«Stidd opp ihr Leet, sehn Flie am Bääd.»

«Wir müssen uns etwas einfallen lassen», sage ich.

«Stidd opp ihr Leet, sehn Flie am Bääd.»

Klabbern. Gleich sind wir in der Straße, die hinter unserem Haus herführt. Und den Spaß, den wir eigentlich haben wollten ... Aber gleich ist es sowieso hell.

[12]

«Ist noch Bier in der Flasche?»

«Nicht mehr viel.»

«Soll ich noch eins aus dem Kühlschrank ...»

«Nimm es. Ich hab genug.»

«Danke. Je mehr ich darüber nachdenke, übrigens, dass das so einfach gewesen ist ...»

«Was?»

«Moro. Nach letztem Jahr haben die Bullen in Italien doch total aufgerüstet. Und trotzdem haben sie den gekriegt.»

«Es war überhaupt nicht einfach. Es war eine militärische Frage. Wer hat die besseren Waffen? Oder wer hat mehr? Und dann ging es vor allem darum, Moro lebend aus dem Wagen rauszukriegen. Das war sicher auch kein Kinderspiel.»

[13]

Mädchen, Drogen, Waffen. Was auch immer geschieht, solange die Sicherheit des Fahrgastes nicht gefährdet ist, kann kommen, was wolle. Und natürlich die des Wagens. Oder die eigene. Sowieso hat man irgendwann alles gesehen.

Im Guten wie im Schlechten.

Und dann gibt es doch immer wieder Momente, wo man sich wundert. Die kleinen Dinge sind es dann, die einem in Erinnerung bleiben. Nicht wahr?

In Stockigt war das. Ein kleiner Hof, sauber oder sauber gemacht. Man bog von der Straße ein und stand sofort vor dem Eingang zum Haus. Das war auf jeden Fall anders als bei vielen Höfen, wo man Haus und Tür über einen längeren Anfahrtsweg schon betrachten konnte.

Der Mann im Fond hustete hinter dem Chauffeur, als sie den gedeckten Tisch sahen. Davor ein älteres Paar im Sonntagsstaat, er im schwarzen Anzug, sie in Blau, hochgeschlossen. Hinter dem Tisch fünf Frauen und Männer in Arbeitskluft. Einer mit dicken Koteletten gab eine knappe Anweisung mit der Hand, und die Leute standen still.

Der Wagen kam direkt vor dem Ehepaar und dem Tisch zum Stehen.

Im Rückspiegel nahm der Chauffeur wahr, wie sein Fahrgast die Lippen zusammenpresste, als der Motor abgestellt wurde. Langsam wie sonst auch ging der Chauffeur ums Auto herum und öffnete die Tür.

Nur, der Mann stieg nicht aus. Im Fond war schweres Atmen zu hören. Aber der Chauffeur blieb stehen, wie er es gelernt hatte. Haltung bewahren. Was sonst?

Auf dem Gesicht des Bauern war schon eine tiefe Falte zu sehen, die senkrecht zwischen den Augenbrauen verlief, als der Mann endlich ausstieg. Kurz blieb er stehen, und der Chauffeur hatte für eine lange Sekunde den Eindruck, als wollte sein Gast diesen Termin gar nicht wahrnehmen. Die Lippen waren immer noch zusammengepresst, ganz weiß nun, aber dann fing er sich. Er atmete noch einmal tief ein und setzte ein Lächeln auf, fast echt, und machte einen Schritt auf die kleine Gesellschaft zu. Die Belegschaft hinter dem Tisch fing an zu applaudieren, während der Bauer seinem Gast die Hand entgegenstreckte.

Der Chauffeur stieg wieder in den Wagen, wendete neben dem Hof und rollte langsam in eine Position, in der er warten konnte.

Sein Mann und das Ehepaar waren schon im Haus verschwunden. Die Leute hinter dem Tisch standen hingegen noch da. Sie guckten einander an und auf den Tisch, wo der Chauffeur aufgeschnittenes Brot sah, einen Berg Butter, Blut- und Leberwurst, einen fetten Braten dazu. Ein magere junge Frau mit strähnigem Haar und Schürze betrachtete die feinen Sachen auf dem Tisch mit hungrigen Augen, aber auch mit dem resignierten Einschlag im Mundwinkel, der sagte, dass sie davon nichts abkriegen würde.

Er hatte selbst Hunger, weil er zu spät aufgestanden war, um noch ein Frühstück im Hotel zu kriegen, und er fragte sich, ob die Sachen auf dem Tisch später noch angeboten werden würden, und wenn, ob er davon etwas abhaben könnte. Da kam sein Fahrgast schon mit schnellen Schritten aus dem Haus gestürmt. Einen Blick für die Leckereien auf dem Tisch hatte er nicht, und anstatt zu warten, bis ihm die Tür geöffnet wurde, warf er sich auf den Rücksitz und sagte «Go!», bevor er die Tür geschlossen hatte.

Der Chauffeur sah noch, wie der Bauer aus der Haustür stolperte. Blankes Entsetzen auf dem Gesicht. Und sie hatten dem Mann hinter ihm doch eigentlich einen schönen Empfang bereitet.

[14]

Wir haben dann am Karfreitag die Runde mittags und abends gemacht und am Samstag noch einmal die Leute geweckt. Es war wirklich ganz anders, als wir es uns vorgestellt haben. Das hat damit zu tun, dass wir noch einmal ernst über die Situation geredet haben, Ulrike und ich.

Und klar ist, dass wir gar nichts herausfinden können, wenn wir so durch das Dorf ziehen und einfach nur gucken, ob etwas passiert.

Was wir wirklich tun müssen ist, in den Häusern selbst nachzusehen. Und die Gelegenheit haben wir bald. Nach der letzten Runde am Samstagmittag kriegen wir die Süßigkeiten. Dann gehen wir zum letzten Mal mit den Klabbern durchs Dorf.

Die Glocken sind dann zurückgeflogen aus dem Vatikan. Ich weiß nicht, ob ich die Geschichte wirklich glauben kann. Denn so viel ist mir klar: Glocken können nicht fliegen. Aber das ist ja auch egal.

Nach dem letzten Klabbern dauert es dann unglaublich lange, bis wir endlich wieder die Runde machen dürfen. Zuerst gibt es Mittagessen, und dann dauert es immer noch zwei Stunden. Und dann stehen wir wieder zusammen. Theo am Rand. Er will die Süßigkeiten, aber gleichzeitig nicht mit uns gesehen werden. Ulrike kommt als Letzte.

Wir gehen ohne die Klabbern los. Zuerst klopfen wir auf dem großen Meierhof an die Tür. Ich erinnere mich nicht so genau, aber Mama hat gesagt, dass die übertreiben. Wir kriegen alle einen kleinen Korb mit Süßigkeiten und frischen Eiern und noch jeder eine Mark dazu. Tante Erika, die eigentlich gar keine echte Tante ist, die wir aber so nennen, steht in der Tür und verteilt die Sachen. Dann gehen wir weiter. Eine Gelegenheit, irgendetwas zu erfahren, das mit Anzügen oder Hüten zu tun hat, gibt es nicht.

Danach sind wir bei uns. Ich hoffe, dass Mama uns nicht blamiert. Es gibt für jeden ein Bounty und 50 Pfennig. Das ist in Ordnung. «Eier gibt's keine», hat Mama am Morgen gesagt. Alle haben Eier. «Das hat man früher so gemacht», hat sie auch gesagt, «das mit den Eiern.»

Überall warten die Mütter schon mit den Sachen auf uns, die sie bereitgelegt haben. Wir müssen kaum einmal klopfen oder klingeln, und wir sind noch in keinem einzigen Haus gewesen, nicht einmal in einen Flur haben wir es geschafft. Und die Mütter der Kinder, die bei uns in der Gruppe sind, geben mehr als die anderen Leute.

Wir können all die Sachen kaum noch tragen, als wir bei den Feckers ankommen. Die Wäscheleine ist leer, das überprüfe ich schnell. Frau Fecker macht die Tür auf, sagt «Ach ja» und verschwindet dann irgendwo.

Ulrike guckt mich an, und ich blicke mich um. Die anderen Kinder kriegen gar nichts mit. Sie wissen überhaupt nicht, was passiert. Aber sie haben auch nicht gesehen, was in der Nacht auf der Landstraße geschehen ist. Ich müsste alles, was ich bisher eingesammelt habe, irgendwo ablegen und Frau Fecker ins Haus folgen. Aber da kommt sie schon wieder. Sie gibt uns kleine durchsichtige Tütchen mit selbstgebackenen Plätzchen und lächelt uns dann an. Theo bleibt gleich da, denn er ist zu Hause.

Alle anderen gehen weiter, bis auf Ulrike und mich. Das war ein Fehlschlag.

«Ist noch was?», fragt Frau Fecker.

«Nein», sage ich, und wir gehen den anderen hinterher. Bald sind wir schon am Ende der Runde angekommen. Und wir waren in keinem einzigen Haus und haben weder einen Anzug gesehen noch einen komischen Hut oder Umhang. Das war also nichts.

[15]

Die beiden schon wieder.

Reiter zog unbewusst die Uniformjacke zurecht, als er sein Büro verließ, und tat so, als hätte er die beiden Ermittler aus Bitburg nicht bemerkt. Sie stiegen gerade aus ihrem Opel Rekord.

Erst als Halutschek hinter ihm auf der kleinen Treppe stand, gab er sich überrascht. «Kollegen», sagte er.

«Eine Minute», sagte Halutschek und zündete sich eine Zigarette an.

«Kaffee?» Reiter zeigte mit dem Schlüssel auf die Tür, die er schon abgeschlossen hatte.

«Geht auch so», sagte Halutschek. Der andere, Freisammer, stand etwas abseits, hörte aber offensichtlich zu.

«Wir sind ja gerade ein bisschen in der Gegend unterwegs.» Halutschek inhalierte tief und machte eine Pause. «Und dieser

Peter Peters», er schüttelte den Kopf, «ich versteh es immer noch nicht, den Namen, meine ich, also PP ist so viel unterwegs, dass ihn alle in der Gegend hier kennen.»

«So viele sind nicht auf einem Krad unterwegs hier.» Reiter sah beiden nacheinander in die Augen. «Was soll ein Bauer auch damit anfangen? Ob aber immer Peter drauf gesessen hat, weiß man nicht. Er und seine Brüder waren die Ersten, die das mit dem Helm ausgenutzt haben. Ich hab gleich gesagt, dass das so kommen wird. Und nun sehen wir, wo wir damit hinkommen. Ob da also der Peter unterwegs war oder der Paul oder der Horst oder weiß der Teufel, wer...»

«Sie waren gegen die Einführung von Helmen?», fragte Freisammer von der Seite.

«Ich sag ja nur. Sehen wir also, was wir davon haben.»

«Gut.» Halutschek trat seine Zigarette auf der Treppe aus, obwohl sie erst halb aufgeraucht war. «Wenn wir davon einmal absehen...»

«Und dann haben die auch mehrere Krads.»

«Ja, ja, aber wenn wir auch davon absehen, dann wissen wir doch jetzt, also wir», Halutschek zeigte auf den Kollegen und dann auf sich selbst, «dass alle Leute hier von dem Motorrad wissen...»

«... oder den Motorrädern», assistierte Freisammer.

«... oder den Motorrädern, aber davon wissen hier alle. Dass die hier die ganze Zeit unterwegs sind. Und dass die hier ein ausgefuchstes System haben, mit dem sie Drogen verkaufen.»

«Man könnte von Drogenpost sprechen.» Freisammer.

Reiter nickte. «Ich habe nie etwas anderes behauptet.»

«Und was haben Sie dagegen getan?»

«Was soll ich dagegen tun? Wenn die sich an die Verkehrsregeln halten, dann lasse ich sie fahren. Außerdem sind die meistens nachts unterwegs.»

«Und dann ...», sagte Halutschek.

«Dann schlafe ich auch schon mal. Wenn es nicht irgendwo brennt, meine ich. Oder eine Kuh vermisst wird.»

Die drei Männer schwiegen einige Sekunden lang. Reiter sah die alte Frau Grieskammer auf der anderen Straßenseite und winkte ihr kurz. «Aber es ist nicht so, dass ich euch nicht Bescheid gesagt habe. Euren Kollegen natürlich.»

Halutschek nickte und sah zu Freisammer hinab, der ebenfalls den Kopf bewegte.

«Und auf dem Hof schaue ich auch regelmäßig vorbei. Um zu zeigen, dass wir wissen, was wir wissen. Präventiv nennt man das. Das kenne ich von einem Lehrgang für Schutzpolizisten. Da geht man zu Leuten, von denen man weiß, dass sie nicht ganz astrein sind und sagt denen, dass man sie unter Beobachtung hat.»

«Was hat's genützt?», fragte Halutschek.

«Neue Methoden eben.» Die beiden gingen Reiter auf die Nerven.

Halutschek hob kurz den Zeigefinger zum Abschied, beide Mordermittler gingen zu ihrem Wagen. Kurz bevor Freisammer auf der Fahrerseite einstieg, wandte er sich noch einmal an Reiter. «Wussten Sie, dass an der Stelle, wo Peter Peters gestorben ist, schon einige Male eine Gestalt am Straßenrand gesehen worden ist?»

Reiter wusste nicht, worauf die beiden hinauswollten.

«Haben Autofahrer gesagt, die da vorbeigekommen sind. Da hat einer gestanden. Einer hat gesagt, dass er den beinah überfahren hat, weil man den kaum erkennen konnte. So ganz in Schwarz.»

Halutschek stieg ein und drehte das Fenster an seiner Seite herunter: «Und einer hat Zorro gesehen. War sich sicher, ganz im Ernst. Ihr habt hier wirklich ein Drogenproblem.»

[16]

Am Abend gibt es dann das Osterfeuer. Da gehen wir immer alle zusammen hin, obwohl es schon so spät ist, zehn nämlich. Papa, Mama, die Brüder und ich. Und alle anderen auch. Also wirklich alle anderen. Alle aus dem Dorf. Und auch alle aus den anderen Dörfern. Als wir ankommen, sind schon ganz viele Leute da.

Das Feuer brennt, als wir aus dem Auto aussteigen, und der Platz neben der Kirche sieht unheimlich aus mit den Schatten, die sich bewegen.

«Feuer», sagt Chrissi. Er ist ein Schlaumeier.

Vom Kommunionunterricht oder von Reli aus der Schule weiß ich, dass man die Osterkerze nicht mit dem Feuerzeug anzünden darf, sondern nur an einem richtigen Feuer, das draußen irgendwo brennt. Das hat auch einen Grund, aber den hab ich vergessen. Jedenfalls muss man zuerst ein großes Feuer anzünden, um ein kleines zu kriegen, um das es dann wirklich geht.

Ich suche Ulrike, kann sie aber nicht finden. Die Leute stehen in großen Kreisen rund um das Feuer, und es sind so viele.

«Bleib bei uns», sagt Mama, als ich ein paar Schritte mache.

Was ich sehe, sind nicht nur viele Leute, sondern auch ganz viele Anzüge. In dem flackernden Licht sind die Farben nicht immer zu erkennen. Aber alle Männer tragen irgendetwas Dunkles. Schwarz sind viele, aber wenn man genau hinsieht, erkennt man, dass manche auch dunkelblau sind.

Irgendwann drehe ich mich um und sehe Mama und Papa nicht mehr. Auch Michi und Rudi und Chrissi nicht. Ulrike ist nicht in der Nähe und auch sonst niemand aus dem Dorf. Die Leute murmeln irgendetwas, dann machen sie Platz für den

Pfarrer, der mit der großen Kerze aus der Kirche gekommen ist.

Um mich herum Männer, die alle doppelt so groß sind wie ich. Der Pfarrer murmelt weiter und hat die Kerze schon angezündet am großen Feuer. Die Gasse in der Gruppe schließt sich wieder, und die Leute folgen dem Pfarrer in die Kirche.

Ich bin eingezwängt zwischen den Männern. Sie bewegen sich in die Kirche und mich mit. Der Fluss der Menschen stockt erst drinnen im fast totalen Dunkel. Irgendwo das Flackern der Kerze, das ich zwischen den Männern in ihren schwarzen Anzügen hindurch sehe.

Warum machen sie nicht einfach das Licht an?

Die Leute verteilen sich in die Bänke. Nur die schwarzen Anzüge um mich herum bleiben stehen.

Ich bin gefangen. Und sehe endlich Ulrike.

Mit allerletzter Kraft schaffe ich es, die Anzüge auseinanderzudrücken und zu ihr zu laufen. Wir umarmen uns. Dann setze ich mich zu ihr und ihrer Familie in eine Bank.

Es ist immer noch total dunkel in der Kirche. Und wahrscheinlich sorgen sich Papa und Mama um mich. Aber gerade bin ich nur froh, dass ich mir keine Gedanken mehr darum machen muss, wer alles einen schwarzen Anzug trägt.

[17]

P räsenz zeigen.» Das war, was sie immer wieder gehört hatten bei den Besprechungen. Also latschten sie ab und zu am Fluss auf und ab.

Sie stellten den Wagen kurz hinter Gentingen ab, überprüften die Uniformen und stiefelten zum Ufer der Our.

Heute war Norbert Roth mit Keuler unterwegs. Drahtig,

angstfrei, angriffslustig. Und wortkarg. Der junge Kollege war noch neu und wirkte oft, als wollte er die Grenze allein schützen. Manchmal hatte Roth den Eindruck, dessen rechte Hand zuckte ein wenig und war immer schon auf dem Weg zur Waffe an der Hüfte. Putativ, wie sie das heute nannten, wenn man einen Anlass suchte zu schießen. Das war nur so ein Eindruck. Er selbst trug die Waffe auch gern. Aber Keuler wirkte beinah besessen davon.

Der Fluss war nicht sehr breit hier bei Gentingen. 25 Meter möglicherweise. Wenn er nicht viel Wasser hatte, dann konnte man fast hindurchspazieren. Die Leute hier wussten das natürlich. Und manchmal nutzten sie es aus. Das war klar.

Die Zigaretten. Der Kaffee.

Es war eine Sisyphosarbeit. Roth hatte das nachschlagen müssen. Der Ausbilder hatte den Begriff so selbstverständlich benutzt. Und niemand hatte nachgefragt. Roth war sich sicher, dass die anderen auch nicht wussten, wer Sisyphos gewesen war.

Aber klar war es eben. Wo er recht hatte, hatte er recht, der Ausbilder.

«Da», sagte Keuler. Er zeigte auf eine Stelle am Ufer, die platt getreten war, Grasbüschel unter Schlamm, ein zerbrochener Zweig halb im Wasser und halb draußen.

Roth hob kurz die Schultern. «Ein Angler?» Dann zeigte er hinter sich. Da war irgendwo diese Fußgängerbrücke, die für den kleinen Grenzverkehr gebaut worden war. Hier würden Schmuggler nicht heimlich über den Fluss gehen. Zu gut einsehbar, zu nah die Brücke. Weiter nördlich schon eher. Da war die Straße auch nicht so nah am Ufer. Die Felder reichten dort bis zum Wasser. Gut, um sich zu verbergen.

Die erste Runde war zu Ende. Sie waren zurück am Wagen. Fuhren hoch bis zum Abzweig zur Ourbrücke bei Vianden. Der Ascona vor ihnen drehte eine Schleife genau an der T-Kreuzung und fuhr wieder zurück nach Süden. Sogar vorschriftsmäßig geblinkt hatte die Fahrerin.

Roth fuhr gern an der Grenze entlang. Man redete nicht so viel, außer am Sonntag mal über Fußball.

Keuler rollte auf das Zollhäuschen zu. Er war nicht besetzt, wie meistens. Sie stiegen aus und sahen sich um. Reine Routine.

Roth betrachtete Keuler dabei, wie er sich eine Zigarette anzündete, drehte sich um und schlenderte bis zur Mitte der Brücke. Das war offiziell die Grenze zwischen den beiden Ländern. Die Mitte des Flusses.

Keuler pfiff kurz. Er schnippte die Zigarette weg und stieg wieder ein. Roth ließ sich Zeit. An der T-Kreuzung meinte Roth, den Ascona von eben wieder zu sehen. Auf dem Weg nach Norden dieses Mal. Irgendwas suchten die.

[18]

Jetzt ist Ostersonntag. Und Mama stellt die Tische zusammen. Überall rücken die Leute die Tische im Wohnzimmer aneinander, weil Besuch kommt. Bei uns ist es so, dass wir das Mittagessen machen an Ostern, und von der Verwandtschaft kommen die, die kommen wollen. Abends geht es dann zu Onkel Kurt und Tante Rita in Obersgegen. Montags ist dann zuerst Oma Geichlingen dran, also die Mama von Mama, und wer dann nachmittags noch genug Kraft hat, fährt nach Menningen zu Tante Christel. Da war ich noch nie, weil die Erwachsenen da unter sich sein wollen. Jedenfalls ist das mein Eindruck. In den letzten Jahren ist es auch immer so gewesen, dass Rudi und Michi am Dienstagmorgen alle Sachen gemacht haben, die sonst Papa und Mama tun. Die kommen nämlich immer spät heim und stehen auch spät auf.

Es ist auch so, wenn ich das richtig verstanden habe, dass niemand bei allen vier Treffen dabei ist. Das schafft keiner. Aber bei weniger als zwei auch nicht. Das wird schon irgendwie erwartet.

So ist Familie. Und unsere ist ganz schön groß. Papa hat drei Brüder und eine Schwester. Mama hat vier Schwestern und zwei Brüder. Ich muss manchmal ganz schön nachdenken, wie alle meine Cousins und Cousinen heißen. Die echten. Aber meistens kriege ich das hin.

Dieses Jahr ist die Tafel bei uns gar nicht so lang. Onkel Alfred und Tante Sybille sind schon da. Onkel Alfred ist der ältere Bruder von Papa und so etwas wie der Chef von allen, und ihre drei Söhne sind alle über vierzehn und bleiben sowieso erst einmal mit Rudi und Michi draußen stehen. Sie grüßen mich mit der Augenbraue. Ich bin nur ein kleines Mädchen.

Mama serviert mehrere warme Sachen, vor allem Fleisch und Kartoffeln, aber auch Salat und ein bisschen Gemüse. Und immer einen großen Schweinebraten. Als wir anfangen, sind zwei Stühle noch leer. Aber Onkel Erich und Tante Brigitte kommen gerade. Onkel Erich ist eigentlich gar kein richtiger Onkel, sondern nur der Cousin von Mama. Damit ist Tante Brigitte schon gar keine richtige Tante, aber die beiden sind immer dabei, wenn es etwas zu feiern gibt. Obwohl Tante Brigitte krank ist. Ich weiß nicht, was sie hat, aber sie kann nur noch mit einem Stock gehen, und auch das nur langsam. Und manchmal kann sie sich gar nicht bewegen.

Die beiden kenne ich nur von Familienfeiern. Onkel Erich trägt immer ein leuchtend rotes Hemd, wenn er nicht auf seinem Hof arbeitet. Mama sagt, er wäre extravagant. Heute hat das rote Hemd noch einen breiten weißen Streifen, der von der Schulter an nach unten verläuft.

«Wir wissen alle, wer das war», sagt Onkel Erich ganz laut.

«Das mit der Bank.» Papa hat etwas über Peter Peters erzählt, aber so leise, dass ich es nicht gehört habe. Onkel Erich hat es auch nicht gehört. Oder er findet, das es nicht wichtig ist.

«Aber den hat man doch schon geschnappt», sagt Mama.

«Und schon wieder freigelassen», sagt Tante Brigitte.

«Dabei haben doch alle die langen Haare gesehen.» Onkel Erich schüttelt den Kopf. «Der Braten ist phantastisch.»

Der Braten ist wirklich super. Mama kann das. Ich denke einfach nicht darüber nach, dass ich dem Schwein, von dem wir einen Teil essen, mal einen Namen gegeben habe. Ich füttere die ja. Schon, wenn sie ganz klein sind. Manche von ihnen sind auch schwach, wenn sie noch jung sind, und dann muss ich sie ganz schön verwöhnen und tu das auch. Wenn es ihnen besser geht, werden sie meistens verkauft.

Mama versucht auch immer, so zu tun, als wüsste sie nicht, welches von den Schweinen geschlachtet worden ist. Das tut sie nur wegen mir.

Irgendwann, da bin ich mir ganz sicher, werde ich kein Fleisch mehr essen. Das tut man einfach nicht. Schweine haben genauso Gefühle wie wir Menschen. Und sie können nichts dafür, dass wir sie schlachten können und sie uns nicht.

«Er hat es kommen sehen», sagt Papa, der lieber über Peter Peters als über die Bank sprechen will.

«Wann wart ihr das letzte Mal auf dem Petershof?» Onkel Alfred legt das Besteck neben den Teller. «Da sieht's aus …» Er sucht nach einem Vergleich. «Wie nach dem Krieg», sagt er dann.

«Sie haben aber auch Pech gehabt.» Mama.

«Wer fleißig ist, hat kein Pech.» Onkel Erich.

«Man hat aber nicht immer alles im Griff.» Tante Brigitte.

«Anstrengen muss man sich schon.» Papa.

«Wer faul ist, muss sehen, wo er bleibt.» Onkel Erich.

«Aber …», sagt Rudi. Alle sind auf einmal still.

Eigentlich reden am Tisch nur die Erwachsenen. Also laut und über den Tisch rüber, sodass alle es hören können. Wir reden unter uns, viel leiser. Und ich rede heute gar nicht. Ich bin die Jüngste. Und mit Chrissi kann man nicht reden.

«Aber», sagt Rudi noch einmal, «die arbeiten doch auch. Sie haben halt nur keine Tiere mehr. Und sie gehen nicht mehr aufs Feld. Sie machen etwas anderes.»

Da fallen die Erwachsenen richtig über Rudi her.

«Das kann man doch nicht vergleichen.»

«Das sind Drogendealer.»

«Waren! Der ist tot.»

«Die anderen leben ja noch.»

Und so etwas. Das geht dann ganz schön lange so, und Rudi sagt nichts mehr.

Ich kapiere das mit den Drogen nicht so richtig. Aber es hat mit den Amis zu tun. Rudi und Michi haben auch schon mal welche genommen, aber sie wissen nicht, dass ich das weiß. Und auf dem Petershof bin ich gewesen. Toll sieht es da nicht aus. Vielleicht kommt das ja von den Drogen.

Irgendwann stehen die ersten Erwachsenen vom Tisch auf. Es ist völlig verraucht im Wohnzimmer. Für uns ist es das Zeichen, dass wir rausgehen können.

«Habt ihr mitgekriegt, dass es demnächst wieder Milchkontrollen gibt?», fragt Onkel Alfred. Er weiß solche Dinge immer. Und er erzählt sie immer, wenn das Essen vorüber ist.

Das ist das Letzte, was ich höre. Ich gehe vom Hof. Mal gucken, ob Ulrike zu Hause ist.

[19]

«Vermisst du ihn?»
«Wen?»
«Tu nicht so.»
«Wir haben doch gewusst, dass so etwas passieren kann.»
«Danach habe ich nicht gefragt.»
«Wir waren nicht zusammen.»
«Natürlich wart ihr das.»
«Nein, nie.»
«Ihr habt miteinander geschlafen.»
«Du hast auch mit ihm geschlafen.»
«Einmal. Und das ist lange her. Damals hab ich noch mehr mit Männern ...»
«Manchmal denke ich an ihn. Aber wir haben eben gewusst, worauf wir uns einlassen.»
«Woran denkst du, wann du ihn dir vorstellst?»
«Und so lange waren wir ja auch nicht ...»
«Sicher. Aber das war nicht, wonach ich ...»
«Na gut, ja, ich vermisse ihn. Ich vermisse ihn wirklich.»
«Umarm mich.»

[20]

Jetzt ist es schon ganz schön lange Nacht. Und ich kann nicht schlafen. Eigentlich bin ich sogar eingeschlafen, nachdem ich mich von den anderen verabschiedet hatte. Aber irgendwann auch wieder aufgewacht. Seitdem liege ich im Bett und drehe mich von einer Seite auf die andere.

Ich sehe die Szene auf der Straße immer wieder. Das ist mir

in den letzten Tagen nicht passiert. Vielleicht, weil immer etwas los war.

Am Nachmittag war es auf einmal ruhig auf dem Hof. Der Besuch war weg. Mama hat aufgeräumt. Papa hat nach den Tieren gesehen. Rudi und Michi sind rausgegangen. Chrissi hat vor dem Haus gestanden und darauf gewartet, irgendwem auf die Nerven zu gehen. Und ich war auf einmal so müde, dass ich mich ins Bett gelegt habe. So was habe ich nicht getan, seit ich klein war.

So was macht man nur als Kleinkind. Einen Mittagsschlaf. Vielleicht bin ich auch deshalb so wach, weil ich am Nachmittag mindestens zwei Stunden wilde Sachen geträumt habe.

Gerade muss ich nicht träumen. Ich sehe die Sachen auch so. Da ist diese Gestalt, die sich bewegt wie auf Schienen. Sie kommt aus dem Dunkel am Straßenrand. Aus dem ganz dunklen Grün. Sie fährt ganz langsam schräg über die Straße. Dabei ist sie ganz regungslos, nichts an ihr bewegt sich, nur der lange Arm mit dem Gewehr, der nach dem Motorradfahrer sucht.

Obwohl sie ins Licht der Laterne rollt, kann man das Gesicht der Gestalt nicht sehen, denn der Hut verbirgt alles bis hinunter zum Hals.

Ich stehe auf und stelle mich ans Fenster. So wie in der Nacht. Nur, dass Ulrike nicht hier ist. Ich würde gern ihre Hand nehmen. Öfter ist es ja so, dass sie meine nimmt. Weil sie dauernd vor irgendetwas Angst hat. Aber im Moment wäre ich ganz schön froh, wenn sie bei mir wäre.

Was ist eigentlich passiert, nachdem der Geist neben dem Motorradfahrer angekommen ist und auf ihn geschossen hat?

Zuerst ist er stehen geblieben. Da hat sich der Kopf nämlich bewegt. Er hat zu dem Toten runtergeguckt.

Und hat sich dann umgedreht, als der Milchlaster gekommen ist.

Und ist in den Bach gesprungen.

Aber vorher. Warum hat er sich am Straßenrand versteckt?

Hat er darauf gewartet, dass Peter Peters nachts über die Landstraße gefahren kommt?

Hat er gewusst, dass Peter Peters kommen wird?

Dass der Peter viel mit seinem Motorrad unterwegs ist und seine Brüder auch, weiß hier jeder. Die Eltern reden dadrüber, auch wenn wir dabei sind. Der hat ja nicht viel zu tun sonst, sagt Mama manchmal. Und dabei guckt sie Papa komisch an. Der sagt nix dazu.

Aber warum er da rumfährt, das sagt keiner.

Also gut. Wenn alle wissen, dass er viel rumfährt, dann wissen vielleicht auch alle, oder viele, dass er zu einer bestimmten Zeit an einem bestimmten Punkt vorbeikommt.

So war es.

Und weil der Geist das gewusst hat.

Und weil er den Peter erschießen wollte.

Deshalb hat er da gewartet. Oder? Da muss ich noch mal drüber nachdenken. Und eigentlich auch, warum er das tun wollte.

Gerade taucht Papa auf. Ich kann die Einmündung der Dorfstraße selbst nicht sehen von hier aus. Da steht die Scheune vor, die zum Herreshof gehört. Papa parkt die Milchkannen am Straßenrand. Also hat er eben gemolken. Und dann etwas Sahne in die Milch geschüttet. Oder etwas Butter hineingerührt. Das kann man auch machen, weil die Milch direkt nach dem Melken warm ist.

Ich weiß schon, was das zu bedeuten hat, wenn sie zusammensitzen und sagen, dass bald wieder mehr kontrolliert wird. Wenn sie die Milch zu lange mit Wasser gestreckt haben, dann macht das Leute da misstrauisch, wo sie die Milch verarbeiten zu allem Möglichen, zu Joghurt und zu Buttermilch und zu Milch selbst auch. Und wenn jemand misstrauisch ist, dann muss man beweisen, dass die Milch absolut in Ordnung ist. Und dann tut man etwas da rein. Also ein bisschen Sahne. Oder Butter. Oder Milchpulver. Das hab ich alles auch schon gesehen.

Und wenn dann ein paar Mal kontrolliert worden ist, dann ist alles wieder in Ordnung, und man kann wieder Wasser reinschütten.

Jetzt bin ich auf einmal richtig müde und lege mich wieder hin.

An eines denke ich noch. Uns glaubt einfach keiner. Also haben wir noch etwas zu tun, Ulrike und ich.

[21]

Es war fast noch dunkel. Aber irgendwo war schon Leben in irgendeinem Kuhstall. Irgendwo plärrten immer irgendwelche Tiere in diesem Dorf. Es war wirklich nicht ihre Entscheidung gewesen, hierhinzuziehen. Und wenn das Haus nicht wäre, das ihr gehörte, dann wäre sie auch schon lange wieder weg.

Gaby Teichert stand in der Unterhose vor dem Spiegel. Sie zog den Bauch ein und atmete in die Lunge. Geht doch. Ist alles nicht so schlimm.

Sie nahm ein T-Shirt aus dem Schrank, griff sich den Rock von der Lehne des Stuhls, zog sich hastig an und schlüpfte in die Sandalen. Dann öffnete sie die Haustür und ging auf die Straße.

Frisch war es. Sie spürte die Gänsehaut am Rücken.

Als der Wagen aus der Hofeinfahrt der Herres herauskam, drückte sie sich noch einmal in den Hauseingang und ließ ihn vorüberziehen. Wo mochte der Bruno so früh nur hinfahren?

Hier und da ein Licht in den Häusern. Als Jochen ein Kind war, da war auch bei ihnen im Haus um diese Zeit das erste Licht schon an gewesen. Da hatte sie mit der Kaffeetasse in der Hand auf der Terrasse gestanden. Dann hatte sie ihn geweckt und für die Schule fertig gemacht.

Vielleicht hatte sie Jochen zu sehr geliebt.

So ist das mit den Einzelkindern.

Ein paar Meter von der Landstraße entfernt blieb sie stehen. Ein Lkw fuhr gemächlich in Richtung Körperich. Sie drehte um und betrat den Hof der Kleins.

Hell beleuchtete Küche. Irgendwo klapperte jemand mit einem Werkzeug herum. Der Hahn entließ ein halbherziges Krähen.

Gaby Teichert öffnete die Tür zum Schweinestall. Gott, was für ein Gestank. Und so was stellte sie jeden Tag auf den Tisch. Sie schloss die Tür von innen.

Ganz langsam wurde ein Murmeln lauter. Die Tiere wussten, dass sie nicht allein waren. Einige Tiere grunzten leise, ein anderes blökte fast wie ein Schaf. Wenn sie ein Messer dabei hätte, eine scharfes Messer, dann würde sie eines der Tiere stechen. Ihr wurde kalt und warm zugleich.

Die Tür ging auf.

Das Licht wurde angeschaltet.

Bauer Klein stand da und glotzte.

«Was machst du denn hier?», fragte er leise.

Als sie nicht antwortete, wurde er sofort lauter. «Was du hier machst?»

Kaum eine Sekunde später kam er auf sie zu. Den Arm schon erhoben, die Faust schon geballt, schlug er sofort zu. Mit den Knochen ein paar Mal auf den Kopf.

Als sie in die Knie ging, hörte er auf.

Dann ging Klein zur Tür und wartete dort. «Raus», sagte er leise. Und: «Wenn ich dich hier noch einmal sehe, dann schlage ich dich tot.»

Gaby Teichert erhob sich mit Mühe, richtete Rock und T-Shirt, und schleppte sich aus dem Stall hinaus.

Bauer Klein flüsterte auch noch einen Abschiedsgruß. «Oder ich ersticke dich in der Schweinescheiße, du verrückte Sau.»

[22]

Dienstag nach Ostern frage ich Mama, ob ich nicht etwas bei Trine kaufen soll, und sie sagt nein. Dabei brauchen wir dringend noch Fußballbilder. Unsere Brüder passen gerade ziemlich auf ihre auf. Dann kommt Ulrike, und Mama fällt doch noch etwas ein, nämlich Pfeffer, den sie fürs Kochen braucht. Wir nehmen uns vier Hanutas von Trine und verschwinden mit ihnen auf den Hochsitz.

In der ersten Packung ist ein französischer Spieler, Marius Trésor. Das ist erst unser zweiter Franzose. Gut also. Wir machen es spannend, teilen uns zuerst das Hanuta und essen es auf. Dann öffnen wir die zweite Packung. Das ist eine ganz schöne Enttäuschung, denn da ist schon wieder dieser Cubillas aus Peru drin. Das Hanuta schmeckt dann gar nicht so richtig. In der nächsten Packung ist Johnny Rep aus Holland, und der sieht nett aus und auch so, als könnte der richtig gut Fußball spielen.

Und dann kommt es.

Deutschland.

Karl-Heinz Rummenigge.

Den haben wir noch nicht. Aber wir haben ja die meisten Spieler noch nicht. Ulrike hält das Bild von Rummenigge so, dass wir es beide betrachten können. Ich gucke mir Rummenigge wieder an und warte. Dann sehe ich Ulrike an und dann wieder Rummenigge. Es dauert etwas, aber manchmal braucht sie ein bisschen Zeit, um etwas zu sagen.

Und dann sagt sie es. «Verbissen.»

«Hä?»

«Der guckt verbissen», sagt sie.

Ich gucke mir Rummenigge noch einmal an. Irgendwie sieht er doch aus wie alle anderen. Aber vielleicht hat sie recht. Gerade, wo ich länger gucke, ist da glaube ich etwas, das ... Manchmal bin ich auch erstaunt, was Ulrike für Wörter kennt.

Wirklich wichtig ist dann aber nur, dass wir wieder einen Deutschen haben. Jetzt sind es Ronnie Worm, den zweimal, einmal eingeklebt und einmal nicht, dann Rudi Kargus, Harald Konopka, Hansi Müller, Rainer Bonhof und nun auch Karl-Heinz Rummenigge.

Wir kriegen unser Heft nie voll. So viel kapiere ich auch. Ich habe gestern Morgen überlegt, krank zu sein und die anderen allein zu Oma Geichlingen und zu all den anderen fahren zu lassen. Aber dann habe ich auch an die Nacht gedacht und daran, was wir gesehen haben. Und dann wollte ich lieber doch nicht allein zu Hause sein, obwohl ich in den Zimmern der Brüder bestimmt noch Bilder gefunden hätte. So ganz ohne Zeitdruck.

[23]

«Die Dunkelheit ist das Problem.»

«Die Dunkelheit schützt uns.»

«Aber wir sehen nicht einmal die Hand vor unseren Augen.»

«Da ist der Fluss.»

«Ja, aber wir wissen nicht mal, wo das Ufer aufhört und das Wasser beginnt.»

«Wir können es probieren.»

«Da.»

«Was?»

«Das Licht.»
«Wo?»
«Eine Taschenlampe.»
«Wo?»
«Hinter dem Fluss.»
«Wo? Ach ... Ich seh's.»
«Noch eine.»
«Wo.»
«Rechts.»
«Das ist auf unserem Ufer.»
«Stell dir vor, wir wollten da jetzt rübergehen.»
«Das Licht kommt näher.»
«Leiser. Red leiser.»
«Jetzt ist er an genau der Stelle, wo ich rüberwollte.»
«Was?»
«Da, das ist die Stelle.»
«Siehst du? Drüben. Ein Code.»
«Jetzt sind die Lampen aus.»
«Wo sind die?»
«Siehst du irgendwas?»
«Da. Wieder ein Code.»
«Ich glaube, da sind Leute im Fluss.»
«Und ich sag ja, die Stelle ist gut.»
«Aber die kennen sich aus.»
«Das sind zwei.»
«Und die tragen etwas.»
«Schmuggler.»
«Und das hier.»
«Wie meinst du das?»
«Na, man denkt doch, hier passiert nichts. Das ist das Ende der Welt.»

[24]

Manchmal stehen wir auf dem Hochsitz und gucken von dort runter und sagen nichts, und es ist einfach gut.

In diesen Tagen ist es aber auch schon mal ganz anders. Ulrike wirkt so, als wollte sie etwas erzählen. Und tut es dann doch nicht. Die Osterferien sind nicht ganz so verlaufen, wie wir uns das vorgestellt haben. Und das hat nicht nur damit zu tun, dass uns noch so viele Bilder fehlen. Wir haben über den Geist, der kein Geist ist, schon alles gesagt, was es zu sagen gibt, und vielleicht schweigen wir deshalb.

Aber so, wie es ist, ist es gut.

«Hörst du das?», fragt Ulrike.

Da ist ein Motorgeräusch. Aber es kommt nicht von der Straße. Dann hätten wir den Wagen gesehen. Aber wenn es aus der anderen Richtung kommt, dann muss das Auto ein langes Stück durch den Wald gefahren sein. Das ist seltsam.

Nun ist das Geräusch nicht mehr da.

Wir schauen uns an. Ulrike zuckt mit den Schultern. «Meinst du, dass der Mörder wirklich aus dem Dorf kommt?», fragt sie.

Eigentlich ist das die Frage, die ich so auch noch einmal stellen wollte. Ich überlege noch, was ich antworten kann, als Ulrike leise «Psst» sagt und in die Hocke geht. Ich knie mich sofort neben sie, denn ich habe die Schritte auch gehört. Durch die Streben kann ich den Mann sehen, der langsam auf den Hochsitz zukommt. Schwarze Hose, beige Windjacke. Erkennen kann man ihn nicht, weil er einen Motorradhelm trägt.

Was schon komisch ist. Denn wir haben ganz klar den Motor eines Autos gehört. Warum trägt der den Helm, wenn er ein Auto lenkt?

Der Mann bleibt stehen. Er stellte die Füße ein Stück weit

auseinander. Dann noch ein bisschen mehr. Und dann rührt er sich nicht mehr. Gar nicht mehr. Er ist vollkommen unbeweglich.

Für ein paar Sekunden allerdings nur, dann bewegt er die Arme ein bisschen weg vom Oberkörper. So bleibt er wieder für ein paar Sekunden bewegungslos stehen. Und dann greift er ganz schnell vorn unter die Jacke in die Hose, um da etwas rauszuholen. Ulrike nimmt meine Hand, drückt sie fest, aber ich weiß, dass er was anderes sucht als seinen Maulwurf. Schließlich hat er die Hose nicht aufgemacht.

Irgendwie klappt das, was er will, aber nicht. Er stampft mit dem Fuß auf den Boden.

Also stellt er sich wieder hin wie zuvor. Beine breit. Die Arme bewegen sich Zentimeter um Zentimeter zur Seite. Dann schüttelt er den Kopf mit dem Helm und öffnet die Jacke.

Jetzt kann man auch sehen, was er vorn in der Hose gesucht hatte. Aus dem Hosenbund guckt der Griff einer Pistole heraus. Ulrikes Griff wird fester. Ich begreife, dass sie mehr Angst vor der Pistole als vor dem Maulwurf hat. Das erscheint mir vernünftig. Und mein Herz schlägt auch total schnell.

Wieder breitbeinig. Die Arme vom Körper weg. Und gerade zieht er das Ding ganz schnell heraus und hält es vor sich. So wie im Fernsehen.

Mit einer Hand hält er die Waffe in alle möglichen Richtungen. Dann dreht er sich ein paar Mal um sich selbst. Ab und zu bleibt er stehen und drückt die Pistole ein paar Zentimeter nach vorn. Dann geht er weg.

Ulrike atmet laut aus.

Aber da kommt der Mann schon wieder. Er stellt sich noch einmal breitbeinig auf. An derselben Stelle wie eben.

Das mit den Armen.

Der schnelle Griff nach vorn.

Und er hat die Pistole wieder in der Hand. Nein, dieses Mal sogar in beiden Händen. Er zielt auf irgendetwas vor sich. Unter dem Hochsitz hindurch. Und dann reißt er ganz plötzlich die Pistole hoch und schießt. Über uns splittert Holz, und Ulrikes Hand wird ganz schnell ganz kalt.

Der Mann dreht sich wieder um und geht mit schnellen Schritten davon.

Auf Ulrikes Kopf liegen eine ganze Menge winzige Holzsplitter. Ich sehe hoch und entdecke, dass die Kugel da irgendwo in eine der Streben eingeschlagen sein muss. Also pule ich die Splitter aus ihrem Haar und hoffe, dass sie nicht anfängt zu weinen.

Während ich mit den Splittern auf Ulrikes Kopf beschäftigt bin, frage ich mich, warum der Mann mit dem Motorradhelm das gleiche, auffällige rote Hemd mit dem weißen Streifen trägt wie Onkel Erich?

Beim Osteressen.

Bei uns zu Hause am Tisch.

Genau mir gegenüber.

[25]

Wie soll man das dem Vater nur erzählen? Der ganzen Familie natürlich, da waren noch die Mutter und zwei Geschwister.

«Keine Chance gehabt», sagte der Sanitäter, als er sich zu Reiter an den Straßenrand stellte.

Wo war der Junge hergekommen? Hier bei Bauler war doch alles zu Ende. Nur noch Wald gab es hier. Gerade waren gleich vier Männer mit schwerem Gerät dabei, den Wagen aufzuschneiden. Der Kadett war mittig in den Baum gerast, der Motor dadurch in die Fahrgastzelle gedrückt worden. Woran Erwin gestorben war, konnte allen Beteiligten eigentlich egal sein. Weil ihn der Motorblock zerquetscht hatte? Weil er mit dem Kopf zur gleichen Zeit in die Scheibe gedonnert war? Weil ihm irgendein Stück Blech die Eingeweide aufgeschnitten hatte?

Reiter hielt sich die Ohren zu, als der Trennschleifer durch eine Dachstrebe fuhr. Der Mann, der das Gerät bediente, war groß, sicher zwei Meter, und er musste den Rücken beugen, um die Arbeit zu vollenden. Als er durch war, hob er kurz den Arm, und der zweite Sanitäter näherte sich dem Wrack und streckte einen Arm in das verformte Blech. Dann drehte er sich zu seinem Kollegen und Reiter und nickte.

«Nicht, dass wir das nicht gewusst hätten», sagte der Mann, der bei Reiter stand. Natürlich hatte Erwin eine Chance gehabt, dachte der Polizeiobermeister. Er hätte langsamer fahren können. Der Idiot. Er hätte auf das achte Bier verzichten können. Oder auf sonst irgendeinen Stoff, den er womöglich im Körper hatte.

Aber so musste er selbst gleich nach Holsthum fahren. Mitten in der Nacht. Und dort an die Tür klopfen. Die wussten dann sofort, was die Stunde – im wahrsten Sinne des Wortes – geschlagen hatte.

Er begann, was ihm nicht erspart blieb. Im Schein der zahlreichen Drehlichter stieg er in den Graben neben der L1 und dann wieder hoch. Das war der offizielle Teil. Er wusste ja, wessen Wagen das war. Und er hatte den Erwin auch schon erkannt. Aber man musste das eben ganz genau machen. Es sollte nicht passieren, dass er dem Schüler sagte, dass sein Sohn tot war und der am nächsten Morgen wieder auftauchte, weil er den Kadett jemand anderem geliehen hatte.

Aber er war es wirklich. Das ganze Blut im Gesicht. Die eingedrückte Stirn. Doch der Bart war unverkennbar. Und dann dieser unsägliche Ohrring. Daran erkannte man ihn ja. Was brachte einen Mann dazu, mit einem Ohrring unterwegs zu sein? Der hatte doch sogar schon eine Freundin gehabt. Mehr als eine.

Reiter hob den Arm zum Abschiedsgruß an alle Beteiligten, stieg in den Streifenwagen und fuhr los. Ein Bier könnte er selbst gut vertragen. Aber er konnte nicht mit Fahne beim Schülerhof ankommen. Stattdessen rauchte er eine Zigarette. Er ließ das Blaulicht einfach an und hatte so die Entschuldigung dafür, dass er hinter Körperich auf weit über hundert Stundenkilometer beschleunigte. Aber dann kam ihm eine Idee.

Er bremste hart und wendete, kurz bevor er die Landstraße hätte verlassen müssen. Dann fuhr er langsam wieder zurück und stellte das Blaulicht aus. Er ließ den Wagen ausrollen, stieg aus und spuckte die Zigarette in die Landschaft.

Hier war der Mord geschehen. Wenn es einer gewesen war. Aber so viel schien klar zu sein, wenn man den Kollegen aus der Stadt glauben wollte. Wenn einer auf einen anderen schießt und der am Ende nicht mehr lebt, dann ist es eben Mord. Eine Frage der Definition. Und eine der Gesetzgebung.

Aber es gab ein paar Dinge, die verstand er noch nicht.

Zorro fiel ihm ein. Zu gern hätte er gewusst, wer den Kollegen vom Morddezernat so etwas erzählt hatte. Aber erstens ließen sie ihn nicht in ihre Unterlagen schauen. Und zweitens würde er sich nicht aufdrängen.

Dann würden sie fragen, ob er keine Verkehrsunfälle zu bearbeiten hatte. Er kannte diese Bande schließlich. Und sie hatten ja recht. Verkehrsunfälle gab es, und irgendjemand musste sich darum kümmern. Aber das hieß im Umkehrschluss nicht, dass er zu blöd war für andere Sachen.

Wenn das stimmte, Zorro hin oder her, dass hier jemand gewartet hatte, dann musste man sich doch einmal fragen, wer einen Grund gehabt hatte, Peter Peters vom Krad zu holen. Oder einen der anderen Brüder. Man erkannte die ja nicht mehr mit dem Helm. Das hatte er schließlich betont.

Wenn das tatsächlich mit dem Peter zu tun hatte, dann ...

Der hatte sich ganz schön rumgetrieben in den letzten Jahren. Hier ein Mädchen, dort eines. Und mehr als einmal hatte das ganz schön Probleme gemacht. Reiter wusste, was die jungen Bienen in Peter gesehen hatten. Er hatte ein Motorrad und auch Geld. Viel mehr Geld als ein Lehrling auf dem Bauernhof. Einmal hatte ihm einer aufgelauert und ihn verprügelt. Der Peter hatte nicht gesagt, wer das gewesen war. Andere hatten auch geschwiegen. Aber dass es mit irgendeinem Mädchen zu tun hatte, das schien klar.

Und jetzt das hier. Reiter stellte sich abseits der Straße hinter einen Baum. Schnurgerade war die L1 hier nicht. Aber man konnte schon ordentlich weit gucken. Und so ein Krad war weithin sichtbar in der Dunkelheit. Außerdem machte es auch ordentlich Lärm.

Wenn es nicht mit den Mädchen zu tun hatte, dann gab es natürlich noch einen anderen Grund. Der Lebensunterhalt von Peter. Und dann kamen die anderen zwei Petersbrüder auch wieder ins Spiel.

Drogen. Alle hier wussten, dass die nächtlichen Motorradtouren mit Drogen zu tun hatten. Die Petersbrüder verteilten sie in der Gegend. Er wusste nicht genau, was sie alles im Angebot hatten, aber man sagte, dass sie sowohl für größere als auch für kleinere Mengen schon mal eine nächtliche Tour machten. Man musste nur anrufen. Herrgott, die Nummer stand sogar im Telefonbuch.

Reiter blickte in das dunkle Dorf auf der anderen Seite der Straße. Zwei Familien fielen ihm sofort ein, bei denen Drogen alles zerstört hatten. Die Feckers und dann, was von den Teicherts übrig geblieben war. Vielleicht sollte man da mal anfangen zu ermitteln.

Aber wusste er, auf welche Spuren die Ermittler aus Bitburg setzten?

Doch gleich, was die beiden vorhatten. Er musste endlich nach Holsthum.

DIE TAGE NACH OSTERN

[1]

Ulrike steckt einen Finger in das Loch, das die Kugel geschlagen hat. Als sie ihn wieder herauszieht, kommen ein paar Tropfen Regenwasser mit.

Ich habe ganz schön viel zu tun gehabt, sie davon zu überzeugen, dass der Hochsitz immer noch unser schönster Platz ist. Und irgendwie hat es geholfen, dass es regnet. Jetzt kommt niemand in den Wald, um seinen Maulwurf zu zeigen oder mit einer Pistole herumzuschießen.

Wir stehen lange auf der Plattform und gucken auf unser Dorf. Einfach so.

Ich sage nichts. Sie sagt nichts.

Aber es ist schön. Wir sind zusammen, und das reicht.

Irgendwann fragt Ulrike: «Meinst du, wir kriegen das wirklich raus? Das mit dem Motorradfahrer?»

«Also ... Von uns war es ja keiner», sage ich und zeige auf das Dorf. «Von meiner Familie, meine ich.»

«Klar», sagt Ulrike.

Dann zeige ich ein bisschen nach links. Das ist der Meierhof. Das sind Verwandte von uns. Ich glaube, der Volker ist kein Cousin von Papa, aber so etwas Ähnliches. Vielleicht der Cousin von einem Cousin, wie oft. Auf jeden Fall nennen wir ihn nicht Onkel. Er kommt auch nicht regelmäßig zu uns zu Besuch. Aber das mit dem Motorradfahrer kann er nicht gemacht haben.

«Und der ist auf jeden Fall im Dorf verschwunden», sagt Ulrike. Es ist eine Frage. Und auch nicht.

«Ja», sage ich. «Der ist durch den Bach ins Dorf gerannt.»

«Wenn er nicht von euch kam und nicht von den Meiers, dann ist er also weitergegangen.»

Das nächste Haus auf der rechten Seite, direkt hinter unseren Ställen, ist das von den Strenzels. Herr Strenzel arbeitet mal auf dem einen und mal auf einem anderen Bauernhof. Sie haben ein kleines Haus, direkt an der Straße, und es ist nicht schön. Der Putz ist an vielen Stellen abgefallen.

Dann Ulrikes Haus. Oder das von ihrer Familie. Auf derselben Straßenseite. Und direkt dahinter das von den Theißens. Da ist Trines kleiner Laden, wo wir die Hanutas holen. Ihr Mann arbeitet in Luxemburg, weil man da für die gleiche Arbeit mehr Geld kriegt.

«Warum eigentlich?», fragt Ulrike.

«Warum was?»

«Warum kriegt man in Luxemburg mehr Geld?»

«Keine Ahnung.»

Dann Frau Teichert. Über sie müssen wir nicht reden. Sogar Rudi und Michi versuchen, ihr nicht zu begegnen. Das würden sie natürlich nie zugeben. Aber ich weiß es. Ihr Haus ist da, wo die Straße einen Knick nach links macht. Von da an geht es bergauf.

Ich schäme mich schon ein bisschen dafür, dass ich bei den Feckers so erschreckt gewesen bin. Aber Ulrike habe ich das ja erzählt.

«Das heißt nichts», sagt sie.

«Wie meinst du das?»

«Ich weiß, dass du dich geärgert hast. Über dich selbst. Aber das heißt nicht, dass der Anzug auf der Leine nicht der Anzug des Mörders war.»

Das stimmt natürlich. Ulrike ist schlau. Sonst wäre sie auch nicht meine beste Freundin.

Gegenüber, am Rand vom Meierhof, steht ein Haus, wo mehrere Familien wohnen. Oder wohnen könnten. Von den drei Wohnungen sind zwei leer. Und wir kennen die Familie, die da wohnt, so gut wie nicht. Ich weiß nicht einmal ihren Namen. Die haben zwei ganz kleine Kinder, und der Mann arbeitet in Bitburg. Er fährt einen Ford Taunus. Mama sagt, die sind ins Dorf gezogen, weil es hier billiger ist als woanders.

Neben dem Haus mit den drei Wohnungen sind die Hellers. Die leben immer schon da. Und die haben vier Kinder gekriegt in den letzten Jahren. Rosi und Dani waren auch mit beim Klabbern. Aber die Erwachsenen sehe ich fast nur im Auto. Sie haben einen Opel Rekord.

Das letzte Haus an der Straße gehört zum Hof von Theos Eltern. Es ist der kleinste Hof im Dorf. Papa sagt manchmal, dass die den nicht mehr lange haben, weil es sich nicht lohnt und weil sie nicht mal Tiere haben. Einer von den Söhnen lebt nicht mehr. Aber da sind auch noch drei weitere Kinder, von denen ist Theo eines.

Ich hebe die Schultern und gucke Ulrike an. Die schüttelt den Kopf. Herr Fecker war es also nicht. Oder?

Schräg hinter dem Haus von Frau Teichert ist der letzte Hof des Dorfes. Die Herres sind auch irgendwie verwandt, wir kennen sie aber nicht so genau. Ich glaube, dass Frau Herres einen Urgroßvater hat, der auch der Urgroßvater von Mama war. Oder vielleicht auch einen Ururgroßvater. Rudi hat einmal gesagt, das Verwandtschaftsverhältnis zwischen denen und uns wäre abstrakt, das hatte er gerade in der Schule, und ich habe es mir gemerkt. Jedenfalls sind sie nicht so eng verwandt, dass man gleich ausschließen kann, dass sie etwas mit dem Mord zu tun haben.

Neben dem Hof der Familie Herres führt eine Straße wieder runter zu uns. Da stehen zuerst einmal zwei Häuser einander gegenüber. Sie sehen genau gleich aus und dann auch wieder gar nicht. Sie haben beide zwei Stockwerke, und in dem, wo man eine Hand zwischen Fachwerk und Mauer stecken kann, lebt das alte Ehepaar Heise. Sie kriegen Rente, aber nicht sehr viel. Und manchmal fragen sie auf den Höfen nach, ob noch Sachen zum Essen übrig sind. Weil sie nett sind, geben ihnen alle auch immer etwas. Gegenüber ist renoviert, und da wohnt Herr Scholzen. Er ist Apotheker und fährt frühmorgens mit dem Auto, einem Ford Capri, irgendwohin, ich glaube, nach Trier oder jedenfalls in die Richtung. Im Dorf redet er mit keinem. Er kommt nach Hause und macht die Tür zu. Mama sagt manchmal, dass Herr Scholzen ein eingefleischter Junggeselle ist. Papa zieht dann immer den Mundwinkel hoch, sagt aber nichts. Das mit dem Mundwinkel macht er jedes Mal, wenn Mama das mit dem Junggesellen sagt, wirklich jedes Mal, ich habe es genau beobachtet.

«Ich hab den noch nie gesehen», sagt Ulrike.

Mir geht es ganz ähnlich, also fast. Deshalb wüsste ich gern mehr über ihn.

Neben dem Haus von Herrn Scholzen ist das Gartenhaus. Alle nennen es so, weil es ein kleines Haus ist, das mitten in einem großen Garten steht. Frau Hohlscheid hat einen grünen Daumen, sagt Mama. Herr Hohlscheid arbeitet in Bollendorf in einer Fabrik. Ich weiß nicht genau, wo, aber er war in den letzten Jahren schon zwei Mal länger im Krankenhaus, weil er sich bei der Arbeit verletzt hat. Die Hohlscheids haben keine Kinder.

Daneben sind die Thiersens. Die Kinder sind so alt wie wir, zwischen elf und sechzehn, aber sie gehen auf andere Schulen. Frau Thiersen arbeitet in Körperich im Altersheim, und Herr Thiersen ist Nachwächter in Luxemburg. Die Kinder müssen auf sich selbst aufpassen. Wenn Herr Thiersen Nachtwächter ist, kann er das mit dem Mord nicht gewesen sein. Jedenfalls, wenn er auf der Arbeit war.

«Ich kann von meinem Zimmer aus zu denen rübergucken», sagt Ulrike.

«Und?»

«Die gucken manchmal noch ganz spät fern.»

«Die Kinder?»

«Auch der Jörg. Manchmal noch um Mitternacht.»

Jörg ist der Jüngste und ein Jahr älter als wir. Ich würde auch gern mal spät Fernsehen gucken. Aber bei uns ist um neun Schluss. Spätestens. Auch samstags.

An der Einmündung zur Straße hinter unserem Hof stehen zwei Eckhäuser. Eins ist klein und eins ziemlich groß. In dem kleinen wohnt die alte Frau Wirtz. Einmal am Tag kommt jemand vorbei und guckt nach ihr. Ich habe sie schon lange nicht mehr gesehen. Aber solange einer kommt und nachguckt, lebt sie ja sicher noch.

Das große Haus ist noch nicht so lange groß. Da ist eine ganze Etage auf die beiden draufgebaut worden, die es schon lange gegeben hat. Papa war sehr wütend auf Herrn Reilich. «Die ganze Nacht geht das so», hat er immer gesagt, weil die auch abends gebaut haben. Das würde die Tiere verrückt machen. Aber das Haus ist dann doch fertig geworden, und die Reilichs, die im letzten Jahr irgendwo in einem Wochenendhaus gewohnt haben, sind mittlerweile wieder zurück mit ihren beiden Kindern. Ein Mädchen geht aber in ein Internat und ist nicht oft da, und das andere ist arrogant, sagen Rudi und Michi. Mit Herrn Reilich redet im Dorf sowieso niemand mehr. Und Frau Reilich sehen wir nur, wenn sie im Wagen sitzt. Sie fährt einen Renault, einen R5. Das ist ein schönes Auto.

Die beiden letzten Häuser stehen auch am Rand von unserem Hof. Auf dem Weg geht es dann wieder zur Landstraße. In beiden Häusern wohnen Leute, die noch nicht lange im Dorf sind.

Die Heimerbergs sind noch jung und haben keine Kinder. Aber Frau Heimerberg hat einen ganz dicken Bauch. Also haben sie bald ein Kind. Herr Heimerberg ist der Sohn der Heimerbergs aus Bettingen. Weil er nicht der älteste Sohn ist, muss er etwas anderes machen als Landwirtschaft. Ich weiß aber nicht genau, was das ist. Ulrike winkt ab, sie weiß es auch nicht.

Und von den Leuten im letzten Haus weiß niemand einen Namen. Das Haus hat lange leer gestanden und ist jetzt bewohnt. Ich habe gesehen, dass auf der großen Terrasse schon mal mehrere Leute sitzen und essen und trinken. Dann stehen auch mehrere Autos vor dem Eingang. «Die sind aus der Stadt», hat Mama gesagt, aber ob sie damit Bitburg meint oder Trier oder sogar Köln, weiß ich nicht. Das Ehepaar ist ungefähr 35, wenn ich das einschätzen kann. Und im Anzug habe ich den Mann schon ein paar Mal gesehen. Aber nie in einem schwarzen. Einmal hatte er einen in Beige an. Und einmal einen roten.

«Würdest du den von der Liste streichen?», frage ich Ulrike.

«Eigentlich nicht», sagt sie, nachdem sie ein bisschen nachgedacht hat.

[2]

Von wegen Viertausendundwasauchimmer.
Alles gelogen.

Das Geld hatte er gar nicht gezählt zuerst. Eigentlich ging es ihm ja auch gar nicht ums Geld.

Obwohl, geht es nicht immer genau darum? Er öffnete die Tür zum Schweinestall. Der Lärm war unerträglich. Und der Gestank auch.

Eine ganze Weile hatte er es doch hingekriegt, seit damals. Seit Hannes ausgewandert war. Mit Frau und Kindern.

Er holte die Pistole aus der Jackentasche und betrachtete sie. Kurz hielt er sich die Mündung an die Schläfe.

Man sagt ja, dass das schiefgehen kann. Dass man nicht immer und vor allem nicht sofort stirbt, wenn man versucht, sich auf diese Weise das Leben zu nehmen.

Der Hannes hatte recht, das Angebot anzunehmen. Über 120 Hektar, dafür wäre er auch ausgewandert. Vielleicht nicht unbedingt nach Paraguay. Aber wenn sie dir so etwas hinterherwerfen.

Er richtete die Pistole auf eine der Sauen. Wenn er abdrückte, wäre die ihre Probleme los.

Dieses Geschrei.

Ihm war schon klar, dass er am Morgen hätte füttern müssen. Brigitte konnte das nicht mehr.

Brigitte mit ihrer Krankheit.

Die wäre mit einer Kugel im Kopf auch gut bedient.

Irgendwer hätte auch sauber machen sollen.

Da. Die Sau kriegte das mit. Das mit der Pistole. Die war ganz ruhig geworden, während er nachgedacht hatte. Schweine sind eben schlau.

Ein Paradies, hatte Hannes gesagt, als er das erste Mal angerufen hatte. Keiner sagt dir, was du tun sollst. Du kriegst Land, und es ist wirklich deins. Und keine Roten, die dir reinreden.

Rote gab es hier auch nicht, dachte er. Die paar Pfeifen von der SPD. Wer nahm die schon ernst? Und die Flurbereinigung hatten die sich ja nicht ausgedacht. Das war der Adenauer gewesen.

Ein paar der anderen Tiere kriegten das auch mit. Wenn er die alle niederstreckte, hätten sie es hinter sich. Sterben würden sie ohnehin früher oder später. Aber so viel Munition hatte er nicht.

Dass alles so einfach ist, hatte der Hannes gesagt. Sie räumen einem alles aus dem Weg. Hauptsache, du bist ordentlich, und du produzierst. Und amerikanische Atomraketen gibt es auch nicht, hatte Hannes gesagt, nicht wie bei uns in Bitburg. Der Junge war schon noch grün hinter den Ohren.

Er steckte die Pistole wieder in die Jacke. Sofort war der Lärm wieder da. Die merkten das tatsächlich.

Der Hannes hatte schon fast ein ganzes Jahr nicht mehr angerufen. Aber ob er nun anruft oder nicht. Was sollte er denn hier jetzt allein mit dem Hof anfangen. Das machte doch keinen Sinn. Sie redeten ja überall von dem Kerl in dem großen Schlitten, der in der Gegend unterwegs war. Zu ihm würde der aber nicht kommen, so wie es hier aussah. Ihm würde der kein Geld anbieten.

Leck mich am Arsch, dachte er, als er den Stall von außen zumachte. Viertausend Mark. Da hatte der Schlager der Polizei einen schönen Bären aufgebunden. Der hatte sich das Geld doch selbst in die Tasche gesteckt. Das waren doch kaum mehr als Achtzehnhundert in der Plastiktüte gewesen.

Letztlich, dachte er, mach dir nichts vor, ging es um nichts als Geld.

Immer und immer wieder.

[3]

Als der Mann «Seimerich» sagte, wusste der Chauffeur es auf einmal. Er musste nachschlagen, wo das Örtchen lag, erinnerte sich dann aber, dass sie schon einige Mal dort durchgefahren waren.

«Seimerich», sagte er, während er suchte.

Der Mann bestätigte es, indem er den Namen noch einmal aussprach. Es war diese Art, das R auszusprechen. Es passierte dem Mann nicht oft, doch bei dem Namen des Weilers konnte er es ganz offenbar nicht verhindern. Das R war irgendwie unterwegs hin zu einem W, so wie es die Amerikaner sagen. Das hätte er vielleicht schon früher merken können, weil er nun schon seit zwei Wochen mit ihm unterwegs war, aber oft hat er es nicht genau so ausgesprochen, vielleicht sogar vermieden.

Bewusst vermieden. Ach, egal. Irgendwann kommt sowieso alles heraus. Und an diesem Tag sogar zweimal.

Sie hatten die Grenze hinter sich, hatten den Anstieg aus dem Tal der Our schon gemacht und waren wieder auf dem Weg bergab und eigentlich schon fast am Bestimmungsort, als es passierte.

Als Chauffeur weiß man, dass es passiert. Es kann nämlich nicht nie passieren. So sehr du auch achtgibst. Wie viel Erfahrung du auch hast. Und wie gut du bist, die Gefahr zu antizipieren.

«Antizipation ist der Kern der Sicherheit.» Das war es, was der Chef immer sagte. Antizipation. Ja, ja, er wusste, dass er gut darin war zu antizipieren.

Aber irgendwann fährt dir einfach einer rein.

Du verhinderst es nicht.

So gut du auch bist.

Und in diesem Fall war es auch nicht wirklich schlimm.

Es war nicht gefährlich für den Mann im Fond. Das war stets das Wichtigste. Der Cadillac hat kaum etwas abgekriegt. Auch das ist nicht ganz unbedeutend. Und andere kamen auch nicht zu Schaden. Der letzte Punkt ist etwas, das man ebenfalls nicht immer vermeiden kann. Das ist nicht einmal Berufsrisiko. Es gibt einfach zu viele Idioten auf der Straße. Und wer sich umbringen will, tut das halt.

Hier war es nicht einmal so. Noch feuchter Matsch war es. Und der Passat kam ganz kurz ins Rutschen. Da war eine Kurve, und der Fahrer des VW hatte es nicht ganz im Griff gehabt. Eine kurze Unsicherheit. Das leichte Verreißen. Und dann das Touchieren. Mehr war es nicht.

Der Chauffeur bremste vorsichtig. «Das tut mir sehr leid», sagte er mit kurzem Blick in den Rückspiegel. «Bleiben Sie einfach sitzen.»

Das war das, was er sagen musste. Der Kunde sollte Gelegenheit erhalten, darauf zu bestehen, weiterzufahren. Aus welchem Grund auch immer. Der Chef wusste ja nicht, mit welchen Absichten jemand einen Wagen buchte. Ob er Falschgeld im Koffer hatte. Oder den Plan, um eine Bombe zu bauen. Und wenn es dem Mann in genau dieser Situation wichtig gewesen wäre, vom Ort des Unfallgeschehens zu verschwinden, dann hätte er es genau jetzt sagen müssen.

Der Chauffeur wartete noch einen Augenblick. Aber der Mann rührte sich nicht. Gab kaum zu erkennen, dass er das Geschehen mitgekriegt hatte. Also stieg der Chauffeur aus.

Neben dem Passat stand ein Mann in den Vierzigern, fleckige Jeans und kariertes Hemd. Er starrte konsterniert auf die angeschlagene Stoßstange des Cadillac. Sein Auto hatte den Lack kaum angekratzt, aber den hinten leicht vorstehenden Stoßfänger noch erwischt.

Der Chauffeur legte dem Mann kurz eine Hand auf die Schulter. Dann holte er das Sicherheitsdreieck aus dem Kofferraum und stellte es vorschriftsmäßig auf. Der Passat-Fahrer machte es ihm nach.

Den kleinen Lieferwagen, der sich von hinten näherte, stoppte der Chauffeur mit einem Handzeichen und bat ihn, vom nächsten Ort aus die Polizei zu rufen, das wollte er dem Mann im Fond nicht zumuten, das mit dem Autotelefon zu machen. Dann setzte er sich hinter das Steuer, entschuldigte sich noch einmal bei seinem Gast und wartete. Dabei versuchte er, nicht in den Rückspiegel zu blicken.

Es dauerte nur wenige Minuten, bis ein Streifenwagen auftauchte. Der Uniformierte war ein Mann in den späten Vierzigern, der den Passat-Fahrer, der mittlerweile auf der Motorhaube seines Autos saß, kurz grüßte. Dann fuhr er mit dem Fuß in einen Matschklumpen, drehte sich um und zeigte kurz, und vielleicht unbewusst, auf die Ausfahrt eines frisch bearbeiteten Feldes, von dem die Matschspuren stammen mussten.

Bevor er sich an das heruntergelassene Fenster des Cadillac stellte, trat er den Dreck aus den Ritzen seines Schuhs und betrachtete dabei den amerikanischen Wagen. «Toller Schlitten», sagte er mehr zu sich selbst als zum Chauffeur.

[4]

Der Fahrer des amerikanischen Wagens war ein ganz normaler Kerl. Anzug, Scheitel, Schnurrbart. Die Mütze dazu. Als Reiter etwas über das große Auto sagte, zuckte er nur kurz mit den Schultern. Klar, der fuhr so einen auch jeden Tag. Das hörte der oft.

«So etwas kann hier passieren», sagte Reiter dann.

«Wir beschweren uns ja auch nicht.» Der Fahrer des Cadillac stellte ganz kurz Augenkontakt her. «Es ist bloß schade, weil ich seit Jahren keinen Unfall hatte. Und natürlich wegen dem Wagen.»

«Landwirtschaft.» Reiter inspizierte kurz den Schaden, ohne sich zu bewegen. Ein ganz ordentlicher Kratzer, ein paar Zentimeter lang. Und dann natürlich die beschädigte Stoßstange. «Hätte aber auch schlimmer kommen können», sagte er.

«Das ist uns klar.»

«Es hätte einen richtigen Zusammenstoß geben können.»

«Wir sind ja auch froh, dass nicht mehr passiert ist.»

Reiter drehte sich zu dem Passat-Fahrer. «Du warst das, Pit, oder?»

Pit Fuchs hob kurz die Schultern.

«Du warst auf der falschen Spur.»

Erneutes Schulterzucken. «Kann man nichts machen.»

«Kein Vorwurf von meiner Seite.» Reiter wandte sich wieder zum Fahrer des Cadillac. «Von Ihnen auch nicht. Oder?»

Der Mann schüttelte ganz kurz den Kopf. Wirklich ganz kurz nur. Er wollte weiter, das war ihm anzumerken.

Reiter kam eine Idee. Ohne auch nur für eine Sekunde in den Fond des großen Autos zu sehen, sagte er: «Na ja ... Am besten ist es, wenn wir das für die Versicherung jetzt alles ganz schnell über die Bühne bringen. Dafür brauche ich mal die Papiere aller Beteiligten.»

[5]

Nachts ist es weniger gefährlich als tagsüber. Ganz gleich, wo. Denn es ist weniger los, weil die meisten Leute im Bett liegen und schlafen.

Ich weiß nicht, warum ich wach geworden bin, vielleicht ist irgendjemand auf der Etage aufs Klo gegangen. Oder es ist ein Lastwagen vorbeigefahren, obwohl ich davon sonst nicht wach werde. Jedenfalls bin ich wach.

Und nun auch schon angezogen.

Mit Gummistiefeln.

Und die Taschenlampe habe ich in der Hand.

Gefährlich ist es nur, wenn ich die Tür zum Flur öffne. Denn natürlich darf niemand sehen, dass ich komplett angezogen bin. Aber alles ist ruhig. Ich horche kurz an der Tür zum Schlafzimmer der Eltern und gehe die Treppe hinab.

Als ich die Haustür öffnen will, bin ich total überrascht, dass sie abgeschlossen ist. Ich habe gedacht, dass das nie passiert. Der Schlüssel steckt zwar immer von innen, aber den muss man ja irgendwo hintun. Und da geht er wenigstens nicht verloren.

Alle sagen, dass im Dorf immer alle Türen offen sind. Vielleicht stimmt das ja gar nicht. Unsere ist jedenfalls nachts abgeschlossen. Wieder etwas gelernt.

Ich drehe den Schlüssel, was kein Geräusch macht. Dann drücke ich die Klinke und ziehe die Tür auf. Sie schleift am Boden ein wenig, aber das ist oben sicher nicht zu hören. Bevor ich die Tür wieder zuziehe, überlege ich, ob ich nicht irgendwo im Parterre ein Fenster öffnen soll. Nur für den Fall, dass wieder abgeschlossen ist, wenn ich zurückkomme. Oder ob ich den Schlüssel einfach abziehe und mitnehme. Aber wer soll kontrollieren, ob tatsächlich abgeschlossen ist? Dafür gibt es keinen Grund.

Die Taschenlampe bleibt aus, als ich den Hof verlasse. Hier brauche ich sie noch nicht. Den Weg zur Landstraße gehe ich jeden Tag. Oder ich nehme das Fahrrad dafür.

Ich weiß gar nicht, wie spät es ist, aber alle Fenster im Dorf sind dunkel. Also ist es richtig spät. Denn alle schlafen. Das ist irgendwie beruhigend, denn ich will keinem begegnen.

Aber was ist, wenn jemand kommt, der nicht aus dem Dorf ist? Dann bin ich ganz allein.

Richtig wohl ist mir wegen dem letzten Gedanken nicht, als ich an der Straße ankomme.

Bei uns im Haus ist alles dunkel, klar. Aber ich gucke auch, ob irgendwo eine Gardine wackelt oder ein Fenster geöffnet wird.

Nichts.

Es ist ziemlich leise.

Ein Wind geht, der die Blätter der Bäume bewegt. Das kann man richtig deutlich hören.

Und gegenüber an der Straße raschelt etwas im Gebüsch. Etwas kleines. Also ein Tier. Vor den meisten Tieren habe ich keine Angst.

Den Gaybach höre ich fließen. Das Geräusch ist fast gleichbleibend. Aber ab und zu gibt es ein deutlicheres Plätschern. Und jetzt gluckst irgendetwas im Wasser.

Ein Vogel schreit ganz dunkel.

So leise ist es doch nicht. Wenn man nur richtig hinhört.

Und ich habe eine ganz schöne Gänsehaut. Auf einmal.

Als ich an der Straße entlanggehe, kommt auch noch ein Auto von hinten. Aus Körperich. Die dürfen mich auf gar keinen Fall sehen, also lege ich mich ganz flach an den Straßenrand.

Das Auto rollt langsam vorüber, ich warte aber noch, bis das Motorgeräusch weit weg ist. Dann stehe ich wieder auf und gehe zu der Stelle im Bach, wo die schwarze Gestalt vorige Woche verschwunden ist.

Ich würde gern die Taschenlampe anschalten. Aber das könnte irgendwer aus dem Haus sehen. Auf gar keinen Fall will ich, dass Mama neugierig wird, was hier passiert. Und im Moment sehe ich auch noch genug. Außerdem kenne ich den Bach gut.

Hier ist die schwarze Gestalt vor ein paar Nächten verschwunden. Genau dort, wo der Bach aufhört, in einem Betonbett zu fließen. Mitten im Dorf nämlich ist er ein Kanal, und ab hier wird er wieder flacher. Und breiter.

Eigentlich dürfen wir hier gar nicht in den Bach, sagt Mama immer. Weil er hier manchmal so schnell fließt. Und weil man nie so richtig weiß, was nach einem Regen passiert. Sie sagt immer, dass da vor ein paar Jahren mal der Hund vom Meierhof ertrunken ist. Ich kann mich nicht daran erinnern. Aber vielleicht ist es ja auch schon lange her.

Wenn wir im Wasser spielen, dann ist das ein paar hundert

Meter von hier entfernt. Da ist der Bach breit und flach und nicht gefährlich.

Ich klettere vorsichtig in den Bach hinein. In der Mitte des Betonbetts ist es am tiefsten und für die Gummistiefel vielleicht zu tief. Schritt für Schritt gehe ich in Richtung Dorfmitte. Von unserem Haus aus kann man mich schon nicht mehr sehen. Ich bin schon in dem Abschnitt, wo die alte Scheune, die zum Herreshof gehört, aber nicht genutzt wird, zwischen unserem Haus und dem Bach steht. Die Taschenlampe brauche ich im Moment nicht, meine Augen haben sich an die Dunkelheit gewöhnt.

Hier kann man fast normal gehen. Aber es wird schon enger, und gleich komme ich zur Brücke, dann bin ich genau unter der Straße, die ins Dorf führt.

Kurz bevor ich die Brücke erreiche, wird es schon deutlich dunkler. Büsche stehen am Ufer, dicht und düster, die fast einen Tunnel bilden. Ich ziele mit dem Strahl der Lampe auf beide Ufer, das andere ist höchsten drei Meter von mir entfernt, aber da ist nichts außer langsam fließendem Wasser und dem düsteren Grün.

Ich bin schon fast unter der Brücke, da sehe ich etwas glänzen. Ich greife unter ein paar herumliegende Blätter und taste herum. Ein Schlüssel liegt da, leicht rostig, und wirkt, als hätte er da schon eine Weile verbracht. Nichts, was uns interessiert.

Unter der Brücke ist es unheimlich. Ich leuchte mit der Lampe herum, und dann mache ich sie aus.

Jetzt ist es wirklich richtig dunkel. Ich sehe nicht einmal aus dem Schacht heraus. Klar, mittlerweile haben sich die Augen umgekehrt an die Lampe gewöhnt.

Ein bisschen lasse ich die Lampe noch ausgeschaltet. Manche Dinge muss man einfach aushalten. Das ist so, wie wenn man auf dem Speicher eines leeren Hauses ist. Oder in einer Höhle. Oder nachts unter einer Brücke.

So. Ausgehalten.

Ich knipse die Lampe wieder an und gucke mich noch mal um. Alles ist düster. Da liegt ein größerer Stein im Wasser, noch kein richtiger Felsen, aber das Wasser muss drum herum fließen. Ein kleiner Ast hat sich da festgeschwommen. Aus einem Spalt in der Wand gegenüber wächst etwas mit Blättern dran. Ich kann aber nicht genau erkennen, was es ist.

Und dann sehe ich den Nagel. Auf Augenhöhe guckt der aus der Betonwand heraus – oder was das auch immer für ein Material ist. Und an dem Nagel hängt ein kleiner Fetzen Stoff.

Schwarzer Stoff.

Wirklich klitzeklein.

Stoff wie der von der schwarzen Gestalt.

Mein Herz klopft wie ein Treckermotor.

Ich greife hoch und nehme das Stück Stoff vom Nagel. Es fühlt sich fest an, ein bisschen rau, als ich es zwischen den Fingern reibe. Im Lichtkegel sind hauchdünne helle Streifen im Schwarz des Stoffs zu sehen. Das Stück könnte schon von einem feinen Anzug stammen.

Von irgendwoher kommen Schritte. Ich mache die Lampe schnell aus.

Die Schritte schlurfen, aber da ist jemand auf Asphalt unterwegs. Ich höre, wie sie sich langsam nähern, und ich bin mir sicher, dass sie aus dem Dorf kommen.

Das ist die schwarze Gestalt, die nach dem Stoff sucht. Beim Anzugaufhängen oder beim Anzugsaubermachen ist aufgefallen, dass da etwas ausgerissen ist.

Aber warum überhaupt der Anzug? Was ist mit dem Umhang?

Er hat den Umhang ausgezogen, als er unter der Brücke hindurchgegangen ist. Nein. Der Geist ist gelaufen, und der Umhang hing auf dem Rücken und nicht über den Schultern.

Oder?

Und gleich klettert der Geist hier irgendwo in den Bach hinab und steht vor mir.

Die Schritte kommen immer näher.

Der Treckermotor in mir geht immer schneller.

Und jetzt ist auf einmal nichts mehr zu hören. Gar nichts mehr.

Der Bach.

Der Wind.

Aber kein Auto.

Kein Vogel.

Und keine Schritte mehr.

Ich hab tatsächlich einen Geist gehört. Angst habe ich. Richtige Angst.

Eigentlich, ich weiß das, gibt es gar keine Geister. Aber manche glauben schon an sie. Auch Erwachsene.

Auf einmal höre ich ein ganz lautes Röcheln über mir. Es röhrt und gurgelt, und dann wird irgendwas ausgespuckt.

Ich kann es nicht sehen, aber ich höre, wie der Gelbe im Bach landet.

Kurz muss ich schlucken.

Der Gelbe, so nennen wir es, wenn einer spuckt. Also richtig spuckt. Das machen immer nur die Jungs. Und sie geben damit total an. Aber ich kann das auch. Das habe ich denen in der Schule auch schon gezeigt.

Irgendwie bin ich beruhigt, dass da jemand auf der Brücke steht. Auch wenn ich hier gefangen bin. Aber lieber ein Mensch auf der Brücke als ein Geist genau da, wo ich stehe.

Immerhin weiß ich, dass es ein Mann ist, der da steht, das habe ich am Gurgeln gehört. Und der Mann ist nicht gekommen, um das Stück Stoff zu suchen.

Ich bin ganz leise. Selbst beim Atmen passe ich auf, dass es nicht zu hören ist.

Ein Geräusch, das ich kenne. Kurz muss ich überlegen. Und

als ich darauf komme, dass es ein Reißverschluss war, plätschert es vor mir ins Wasser.

Iiiih.

Ich kann den Strahl sogar sehen. Wie eine Perlenkette wirkt er im Licht der Laterne auf der Landstraße. Jetzt weiß ich ganz genau, dass es ein Mann ist.

Zum Glück fließt der Bach von mir weg. Also muss ich nicht in der Pisse von dem stehen.

Es hört auf.

Dann kommt noch ein bisschen nach.

Dann ist es vorbei.

Wer kann das sein? Und warum steht er genau auf der Brücke?

Ich höre fast nichts mehr. Der Mann rührt sich nicht. Er spuckt auch nicht mehr. Und räuspern tut er sich auch nicht.

Auf einmal ist das Wasser ein bisschen höher als vorher. Gibt es eigentlich Wellen in einem Bach?

Jedenfalls schwappt ein bisschen in meinen Stiefel. Und mir wird kalt. Aber ich kann hier nicht weg.

Da ist etwas. Weit weg. Ein Motor.

Es ist ein Motorrad, ganz klar. Es kommt schnell näher, wird langsamer und leiser zugleich, kurz noch einmal lauter, kommt noch näher, und …

… und hält auf der Brücke über mir. Darauf hat der Mann gewartet.

«Hey», sagt die eine Stimme. Wer ist das?

Der andere macht nicht mehr als ein «Mhm».

«Tut mir leid, das mit deinem Bruder.» Die Stimme von eben.

«Drecksgeschichte», sagt der andere. Das muss der auf dem Motorrad sein.

Wenn der auf dem Motorrad so über einen Bruder redet, dann muss er vom Petershof sein. Einer von der Brüdern. Vielleicht der, der mir vor ein paar Tagen hinterhergelaufen ist.

«Aber danke, dass du trotzdem kommst. Ich meine ...»

«Leben geht weiter. Für die, die weiterleben.»

«Ja, stimmt natürlich.» Ich glaube, dass ich die Stimme schon im Dorf gehört habe. Doch ein Gesicht fällt mir dazu nicht ein. «Aber ich meine ... Auch um diese Zeit.»

«Wir schlafen gerade schlecht.»

«Kann ich mir vorstellen. Weiß man denn schon was?»

«Uns sagen die Bullen nichts.»

«Aber ihr ... habt ihr eine Idee, wer das war?»

Es dauert eine kleine Weile, bis der Motorradfahrer antwortet. «Wer sollte unserem Bruder etwas tun?»

«Ja ...»

«Hier.»

«Danke. Nächste Woche das Geld?»

«Kein Problem.»

Der Motor geht wieder an. Das Motorrad fährt los und wird schnell leiser.

Von oben kommt noch mal das Röcheln. Dann spuckt er. Der Gelbe fällt in den Bach.

Und dann entfernen sich die Schritte.

In meinem zweiten Stiefel ist auch Wasser.

Ich warte noch, bis die Schritte nicht mehr zu hören sind. Dann klettere ich aus dem Bach und renne nach Hause. Das Wasser schwappt mir dabei in den Stiefeln um die Füße.

[6]

«Das war lecker», sagte Norbert Roth.

Sabine konnte das einfach. Fast hätte er gesagt, dass der Rinderbraten besser war als der seiner Mutter. Aber er konnte sich noch rechtzeitig auf die Zunge beißen. Karlson, der alte

Ausbilder, hatte ihnen ein paar Weisheiten mitgegeben. Das war an einem der Bierabende, an denen er erzählt und die ganzen jungen Männer zugehört hatten.

«In eurem Beruf. So wie ihr lebt. Da an der Grenze. Schlimmer als Fremdgehen ist nur eines», hatte Karlson gesagt. «Alles dürft ihr, wirklich alles, aber keine Vergleiche mit der Mutter.» Er hatte kurz eine Pause gemacht und dann in die Runde geguckt. «Verstanden, Männer?»

«Aye», sagten sie dann immer im Chor, weil es das war, was er hören wollte.

Karlson durfte das. Er war der härteste aller Ausbilder gewesen, und wenn einer über solche Sachen reden durfte, dann er. Und an Karlson musste er gerade denken.

«Ich hab noch keinen Rinderbraten gegessen, der so lecker war wie der», sagte Roth.

Aber Sabine lächelte nicht einmal.

«Was ist?», fragte er.

«Ich will hier nicht bleiben.»

Das schon wieder. «Aber wir haben doch schon so oft darüber geredet», sagte er. «Jetzt kümmern wir uns um meine Laufbahn. Und später gucken wir, was du noch so brauchst.»

Als Sabine begann, den Tisch abzuräumen, stand er auf, um ihr zu helfen. Er stellte die schmutzigen Teller aufeinander und wartete darauf, dass seine Frau aus der Küche zurückkam. «Du hast gewusst, was ich für eine Arbeit mache. Und dass es so eine Gegend sein könnte, wo ich dann Dienst schiebe.»

«Hier ist gar nichts.»

«Du bist nur ein bisschen einsam. Das gibt sich.»

«Wie soll sich das denn geben? Hier sind doch nur Bauernhöfe. Ich lerne doch nicht mal irgendwen kennen, wenn ich den ganzen Tag zu Hause sitze.» Sabine stützte sich auf den Tisch. «Denkst du, ich treffe jemanden im nächsten Dorf? Soll ich mich da auf die Straße stellen und darauf warten, dass mich irgendwer anspricht?»

«Und hier im Haus?»

«Guck dir das doch an. Die Rosi kocht den ganzen Tag. Und backt. Und legt ein. Die hat auch noch nie eine Arbeit gehabt. Der Lautermann kommt ja auch kaum noch durch die Tür, so viel, wie der frisst.»

Roth dachte an den Kuchen, den Lautermann jeden Tag auspackte. Natürlich war der zu dick.

«Und der Rosen ist allein. Und die Frau von dem Baltschik ist mindestens sechzig. Der Baltschick ja auch. Und das sind dann alle Wohnungen. Zähl doch mal nach.»

«Wir wollten Geld sparen. Deshalb haben wir so eine Dienstwohnung genommen.»

«Das weiß ich.» Roth sah erst jetzt, dass Sabine die Hände zu Fäusten geballt hatte. «Aber ich halte es hier nicht aus.»

«Wir können die Kindergärten noch einmal ...»

«Aber die wollen mich nicht. Ich kann ja nicht einmal Luxemburgisch. Die meisten Kinder sprechen doch nichts anderes.»

«Ja, und das, obwohl wir hier in Deutschland sind. Was willst du denn?»

«Ich will hier weg.»

«Aber wenn ich mich versetzen lasse, kann es noch schlimmer kommen.»

Als Sabine nicht antwortete, sagte er: «Die Zonengrenze zum Beispiel.»

«Es kann nicht schlimmer werden.»

[7]

„Was mache ich denn nun?»

Polizeiobermeister Reiter hätte etwas sagen müssen, denn Stefan Weyer wartete auf eine Antwort. Irgendeine Antwort. Stattdessen starrte er auf das Gerippe des schönen Mercedes.

Schön war er natürlich nicht mehr, denn er war ausgebrannt. Alle Scheiben geborsten, die Farbe, dieses matte Grün, war abgeblättert oder geschmolzen, die Sitze so durchgeschmort, dass die Federn, oder was die Hitze von ihnen übrig gelassen hatte, zu sehen waren.

Weyer hatte den größten Hof in Ferschweiler, fast einhundert Hektar. Damit war er geschäftlich schon eine dicke Nummer, auch über Ferschweiler hinaus.

Dessen Ältester, der sich entschlossen hatte, den Hof nicht weiterzuführen, hatte gute Chancen, bei der nächsten Landtagswahl für die CDU ins Parlament einzuziehen. Darauf war der Weyer ganz besonders stolz. Der Sohn war keiner von den Schwachköpfen, die sich gegen die Eltern wandten, wie es in den Städten immer häufiger passierte.

Aber nun stand Weyer in einer Pfütze vor dem ausgebrannten Wrack seines Autos. Die Feuerwehr war schon längst abgezogen.

Den Kombi hatte er als Umbau irgendwo bestellt. Weil Mercedes selbst keine Kombis von diesem Modell herstellen wollte. Und er hatte dafür ganz bestimmt ein hübsches Sümmchen springenlassen.

«Was mache ich denn nun?» Weyer wandte sich direkt an Reiter. «Auf jeden Fall stelle ich Anzeige. Wegen Brandstiftung. Und wegen Existenzvernichtung.»

«Lass mal», sagte Reiter. «Erstens ist so eine Brandstiftung kein Antragsdelikt, da muss ich sowieso ran. Und das mit der Existenz ist im Strafrecht so noch nicht formuliert. Aber ...»

«Das schöne Auto.»

Wo er recht hatte, hatte er recht. «Aber sag mal, was ist denn genau passiert?»

«Das war der Ruben.»

«Wie kommst du darauf, dass der Dieter das war?» Dieter Ruben aus Prümzurlay war auch ganz gut aufgestellt mit seinen mehr als 80 Hektar. Und den ganzen Hühnern. Der Eierkönig der Gegend. Und er hatte sich diesen Sportwagen gekauft, letztes Jahr, um allen zu zeigen, dass sein Hof so viel abwarf. Mal ehrlich: Was wollte ein Bauer mit einem Sportwagen?

Weyer fuhr mit dem Finger über das braun verbrannte Blech des Autodachs. «Der war hier.»

«Und?»

«Der hat mir gedroht.»

«Womit?»

«Mit allem.»

«Ja, aber warum?»

«Weil dieser Kerl mir mehr geboten halt als ihm.»

«Aber dein Hof ist auch größer.»

«Eben.»

«Aber was ist denn passiert?»

«Der hat mich angefasst.»

«Wo?»

«Na, hier.»

«Nein, ich meine, hat er dir weh getan.»

«Er hat mich geschubst.»

«Willst du deswegen auch Anzeige stellen?»

«Nein. Wegen dem Wagen aber. Der Ruben war hier und hat gesagt, dass er mich kaputtmacht.»

«Weil dein Hof mehr wert ist?»

«Ach, natürlich ist der mehr wert. Aber worum es dem ging, ist doch das, was er geboten gekriegt hat. Das war dem nicht genug. Jedenfalls als er gehört hat, was der mir geben will.»

[8]

«Das war ein Schuss.»
«Die Bullen?»
«Scheiße.»
«Warte, jetzt ist's wieder ruhig. Vielleicht Jäger?»
«War das wirklich ein Schuss?»
«Scheiße, klar. Schon wieder einer. Ins Holz.»
«Bleib du hier. Ich sehe mir das auf der anderen Seite an.»
«Das sind keine Jäger.»
«Kein Schwein auf der Seite hier.»
«Scheiße, scheiße.»
«Wieder ins Holz.»
«Doch die Bullen.»
«Die wären morgens gekommen.»
«Scheiße, scheiße.»
«Hast du was abgekriegt?»
«Nur die Splitter.»
«Wir müssen raus. Vorn ist keiner.»
«Vorsichtig.»
«Ich sag doch, da ist keiner.»
«Vielleicht wollen sie uns hier rauskriegen und uns dann erledigen.»
«Ich geh bis zu dem dicken Baum da.»
«Es hat aufgehört.»
«Ich geh trotzdem.»
«Und – siehst du was?»

«Da.»
«Wo?»
«Da. Das Rote da, was da leuchtet, das ist ein Hemd.»
«Kein Bulle.»
«Zivi?»
«So sieht kein Bulle aus.»
«Stimmt. Was macht der?»
«Er kommt näher.»
«Er lädt nach.»
«Ein Normalo.»
«Ja, wie er dasteht.»
«Breitbeinig.»
«Das zweite Fenster schon. Was machen wir?»
«Was wohl? Ich will, dass er aufhört.»
«Du?»
«Du.»

[9]

Das Stück Stoff ist nur ein winziger Fetzen, aber Ulrike bewegt es zwischen ihren Fingern, als wäre sie eine Expertin. Sie reibt es, hält es gegen das Licht und kratzt mit dem Fingernagel an der Oberfläche. Ich warte darauf, dass sie irgendetwas dazu sagt.

Wir warten gemeinsam. Nämlich darauf, dass der *Wochenspiegel* geliefert wird.

«Das ist von einem Anzug», sagt sie dann. Keine Neuigkeit.

«Aber der hatte doch auch noch einen Umhang an.»

«Den hat er in die Hand genommen, weil es zu umständlich war. Der Umhang hat nicht über den Schultern gehangen, als er das Stück hier verloren hat. Er ist runtergefallen, der Umhang. Irgendwas.»

«Du meinst, dass der Stoff von ihm stammt?»

«Vom wem sonst?»

Das ist die Frage, die ich mir auch den ganzen Morgen gestellt habe. Wer geht unter der Brücke durch und trägt so einen Stoff? Wenn Arbeiter da irgendetwas reparieren, dann haben sie andere Sachen an. Auf jeden Fall stehen sie nicht im Anzug dort im Wasser.

«Und die Stimme hast du wirklich nicht erkannt?»

Das habe ich ihr schon erklärt. Mir kam sie bekannt vor, aber mehr nicht. Vielleicht erkenne ich sie wieder, wenn ich sie noch einmal höre. Oder auch nicht. Aber: «Der war nicht da, um nach dem Stück Stoff zu suchen.» Da bin ich mir sicher.

«Dann suchen wir eben den Stoff.»

Ich bin mir nicht ganz sicher, wie wir das tun sollen. Und Ulrike sieht das.

Sie guckt mich streng an. «Wir suchen den Anzug, an dem das Stück hier fehlt.» So entschlossen habe ich sie noch nicht erlebt.

«Aber wie?»

«Wenn wir den *Wochenspiegel* austragen.»

Als ich nichts dazu sage, macht sie weiter. «Die Türen sind alle offen. Keiner schließt seine Tür ab im Dorf. Also gehen wir rein ins Haus und gucken.»

Im Prinzip hat sie recht. «Und wenn jemand zu Hause ist?»

«Ja ...», sagt Ulrike.

Dann überlegen wir beide, ob es eine Antwort auf meine Frage gibt.

«Auf jeden Fall probieren wir es», sagt sie dann.

In dem Moment fährt der Transporter auf den Hof. Es ist ein roter Ford Transit. Ein dünner Mann steigt aus, öffnet die Seitentür und wirft das Zeitungspaket vor unser Haus. Dann steigt er schnell wieder ein, dreht auf dem Hof die Runde zum Wenden und ist weg.

Obwohl wir direkt neben der Tür sitzen, hat er uns nicht gegrüßt.

[10]

Das ist einfach nur irgendwer.»
«Und ganz sicher kein Bulle.»
«Du hast ihn voll erwischt.»
«Er stand quasi vor mir.»
«Was machen wir mit ihm?»
«Begraben.»
«Aber nicht hier. Oder?»
«Wir schaffen ihn ins Auto.»
«Und dann in eine Straßensperre. Das hat uns noch gefehlt.»
«Gibt's hier nicht. Aber wir müssen weg mit dem. Weg von hier. Stell dir vor, irgendein Fuchs gräbt den aus.»
«Ja, oder der Hund vom Jäger.»
«Da ist noch was.»
«Was?»
«Der hat sicher auch einen Wagen.»
«Stimmt. Und der muss auch weg.»
«Aber zuerst er hier.»

[11]

Sie hatten damals gesagt, dass es Glück gewesen ist. Dass er sich versteckt hatte, als sie die letzten Gruppen zusammengestellt hatten. Damals, als der Krieg fast schon vorbei war.

Eigentlich war es mehr Mutters Entscheidung gewesen. «Ich gebe dem Krieg nicht noch einen Jungen.»

Dabei hatte er schon früh gewusst, dass er am Schießen Spaß hatte. Und er wäre auch gegangen. Und weil es Waffen genug gab, hatte er eine einfach behalten. Jäger hätte er werden sollen.

Er stellte sich hin und zielte auf einen Baum.

Was war das? Er musste sich kurz sammeln.

Stimmt. Da war dieses Haus. Eine dieser vielen Hütten. Haben sie immer wieder verkauft in den letzten Jahren. Irgendwem aus Köln soll es mittlerweile gehören. Immer leer. Kommt nie jemand dahin, hatte einmal jemand gesagt.

Er schoss, ohne zu zielen.

Plock.

Machte zwei Schritte auf das Haus zu. Schoss wieder.

Plock.

Man konnte richtig hören, was die Kugel mit dem Holz machte. Weil es trockener war als bei dem Baum.

Was hörte man eigentlich, wenn man eine Kugel in einen Körper schoss?

Außer dem Geschrei natürlich, weil es weh tat.

Jetzt ins Fenster.

Schade. So viele Kugeln hatte er gar nicht, dass er das Haus zusammenschießen konnte. Aber es gab ja noch ein Morgen.

Er schoss erneut in eines der Fenster.

Das wäre ein Plan. Heute die Fenster, und dann würde er bald wiederkommen. Auf jeden Fall, bevor er das mit der nächsten Bank in Angriff nehmen würde.

Er senkte die Waffe und ging um das Haus herum.

Verdammt.

Wo kam denn der Wagen her? Er war sich sicher, dass er den Ascona mit dem Bonner Kennzeichen schon einmal gesehen hatte.

Dann bewegte sich etwas ganz am Rand seiner Wahrnehmung. Er drehte den Kopf, sah eine Frau in Bluse und Unterhose, kurze Haare, und nahm auch noch wahr, dass die nicht ganz bekleidete Frau ebenfalls eine Waffe hatte. Irgendwas Modernes. Nicht so eine alte, wie er sie hatte.

Die Waffe war auf ihn gerichtet. Das kriegte er auch noch mit. Und dann ging ihm ganz zuletzt noch die Frage durch den Kopf, wer denn nun seine Schweine töten sollte.

[12]

So lange dauert es nicht mehr, bis es dunkel ist. Also sollen wir uns beeilen, sagt Mama, damit wir die Häuser, die auf der anderen Seite der Straße liegen, bald mit dem *Wochenspiegel* versorgt haben.

Das ist auch unser Interesse. Denn wenn es dunkel ist, wollen wir auf der richtigen Seite vom Dorf sein. Als wir an unseren Hof kommen, um den Rest der Zeitungen abzuholen, steht ein Käfer vor der Mauer auf der Straße. Er ist gelb, und auf der Heckscheibe kleben rosa Herzchen. Den Wagen habe ich noch nie im Dorf gesehen.

Zuerst bringen wir die Zeitung zum Meierhof. Da ist jede Menge los. Ein paar Leute laden Sachen in Autos ein. Ich kenne keinen von den Leuten und keinen von den Wagen. Herr Strenzel kommt mit mehreren Lagen Eiern aus einer Tür und trägt sie zu einem der Autos. Wir gehen weiter.

Das Haus, in dem Herr Strenzel wohnt, ist hell erleuchtet. Durch das Küchenfenster sehen wir Frau Strenzel im Blumenkittel vor dem Herd stehen. Wir legen einen *Wochenspiegel* vor der Tür ab und dann noch einen vor dem Haus von Ulrike und ihrer Familie.

Trines Laden ist noch auf. Sie selbst sehen wir nicht, aber irgendwo im Hintergrund brutzelt etwas. Es riecht nach Zwiebeln, und es riecht, als würden sie bald anbrennen. Wir legen eine Zeitung auf den Tresen, nehmen aber kein Hanuta mit.

«Die sind alle zu Hause», sagt Ulrike.

Es stimmt. Da haben wir nicht dran gedacht. Überall ist Licht. Die Mütter stehen am Herd, alle kommen gleich heim zum Abendessen.

Auch bei Frau Teichert ist Licht. Ulrike legt einen *Wochenspiegel* vor die halboffene Tür und tippt sich dann an die Stirn. Ja, so ist Frau Teichert.

Zwei Autos kommen von der Landstraße hoch gefahren. Ich erkenne sie beide. Sie gehören zum Herreshof. Einer der Fahrer hupt kurz, nicht um uns zu warnen, eher so, wie man es macht, um andere zu grüßen, dann biegen beide auf den Hof ab. Wir gehen hinterher und legen eine Zeitung auf der Stufe vor der Haustür ab.

«Wie machen wir es denn sonst?», frage ich. «Wenn doch alle da sind?»

Ulrike sagt kein Wort, nimmt mir einen *Wochenspiegel* vom Arm und noch einen und noch einen. Und sagt eben kein Wort. Wir sind mittlerweile am Ende des Dorfes angekommen. Jetzt holt sie tief Luft. «Wir haben keine Chance.»

Sie nimmt mir einen weiteren *Wochenspiegel* vom Arm, es sind nicht mehr viele, und legt ihn vor der Tür der Feckers ab. Dann drehen wir uns um und gehen zurück.

«Halt», sage ich.

Wir bleiben beide stehen.

«Da ist kein Licht.»

Ulrike dreht sich um und nickt.

Das Haus der Feckers ist total dunkel.

«Und wenn sie schon schlafen?», fragt sie.

«Es ist Abendessenzeit.»

«Guck, da ist kein Abendessen. Und sie müssen irgendetwas tun. Also schlafen sie vielleicht.»

«Es ist zu früh. Sie sind weg.»

«Ja, wahrscheinlich.» Ulrike wirkt so, als wollte sie weitergehen.

Wir bleiben mitten auf der Straße stehen und tun gar nichts. Bestimmt eine Minute lang.

Oder wenigstens ein paar Sekunden.

«Die sind weg», sage ich. Nicht so laut, dass es irgendwer hören kann. Aber die Straße ist sowieso leer.

«Meinst du?»

«Die sind sicher weg. Guck, hier steht kein Auto.»

«Und?»

«Und?», frage ich zurück.

«Meinst du?»

Ich nicke, aber wahrscheinlich sieht Ulrike das gar nicht.

Dann drehe ich mich um und lege den Rest der Zeitungen unter einen Busch auf der anderen Straßenseite. Der Busch ist genau neben dem Haus der Hellers. Und bevor ich den kleinen Stapel dort ablege, überprüfe ich, ob es dort auch trocken ist. Dann versuche ich, Ulrike in die Augen zu sehen, aber sie guckt weg.

Ganz leise, als ob das etwas ausmacht, gehe ich zur Tür der Feckers und drücke die Klinke. Sie ist nicht abgeschlossen. Ich mache die Tür auf und gucke hinein. So viel sehe ich nicht. Es ist auch dunkel. Dann strecke ich eine Hand aus, nach hinten. Und ich bin überrascht, dass Ulrike sie sofort ergreift. Sie steht mittlerweile direkt hinter mir. Ich ziehe sie ins Haus und schließe die Tür.

Dann sagen wir wieder gar nichts.

Wir atmen auch kaum.

Wir trauen uns kaum zu atmen.

Es dauert ziemlich lange, wir stehen nur herum, und dann fragt Ulrike, ganz leise: «Hast du eine Taschenlampe?»

Habe ich nicht. Aber meine Augen haben sich schon orientiert in der Dunkelheit, die so dunkel gar nicht ist.

Vom Hausflur aus können wir fast alles in der Küche sehen, die von einer Straßenlaterne beleuchtet wird. Kurz überlege ich, ob es sich lohnt, nach Hanutas zu suchen, aber wenn hier gesammelt wird, dann werden die Bilder garantiert zuallererst aus der Packung geholt. Die Küche sieht aufgeräumt und sauber aus, man kann sogar noch Putzmittel riechen.

Auf der anderen Seite liegt das Wohnzimmer. Da ist das Licht schlechter. Aber auch da sieht alles sehr ordentlich aus. Nach hinten wird es dann dunkler, und ich frage mich, was wir jetzt machen.

«Was machen wir jetzt?», fragt Ulrike. Sie spricht sehr, sehr leise.

Draußen fährt ein Trecker vorbei. Der kommt spät vom Acker. Bestimmt einer vom Herreshof, die haben viel Land bergauf hinter dem Dorf.

«Wir suchen den Anzug.»

«Aber wo?»

Das ist eine gute Frage. Das Haus hat zwei Etagen. Beide Etagen sind nicht sehr groß, also sind die Schlafzimmer mit den Kleiderschränken sicher oben.

Ich nehme wieder Ulrikes Hand und gehe auf die Treppe zu. Sie zögert zuerst, kommt dann aber mit. Oben gehen mehrere Zimmer von einem fast quadratischen Flur ab. Ich lasse die Hand los und mache nacheinander jede Tür auf, bis ich hinter der letzten das Schlafzimmer erkenne. Auch hier ist alles aufgeräumt, jedenfalls wirkt es im Dunkeln so. Das Licht der Laterne kommt hier nicht hin, weil das Zimmer nach hinten liegt. Es ist also schon ziemlich dunkel.

Im Kleiderschrank kann man zuerst gar nichts erkennen. Wir gucken schweigend ein paar Sekunden hinein, dann werden die Umrisse deutlicher. Hier Anzüge, dort Kostüme, auch wegen der Farben. Die Anzüge sind dunkler, fast alle schwarz, jedenfalls wirken sie gerade schwarz.

«Wie sollen wir den denn finden?», fragt Ulrike. Ich hole einen Anzug von der Kleiderstange und betrachte ihn. Er sieht aus wie jeder andere schwarze Anzug. Vielleicht ist es der, den ich vor ein paar Tagen draußen gesehen habe. Vielleicht auch nicht. Es spielt keine Rolle.

Das nächste Motorgeräusch ist ganz schön auffällig. Nageln nennt Papa das, wenn sich ein alter Diesel so anhört. Das Licht fällt nicht direkt ins Schlafzimmer, aber wir kriegen über Spiegelungen mit, wie es sich dem Haus nähert und dann auf einmal stehen bleibt. Ich werfe den Anzug auf das Bett, suche Ulrikes Hand und ziehe sie aus dem Zimmer auf die Treppe. Wir sind bestimmt nicht total leise, aber der Motor nagelt draußen immer noch, und als die Haustür aufgeht, schließe ich ganz vorsichtig die Hintertür, die nach außen aufgeht.

Im Garten bleiben wir erst mal wieder stehen. Drinnen gehen die Lampen an, und auf einmal ist das Haus total beleuchtet. Ulrikes Hand ist feucht und greift meine ganz fest. Wir gehen langsam bis zur Ecke, und ich gucke herum. Herr Fecker kommt allein mit dem Mercedes auf die geteerte Stelle neben dem Zaun gefahren, die extra für den Wagen gemacht worden ist. Obwohl zwischen dem Parkplatz und der Hausecke noch Wäsche auf der Leine hängt, verbergen wir uns, so gut wir können. Gerade sollte auf gar keinen Fall eines von den Feckerkindern aus der Hintertür kommen. Das wäre nicht hilfreich.

Herr Fecker sollte auch auf jeden Fall zur Vordertür hineingehen. Das tut er auch, und sobald wir hören, dass die Tür vorn geschlossen wird, laufen wir zum verborgenen Zeitungsstapel auf der anderen Straßenseite und dann zurück zu der Kurve in der Straße, an der es zum Herreshof abgeht.

Wir sind außer Atem, aber Ulrike kriegt die Worte deutlich raus. «Die merken das.»

«Warum?»

«Wegen dem Anzug.»

«Kann sein.»

«Auf jeden Fall.»

Ich denke kurz nach. «Aber meine Mama räumt doch auch Sachen weg, die Papa liegen lässt. Und Frau Fecker war vor Herrn Fecker im Haus. Vielleicht auch vor ihm im Schlafzimmer. Und wenn da der Anzug rumliegt, dann hängt sie den in den Schrank.»

«Und dann sagt sie das Herrn Fecker.»

«Nein, das hat die eine Minute später längst vergessen.»

Wir sind wieder etwas ruhiger. «Und wenn ...», sage ich. «Kein Mensch weiß ja, dass wir in dem Haus waren. Oder?»

Aber Ulrike antwortet nicht, und ich ziehe sie in Richtung Herreshof. Wir haben noch Arbeit zu tun.

Als wir den Hof überqueren, um zur anderen Seite des Dorfes zu kommen, bemerkt uns Frau Herres, die in der Tür des Hauses steht. Das muss jetzt nicht auch noch sein.

«Ah, die Mädchen», sagt sie. «Ja, ich habe schon gehört. Was für eine verantwortungsvolle Aufgabe. Der *Wochenspiegel*. Die Brüder müssen gerade die richtige Arbeit machen. Ja, auf dem Bauernhof gibt es immer so viel zu tun. Aber das müssen alle lernen, nicht wahr. Dass ihr die Zeitung aber auch immer pünktlich abliefert.» Der Zeigefinger geht kurz nach oben. «Damit ihr euch das Geld auch verdient. Wollt ihre einen Kakao haben? Mögt ihr doch, Kakao. Kommt rein. Eh ...»

Sie dreht sich halb rum und guckt dann zurück. Anscheinend fällt ihr nichts mehr ein.

Ich kann Frau Herres nicht leiden. Wenn ich könnte, würde ich sie schlagen. Aber sie ist ziemlich groß. Und niemand würde es verstehen. Wirklich niemand.

Außer Ulrike vielleicht. Sie guckt mich ratlos an.

Ich zeige auf die Zeitungen.

«Ja», sagt Frau Herres. «Ihr habt es bestimmt eilig. Und bestimmt warten die Mütter schon auf euch. Die kochen ja genauso. Wie konnte ich das vergessen. Aber wartet.» Sie rennt ins Haus. Im Schein der Lampe über der Tür sehe ich, wie Ulrike die Augen verdreht.

Statt Frau Herres kommt der langhaarige Lehrling aus der Tür heraus. Er beachtet uns nicht. Ulrike grinst mich an.

Zwei Sekunden später steht Frau Herres wieder vor uns. Sie drückt jedem von uns ein Hanuta in die Finger. Während man in Ulrikes Augen schon so etwas wie Freude sehen kann, reibe ich die Packung mit den Fingern und merke schnell, dass sie schon geöffnet worden ist. Bilder sind da keine mehr drin.

Wir bedanken uns und gehen weiter. Noch bevor wir den Hof verlassen, hat auch Ulrike es gemerkt. Sie hält die offene Hanuta-Packung in beiden Händen und zeigt sie mir. Trotzdem essen wir mit Spaß. Man muss nehmen, was man kriegen kann.

Bei Herrn Scholzen, dem Apotheker, der jeden Tag nach Trier fährt, ist alles so dunkel wie bei den Feckers. Wir mampfen unsere Hanutas zu Ende, legen den *Wochenspiegel* auf die Stufe vor der Haustür und horchen. Kein Ton von drinnen. Das Haus ist leer. Ulrike guckt mich an, aber obwohl es dunkel ist, erkenne ich in ihrem Blick die Frage, ob wir wirklich noch einmal tun sollen, was wir eben schon gemacht haben.

Immerhin ist es fast schiefgegangen. Sagen ihre Augen. Im Dunkeln.

Ich wiege den Kopf und gehe mit den Zeitungen auf dem Arm die Straße runter. Wir verteilen die letzten Exemplare. Auch die

Leute aus der Stadt im letzten Haus kriegen eins, obwohl sie gerade nicht da sind. Man kann das daran sehen, dass vor der Haustür nicht gekehrt ist. Ohne die Klinke zu drücken, weiß ich, dass die Tür abgeschlossen ist.

«Scholzen?», frage ich.

Ulrike holt ganz tief Luft.

Und dann nickt sie kurz. Dafür mag ich sie so. Und für viele andere Sachen natürlich auch.

Wir bewegen uns ganz unauffällig wieder hoch zum Haus von Herrn Scholzen. Unterwegs blicke ich mich ein paar Mal um, aber so, dass man nicht merkt, was wir vorhaben.

Als wir an der Tür ankommen, drücke ich ganz vorsichtig die Klinke und ziehe Ulrike hinter mir ins Haus. Wir machen dabei keinen Ton. Keinen einzigen.

Zuerst müssen wir uns wieder an die andere Dunkelheit gewöhnen. Die hier drinnen ist düsterer als die draußen. Und es gibt keine Straßenlaterne, die ins Haus scheint.

Es riecht stickig. Dicht. Und auch nach irgendetwas, das ich kenne. Als ich besser sehen kann, entdecke ich auf dem Küchentisch eine große Flasche Asbach-Uralt. Sie ist offen, der Deckel liegt daneben. Das hätte uns schon zu denken geben können. Aber vor allem die Tatsache, dass neben der Flasche auch noch zwei kleine Gläser stehen. Ich glaube, dass ich in dem Moment einfach nur angenommen habe, dass Herr Scholzen vergessen hat, die Flasche zuzumachen, als er morgens zur Arbeit gefahren ist.

Wir haben uns noch kein Stück bewegt, seit wir die Tür geschlossen haben. Und langsam erscheint es mir, dass es zwar sehr dunkel ist, aber doch nicht so, dass man sich gruseln muss. Wir sind nicht im Wald oder in einer Höhle, sondern mitten im Dorf. Und von irgendwoher kommt dann halt trotzdem ein Licht.

Ulrike zeigt mit einem Finger in alle Richtungen auf einmal und hebt die Schultern. Dabei ist eigentlich klar, wo wir hinmüssen. Ich nehme sie an die Hand und gehe zur Treppe.

Der Teppich auf den Stufen ist ganz weich, und wir machen gar keinen Ton, als wir hochgehen. Mir fällt noch einmal meine Theorie mit dem Licht ein, als wir auf der Treppenkehre kurz haltmachen. Irgendwo leuchtet etwas, wenn auch ganz weit weg. Oder nah, dann aber ist es ein sehr kleines und dünnes Licht.

Die nächsten Stufen nehmen wir langsamer. Eigentlich brauchen wir für jede mehr Zeit als für die letzte. Und noch bevor wir auf der ersten Etage angekommen sind, bleiben wir wieder stehen.

Um in das Zimmer mit der offenen Tür hineingucken zu können, müssen wir wieder zwei Stufen zurückgehen. Jetzt kapiere ich auch, dass es eine Kerze war, deren Schein wir gesehen haben. Sie steht auf einem Tisch neben der Tür im Schlafzimmer.

Ich höre Ulrike einatmen, als sie auch sieht, worauf ich gucke. Herr Scholzen, es muss Herr Scholzen sein, wer sonst, es ist ja sein Haus, aber ich kenne ihn sonst nur im Anzug, liegt im Bett. Und zwar auf dem Bauch. Er hat den Kopf in unsere Richtung gedreht, und er hat einen Knebel im Mund, der dick wie ein Ball herausguckt, und dann trägt er noch Handschellen, mit denen seine Arme hinter dem Rücken gefesselt sind.

Sonst, glaube ich, nichts.

Ich drehe mich kurz zur Seite. Ulrike hat Augen und Mund weit aufgerissen.

Vom Zimmer selbst ist nicht viel zu sehen. Eine Ecke vom Kleiderschrank – da könnte der Anzug drin sein. Und ein Bild an der Wand, auf dem man aber nicht viel erkennen kann, vielleicht moderne Kunst.

Ziemlich gut kann man die Frau erkennen, die breitbeinig auf dem Bett über dem Mann steht. Sie trägt schwarze Lederriemen, die gekreuzt über den Oberkörper gebunden sind, und lange schwarze Haare, und Schuhe mit sehr hohen Absätzen. Und sonst eigentlich nichts. Auch untenrum nicht.

Sie steht da total bewegungslos. Einen Arm hat sie erhoben. Sagen tut sie nichts. Sie macht auch sonst kein Geräusch.

Herr Scholzen keucht nun. Das ist das Erste, was wir von den beiden hören.

Die Flamme der Kerze neigt sich ein wenig zur Seite, und ich frage mich, ob alle eingefleischten Junggesellen so sind wie Herr Scholzen.

Dann bewegt sich die Frau ein wenig. Sie verlagert ihr Gewicht auf der Matratze, ganz kurz. Der Mann pustet richtig, jedenfalls so gut, wie das bei dem Knebel geht.

Und dann fährt ihr Arm herunter.

Woah. Das ist eine Peitsche, die sie da hat. Und die schlägt sie ganz knapp neben den Kopf von Herrn Scholzen.

Nun pustet der heftig.

Ulrike neben mir auch fast. Ich kann hören, wie sie sich zusammenreißt.

Die Frau verlagert ihr Gewicht erneut. Herr Scholzen kriegt kaum noch Luft. Und dann haut sie ihm mit der Peitsche auf den Rücken.

Jetzt passiert alles gleichzeitig. Herr Scholzen stöhnt ganz laut, trotz Knebel. Ulrike schreit ein ganz kleines bisschen. Herr Scholzen versucht, schnell Luft zu holen, das hat bestimmt mit dem Ton von Ulrike zu tun, weil er sich so erschreckt hat. Die Frau rutscht vom Bett und tut sich weh. Das kann man sehen. Und ich nehme Ulrikes Hand, die ich glaube ich gar nicht losgelassen habe und ziehe sie die Treppen runter.

Wir sind unglaublich schnell raus aus dem Haus. Dabei ist das gar nicht nötig. Herr Scholzen kann uns ja nicht hinterherlaufen.

Und die Frau eigentlich auch nicht. Nicht nur, weil sie sich eben weh getan hat.

Ich habe noch nie eine nackte Frau mit einer Peitsche durch das Dorf laufen sehen. Obwohl, denke ich, Frau Teichert sogar so etwas zuzutrauen ist.

[13]

«Es hat einfach geklappt», sagte Polizeiobermeister Reiter, der sich extra eine Flasche Bier neben das Telefon gestellt hatte. Gerade nahm er einen Schluck. Er wollte seinem Bruder die Geschichte in allen Einzelheiten erzählen.

«Also?» Aber Heinz war so ungeduldig. Immer gewesen.

«Dabei hätte der den Pass gar nicht rausrücken müssen.»

«Aber was ist das denn nun für einer?»

«Ich hab ganz beiläufig gesagt, dass alle Beteiligten mal die Papiere rausrücken sollen.»

«Ja, und?»

«Da hat er sie einfach durchs Fenster gehalten.»

Heinz hatte aufgegeben.

«Dabei war das dem Fahrer vom Cadillac gar nicht recht. Das hat man ganz klar gesehen. Der wusste genau, was zu tun ist. Der hat seinen Führerschein und den Ausweis hingehalten. Aber bevor ich die genommen hab, hatte der andere das Fenster schon runtergekurbelt. Da hab ich dann den Pass zuerst genommen. Ich hab genau gesehen, dass der Fahrer beinah was gesagt hätte.»

Heinz schwieg immer noch. Gewonnen, dachte Reiter. Endlich hört er mal zu.

«Das ist ein amerikanischer Pass. Und du glaubst nicht, was da noch drinsteht.»

«Erzählst du es mir?»

«Klar. Der ist in Luxemburg geboren.»

«Und?»

«Nix und. Du wolltest das doch wissen.»

Als Heinz nichts entgegnete, redete Reiter weiter. «Und ich hab dir die Informationen besorgt.»

«Aber was bedeutet das denn jetzt?»

«Woher soll ich das wissen?»

«Wie heißt der Mann denn?»

«Jay Adler.»

«Edler?»

«Nein, wie der Greifvogel. Ich hab das halt englisch ausgesprochen. Ist ja ein amerikanischer Pass.»

«Adler», sagte Heinz. «Soso, wie der Vogel.»

«Ja. Wie der Geier. Und was machst du damit?»

«Ich muss mal nachdenken.»

Weil Heinz nicht auflegte, stellte Reiter noch die Frage, die ihm auf der Zunge brannte. «Hat der denn schon einen der Höfe gekauft?»

«Ich glaube nicht. Aber weißt du, wen man mal fragen müsste?»

«Was fragen?»

«Nach dem Adler.»

«Wen?»

«Den Schwager von Onkel Gutbert. Wie heißt er noch mal?»

«Der Ingenieur?»

«Ja.»

«Der Belgier.»

«Er ist Franzose.»

«Sicher?»

«Sicher.»

«Irgendwas mit I.»

«Ja, Yves, so heißt er.»

«Und wo ist der?»

«In einem Altenheim. Ich glaube, in der Nähe von Bollendorf. Aber auf der anderen Seite. Bei den Luxemburgern.»

«Aber wonach müsste man ihn denn fragen?»

«Nach dem Namen natürlich. Adler.»

[14]

Wir laufen schnell, bis wir am Käfer ankommen. Ulrike ist vor mir da, weil sie etwas schneller ist als ich, aber nur beim Laufen, und als sie stehen bleibt, stoppe ich direkt hinter ihr.

Der Käfer steht auf einem Stück Rasen an der Straße mitten im Dorf. Ich weiß nicht, zu welchem Grundstück es gehört, aber von den Leuten aus dem Dorf parkt hier nie einer.

Ulrike zeigt auf die kleinen rosa Herzchen, die auf der Fahrerseite an der Tür kleben und auch auf der Heckscheibe. Die hinten ergeben als Umriss zusammen wieder ein großes Herz. Mir kommt ein Verdacht, wem das Auto gehören könnte. Es hat ein Trierer Kennzeichen.

«Guck!» Ulrike hat die Stirn am Fenster auf der Fahrerseite.

Ich gehe auf die andere Seite, aber es ist ganz schön dunkel. «Was ist da?»

«Ein Spiegel», sagt sie. «Und ein Lippenstift.»

Jetzt erkenne ich den Spiegel auch. Er liegt auf dem Beifahrersitz.

«Das war eine schlechte Idee», sagt Ulrike.

«Was?»

«Weil alle zu Hause sind.»

«Ja», sage ich und muss dringend nachdenken über das, was Ulrike gerade gesagt hat. Vielleicht war es wirklich eine schlechte Idee. Bei uns ist es auch so, dass Mama eigentlich immer zu Hause ist. Sie kocht oder sie macht sauber oder sie ist im Garten, dann ist sie hinter dem Haus, aber nicht weit weg, oder sie ist in den Ställen, das ist auch gleich gegenüber. Nur manchmal, wenn wirklich alle gebraucht werden, zum Beispiel bei der Ernte, ist sie draußen. Und wir haben etwas übersehen. Wenn Herr Scholzen zu Hause ist, dann muss auch sein Auto irgendwo stehen, der Capri. Vielleicht hinter dem Haus. Oder wir haben ihn übersehen, weil es dunkel ist.

«Ich hab's», sage ich dann. Weil ich weiß, was wir machen müssen.

«Was?» Ulrike sieht mich durch die beiden Fensterscheiben an.

«Wann wir in die Häuser reinkönnen.»

Ich kann sehen, dass der Umriss von Ulrike auf der anderen Seite vom Käfer mit den Schultern zuckt.

«Sonntags», sage ich.

Ulrike sagt nichts und wartet.

«Wenn alle in der Kirche sind», sage ich.

«Aber dann sind wir doch auch in der Kirche.»

Das stimmt natürlich. Da hat sie recht. Das Problem müssen wir irgendwie noch lösen.

[15]

Es war nicht die richtige Zeit.
Und sie war nicht richtig angezogen.
Es würden Leute sehen.

Aber es kriegte ja sowieso immer irgendwer mit. Irgendwer guckt immer.

Gaby Teichert stand in der offenen Haustür und blickte zum Himmel. Blau noch, ins Graue hinein, die paar Wolken zerrissen vom Wind. Es roch nach Regen. Nach viel Regen. Und ihr war plötzlich kalt.

Dann lief sie los. Die Straße hinauf, von der Straße weg auf den Fußweg, bis an den Bach. Dort hielt sie kurz inne.

Nur nicht umdrehen. Einer der Feckerjungen hatte sie rennen sehen.

Noch eine halbe Sekunde bis zum Wasser.

Sie sprang ab, breitete die Arme aus und landete mit der rechten Schulter zuerst im Bachbett. Das tat ganz schön weh. Das Kinn hatte auch schon wieder etwas abbekommen.

Aber zuerst blieb sie einfach liegen. Sie hob den Kopf, um zu atmen und senkte ihn wieder. Das kalte Wasser floss um sie herum. Zum Glück war wieder mehr Wasser im Bachbett.

Wasser, dachte sie. Wasser.

Dann erhob sie sich. Der Bademantel war aufgegangen. Jetzt troff er und war eiskalt.

Wirklich. So kalt. So sehr kalt.

Sie kletterte aus dem Wasser und blickte an sich herab. Am linken Schienbein hatte sie eine Schürfwunde. Mit einem Finger tastete sie das Kinn ab. Das würde sie gleich im Spiegel betrachten können. Sie öffnete den Bademantel und legte die kalte Hand zuerst auf die rechte Hüfte, da würde sie bald einen blauen Fleck haben. Und dann fuhr die den Körper entlang bis zur Schulter. Das tat schon auch weh.

Sicher stand der Feckerjunge immer noch an der Straße. Wenn sie Pech hatte, waren seine Geschwister mittlerweile auch da. Sie würden Spalier stehen.

Scheiß drauf.

Scheiß auch auf den Regen. Sie war sowieso nass. Vielleicht sollte sie später ein bisschen im Garten tun. Die Leute hier trauten ihr ja nicht einmal mehr so etwas zu. Sie kannten Gaby Teichert nicht.

[16]

Ja, ja, dachte Rolf-Karl Reiter, Präsenz zeigen. Er musste fast lachen, als er die völlig bekloppte Teichert vor ihrer Tür stehen sah. Was hatte die denn an? Bademantel, Kittelschürze darunter und Stiefel. Und sie war patschnass. Hoffentlich war er wieder raus aus dem Dorf, bevor er mit der reden musste und seine Präsenz in Arbeit ausartete.

Was hatten sie ihm neulich erzählt? Ihre neueste Macke war, sich in den Bach zu werfen. Wer hatte ihm das nur erzählt? Er hatte sie dabei beobachtet, wie sie am Ufer stand und mit sich selbst redete. Dann sprang sie wie Ikarus mit ausgebreiteten Armen ins Wasser. Wenn welches drin war. Na ja, im Frühjahr mangelte es daran nicht. Dann krabbelte sie wieder raus, nass, natürlich, und blutend. Reiter überlegte, wer das gesehen hatte. Sie war richtig verletzt gewesen. Mit einer Wunde am Kopf und einer am Knie. Hoffentlich lief sie ihm nicht vor den Streifenwagen. Der war alles zuzutrauen. Früher hatte sie sich auch schon mal unter geparkte Trecker gelegt. Ein paar Mal war es reines Glück gewesen, dass sie nicht platt gefahren worden war.

Am Ende des Dorfes wendete er, blieb kurz stehen, betrachtete die Regentropfen auf der Windschutzscheibe und schaltete den Scheibenwischer an. Die Teichert war aber auch geschlagen mit ihrem Schicksal. Der Mann, der mit einer Jüngeren durchbrennt. Welcher Mann träumt nicht davon? Und dann das mit dem Sohn. Mit der Karre ungebremst in den Baum. So ein Wrack hatte er nicht oft gesehen in seiner Zeit hier. Bei den meisten erkannte man immerhin noch, dass sie versucht hatten, den Wagen zu stoppen. Aber bei dem, er kam nicht auf den Namen von dem Jungen, bei dem gab es nicht einmal irgendwelche Bremsspuren.

Und die Feckers, dachte er, als er auf das Haus blickte. Die hatten auch ein bisschen Pech gehabt. Der Älteste von denen war frisch aus dem Haus gewesen, da hatten sie ihn in Bitburg mit der Nadel im Arm gefunden. Das war kaum ein Jahr her. Gut genug für ihn, wenn man ihn mal fragte. Was die Mordkollegen suchten, war ein Motiv. Und hier war eins. Er ließ den Wagen langsam bergab rollen.

Und stoppte ihn gleich wieder.

Da stand doch tatsächlich dieser Ami-Schlitten bei Herres auf dem Hof. Irgendetwas tat sich rund um das Auto. Er konnte es nicht so genau erkennen. Aber gerade kam der Wagen aus der Einfahrt rausgefahren. Langsam, ordnungsgemäß blinkend, und dann ab Richtung L1. Diesen Yves, Onkel Yves eigentlich, den musste er kontaktieren. Schließlich musste er noch ein bisschen mehr von dem verstehen, was die hier trieben. Dieser Herr Adler aus Luxemburg. Mister Ädler aus Amerika.

Als er um die Kurve fuhr, war das amerikanische Auto schon verschwunden. Dafür sah er diese beiden hübschen, vorwitzigen Mädchen ins Dorf kommen. Er würde sie mal ein bisschen befragen. Die kriegten doch immer irgendetwas mit, so viel, wie die unterwegs waren.

[17]

Wir stehen auf dem Hochsitz und sehen, wie es anfängt, ein wenig zu regnen. Ein paar Tropfen nur. Der Himmel ist grau, seit gestern schon. Und Mama ist mir hinterhergelaufen, um zu gucken, ob ich die gelbe Regenjacke anhabe. Jetzt hängt sie über der Brüstung. Ulrike hat auch keine an, und man schwitzt ganz komisch, wenn man die trägt.

Wir gucken runter auf das Dorf und sagen nichts. Wir haben

seit Donnerstag nicht miteinander geredet, weil Ulrike mit ihrer Familie in Luxemburg war, wo ihr Vater irgendetwas baut.

Und wir haben natürlich nicht über Herrn Scholzen geredet. Ich habe gestern den ganzen Tag daran gedacht, wie er mit dem Ball im Mund auf dem Bett gelegen und uns angesehen hat. Das war nur eine Sekunde, oder weniger, aber ganz, ganz kurz hat er mir in die Augen geguckt.

«Haha ...», macht Ulrike.

Als ich mich zu ihr drehe, hebt sie den Arm und tut so, als wäre eine Peitsche in ihrer Hand. Und dann fährt sie mit dem Arm ein paar Mal runter. «Haha ...», sagt sie noch ein paar Mal dabei, hört aber auf damit, als sie mich sieht. Bestimmt würde es ihr gefallen, wenn ich auch lache. Aber sie lacht gar nicht richtig, sie tut nur so.

Also nimmt sie den Arm runter und lehnt sich wieder an die Brüstung.

Es dauert eine ganz schön lange Zeit, bis sie wieder etwas sagt: «Sind denn wirklich alle in der Kirche am Sonntag?»

«Fast alle.»

«Und wer nicht?»

«Wir.»

«Ja, jetzt. Aber sonst?»

«Frau Teichert vielleicht.»

«Doch, die geht auch», sagt Ulrike und holt laut Luft. «Glaubst du an Gott?»

«Ich weiß nicht. Du?»

«Mein Papa sagt, dass man einfach in die Kirche geht, wenn alle in die Kirche gehen.»

Ich überlege kurz, ob das eine Antwort auf meine Frage war. Mama sagt manchmal, dass Gott alles sieht und dass er sich überlegt, was passieren soll. Ich habe sie einmal gefragt, ob Gott denn will, dass es so viele Verkehrsunfälle gibt, aber sie hat mir nicht geantwortet. Das ist irgendwie noch seltsamer als Herr Scholzen mit dem Ball im Mund. Dass Gott da irgendwo ist und sagt, dass der Sohn von Herrn Sang zum Beispiel verunglücken soll.

«Und wer noch?», fragt Ulrike.

«Frau Wirtz.»

«Weil sie so alt ist?»

«Weil sie so alt ist. Früher ist sie immer abgeholt worden, damit sie in der Kirche sein kann. Aber heute liegt sie nur noch im Bett, sagt Papa.»

«Und sonst alle?»

Mir fällt sonst niemand ein. Aber was ich schon seit gestern weiß, weil ich da nachgedacht habe, ist, dass wir unseren Plan gut vorbereiten müssen. «Wir müssen schon am Abend vorher Bauchweh haben», sage ich. «Dann wundert sich morgens keiner.»

«Und wenn bei uns dann einer krank ist? Also richtig. Oder einer deiner Brüder?»

«Dann haben wir ein Problem. Dann bleibt Mama vielleicht zu Hause. Wenn es zwei von uns erwischt hat.»

«Oder meine Mama», sagt Ulrike. Und: «Wirklich? Bauchweh?»

«Auf gar keinen Fall was mit Fieber. Dann machen sie sich Sorgen und bleiben vielleicht deshalb zu Hause. Wir wollen ja nicht, dass sie den Doktor anrufen.»

Darauf einigen wir uns, als der Regen stärker wird.

[18]

Warum lachst du?»

«Ich lache nicht.»

«Doch.»

«Ach ...»

«Sag schon.»
«Das ist der erste Tote, den ich auch beerdige.»
«Ja, stimmt.»
«Das ist schon komisch.»
«Du meinst, wir schreiben keine Erklärung?»
«Eher nicht.»
«Ich bin schon komplett durchnässt. Und der ganze Matsch.»
«Wenigstens kommt bei dem Scheißwetter niemand in den Wald.»
«Pilzsammler.»
«Nach dem Regen erst. Und im Herbst. Es ist Frühjahr.»
«Aber irgendwie ... Das bringt mich auf eine Idee. Wir sollten bei Regen über die Grenze. Das ist es. Bei Regen über den Fluss oder über eine der kleinen Brücken ohne Posten. Und dann müssen wir uns dort einen Wagen besorgen. Wenn wir das nachts schaffen, dann sind wir morgens schon weit in Frankreich. Mit dem luxemburgischen Auto kommen wir dann einfach über die nächste Grenze.»

[19]

Es hat immer noch nicht aufgehört mit dem Regen, als wir wieder runterrollen. Ein total großes amerikanisches Auto kommt aus dem Dorf gefahren und biegt ab in Richtung Körperich. So einen habe ich hier noch nicht gesehen. Ich weiß nicht mal die Marke von dem Wagen. Ganz kurz erinnere ich mich an die Geschichte, die Papa erzählt hat. Die von dem Mann in dem großen Auto. Der, der alle verrückt macht.

Vor unserem Hof hält gerade der Streifenwagen an. Herr Reiter steigt aus und setzt sich die Mütze auf. Dann verschränkt er die Arme und guckt in unsere Richtung. Was der nur will?

«Und?», fragt er, als wir bei ihm ankommen.

Das ist eine Frage, die man nur ganz schwer beantworten kann, aber Ulrike bleibt trotzdem stehen. Ich sehe, dass ihr kalt ist und dass sie ein bisschen zittert. Sie hat aber auch nur ein T-Shirt an. Jetzt bin ich froh, dass Mama mir die Regenjacke mitgegeben hat, obwohl sie so hässlich ist.

«Und?», fragt Herr Reiter wieder. «Wo waren wir denn?»

Noch so eine Frage. Aber Ulrike zeigt mit dem Finger schon nach hinten. Das haben wir abgesprochen. Wenn einer wissen will, wo wir herkommen, dann erst mal nicht so viel sagen. Der Hochsitz ist immer noch unser Geheimnis.

«Irgendetwas Besonderes?»

Ulrike schüttelt den Kopf.

Ich schüttele den Kopf.

«Und die letzten Tage?»

Ulrike schüttelt den Kopf.

Ich schüttele den Kopf.

«Was gesehen?»

Ulrike sieht mich kurz an.

Sag ja nichts, denke ich.

«Nein», sagt sie.

«Nö», sage ich.

«Leute, die man sonst nicht sieht?»

Ulrike bewegt den Kopf wieder ein ganz kleines bisschen in meine Richtung. Dann hebt sie ganz kurz die Schultern.

«Eher nicht», sage ich. Aber Herr Reiter guckt gar nicht richtig. Jedenfalls guckt er mich nicht an.

«Nichts?», fragt er nun, obwohl wir eigentlich alles schon gesagt haben.

Er sieht Ulrike an. Die zieht die Schultern nach vorn. Sie hat eine Gänsehaut auf den Armen. Ihr ist kalt.

«Gar nichts?» Herr Reiter guckt nur in eine Richtung.

Ich versuche zu kapieren, wo er draufguckt.

Ulrike sagt nichts mehr.

«Und wenn ihr mal überlegt?»

Ich gucke hin und her zwischen Herrn Reiter und Ulrike.

Die Augen. Und ich folge ihnen.

Und dann weiß ich es. Ulrikes T-Shirt ist nass. Und da kann man ein bisschen sehen.

Da ist nicht so viel. Aber wenn man hinguckt, sieht man deutlich, dass sie schon ein bisschen Busen hat. Und da guckt Herr Reiter die ganze Zeit drauf.

«Ulrike», sage ich.

Sie nickt.

«Mama wartet.»

Sie nickt.

Ulrike weiß auch, dass ich etwas erfinde. Aber sie ist schlau. Ich rolle auf den Hof, ohne noch was zu sagen. Und ich weiß, dass Ulrike mir folgt.

Als wir durch die Haustür gehen, startet der Motor vom Streifenwagen wieder.

DIE TAGE NACH DEN TAGEN NACH OSTERN

[1]

«Liebe», sagte Yves Monnier. «Sonst wäre ich nicht nach Deutschland gekommen. Es war kurz nach dem Krieg.»

Monnier hatte sich alles angehört, was Reiter zu sagen gehabt hatte. Dann hatte er sich von einer Krankenschwester ein Glas Wasser bringen lassen und von sich erzählt. Davon, wie sie gejubelt hatten, als die Deutschen abgezogen waren. Und davon, wie er die Deutschen gehasst hatte. Bis er die Gusta kennenlernte. «Liebe», sagte er ein paar Mal.

Und: «Die wollten ja alle nicht, dass wir heiraten.»

Und: «Pfff, wir haben das trotzdem gemacht. Dann sind wir nach Bollendorf gezogen. Das war weit genug weg von der Familie und nah an der Grenze. Das war nur symbolisch. Aber mir was es wichtig, dass wir vom Haus aus ein anderes Land sehen konnten.» Dann guckte er verschmitzt und sagte: «Auch, wenn es nur Luxemburg war.»

In Bollendorf hatte er dann eine Arbeit gefunden als Ingenieur in der Metallindustrie. Gusta und er waren glücklich miteinander, aber gehörten nirgendwo richtig dazu. Die Vorbehalte gegen die Franzosen waren schon noch zu spüren, sagte er. «Aber wenn man nirgendwo richtig reinpasst, dann ist man überall am Rand. Und wenn man überall am Rand steht, dann kriegt man ganz schön viel mit. Und dann sind wir später nach Schifflange gegangen, auf dieser Seite der Grenze, da war dieselbe Arbeit besser bezahlt. Sonst könnte ich mir das hier gar nicht leisten.»

Dann wartete Monnier, ob Reiter etwas zu sagen hatte, und zeigte von der Terrasse des Altenheims über die Sauer hinweg. «Da sind wir spazieren gegangen, als Gusta noch lebte. Als sie noch laufen konnte. Da haben wir hier rübergesehen und uns gesagt, dass das ein schöner Platz ist für uns. Für später. Aber das hat sie dann ja nicht mehr erlebt. Und du bist also ... Jetzt muss ich überlegen. Du bist der Sohn von Rudolf, das waren viele Geschwister.»

«Drei Jungs und vier Mädchen.»

«Und Gusta war die Zweitjüngste.» Monnier blickte zum Himmel, grau, regnerisch. Aber sie saßen unter einer Markise.

«Rudolf war der Älteste und hat den Hof übernommen. Das war schon 1924, weil der Vater bei einem Unfall ums Leben gekommen ist.»

«Das war die Sache mit den Ochsen.»

«Der ist unter die Ochsen gekommen, beim Dreschen. Und mein Bruder Heinz hat den Hof heute.»

«So hast du viele Tanten und Onkels gehabt und noch viel mehr Cousins und Cousinen. Richtig?»

«Richtig.»

«Und ihr habt über alles geredet, was für die Familie wichtig war, und es gab auch immer etwas zu reden, weil ihr so viele wart. Richtig?»

«Richtig», sagte Reiter. Er hatte keine Vorstellung davon, worauf der alte Mann hinauswollte. Der zog die Decke, die auf seinem Schoß lag, bis zu den Schultern hoch. Dann kratzte er sich den Backenbart, der ihn wie ein Relikt aus einer lange vergangenen Zeit aussehen ließ.

«Außer uns hat von eurer Familie auch nie jemand in Bollendorf gelebt. Richtig?»

Reiter nickte. «Die sind überallhin. Einer ist sogar in Kanada und macht irgendetwas mit Holz, einer von den Cousins. Aber ja, in Bollendorf war keiner von denen. Aus der ganzen Familie wart ihr die Einzigen.»

«Dann wundert es mich auch nicht, dass ihr nie von den Adlers gehört habt.»

Er nahm das Wasserglas auf und trank einen Schluck und dann noch einen. Reiter dachte, dass er das demonstrativ machte.

«Die hatten die größte Bäckerei in Bollendorf. Zwei Brüder waren das. Und irgendwann, ich muss dir nicht die ganze deutsche Geschichte erklären ...» Monnier sah kurz hinüber und erwartete ein Kopfnicken. «Irgendwann ist der eine Bruder mit seiner Familie nach Luxemburg gegangen. Das war vielleicht 1935. Ich weiß gar nicht so genau, was der dort gemacht hat, aber der ist mit der Familie auch bald nach Amerika weitergezogen. Und der andere Bruder, der ist geblieben. Und die Bäckerei auch.»

Der alte Mann kostete das aus. Er ließ genug Raum zwischen den Sätzen, damit Reiter selbst etwas beitragen konnte. Aber er kannte die Geschichte nicht.

«In der *Nuit de Cristal* ist in Bollendorf ein sechsjähriger Junge ermordet worden. Abi Adler hieß er. Das war der Sohn von dem Bäcker, der geblieben war. Ich kann mich an seinen Vornamen gerade nicht erinnern, der Bruder von dem, der weggegangen ist. Aber der Junge war der Neffe von dem anderen Adler, der 1935 nach Luxemburg gegangen ist. Oder war es 1936?»

«Und dieser Jay Adler ...»

«Ich weiß es nicht. Aber es passt doch. Richtig?»

«Vielleicht.»

«Wann ist der geboren?»

«1937.»

«Könnte der Sohn sein von dem Bruder, der gegangen ist. Das könnte er wirklich.»

«Aber warum interessiert der sich dann für die Höfe hier?», fragte Reiter.

«Tut er das?»

«Das verstehe ich nicht.»

«Tut er das wirklich?»

«Wenn nicht ... was will er dann?»

«Ja, was will er dann? Vielleicht musst du darüber noch einmal nachdenken. Wenn einer sagt, dass er was tut, heißt das doch nicht, dass er es wirklich tut. Oder?»

Reiter stand bald danach auf und verabschiedete sich. Noch bevor er die Terrasse verlassen hatte, hörte er, wie der alte Mann erneut anfing zu reden. «Was du noch wissen solltest, ist, dass die Angriffe selbst an diesem 9. November 1938 von den Westwall-Arbeitern ausgingen. So sagt man. So sagt man natürlich auch gern, weil man es selbst nicht gewesen ist. Denn die Westwall-Arbeiter kamen ja von überallher. Aber die Geschichte habe ich auch schon kurz nach dem Krieg gehört, als es noch nicht so negativ besetzt war, was damals passiert ist. Heute redet man anders darüber. Damals hat man sich dafür noch nicht geschämt. Oder nicht so sehr. Aber die anderen haben natürlich drum herumgestanden und sie angefeuert und applaudiert. Das haben sie auf jeden Fall getan. Und ... du bist noch da, oder?»

«Ja», sagte Reiter.

«Aus den kleinen Dörfern waren auch Leute in Bollendorf an dem Abend. Nur deswegen, stell dir vor, sie sind nur deswegen gekommen. Das wollten sie sich nicht entgehen lassen. Und das solltest du wissen.»

[2]

Wir stehen schon eine ganze Zeit auf dem Hochsitz. Es regnet mal ganz leicht und mal nicht so leicht. Aber es hört nicht auf.

Ulrike redet nicht. Und ich habe auch nichts zu erzählen.

Es ist wie immer und zur gleichen Zeit auch gar nicht.

Das Dorf liegt im Regen, und es sieht so grau aus wie immer. Wir wissen ein paar Sachen über das Dorf, von denen wir vor ein paar Tagen noch nichts geahnt haben. Das beschäftigt uns ganz schön. Über Herrn Scholzen haben wir noch nicht geredet, seit wir aus seinem Haus gelaufen sind.

Es ist aber auch komisch. Wenn Papa und Mama zusammen sind und irgendwas tun und ich sie angucke, dann stelle ich mir immer eher vor, dass ich Mama bin als Papa. Obwohl ich mir nicht vorstellen kann, dass ich irgendwann einmal so viel kochen werde wie sie. Eigentlich tut sie das den ganzen Tag. Und es schmeckt auch immer gut. Und irgendwer muss das tun. Man muss ja ziemlich oft essen.

Oder die Nonnen im Altenheim in Körperich. So wie die zu sein, kann ich mir auch nicht vorstellen. Papa sagt, die haben alle einen Stock im Arsch. Das habe ich mir einmal versucht vorzustellen. Ging aber nicht.

Die Frau zu sein, die wir bei Herrn Scholzen gesehen haben, kann ich mir auch nicht vorstellen. Ich weiß, dass Erwachsene manchmal ganz schön verrückte Sachen tun, und vielleicht mache ich das auch einmal. Oder Ulrike. Aber das ...

Wenn ich mir natürlich aussuchen müsste, ob ich lieber diese Frau wäre oder Herr Scholzen, dann weiß ich, dass ich auf gar keinen Fall so daliegen will mit dem Ball im Mund. Also vielleicht doch lieber die Frau. In diesem Fall.

Ulrike stupst mich an.

Ich hätte Rudi und Michi einfach übersehen. Sie laufen ziemlich weit weg von uns am Rand eines Feldes entlang und verschwinden gerade im Wald. Sie haben andere Sachen an als sonst, aber ich habe sie natürlich erkannt. Schließlich sind sie meine Brüder.

Ulrike und ich gucken einander nur ganz kurz in die Augen und sind sofort unterwegs. Es gibt etwas zu tun.

Wir laufen bis zu der Stelle, wo die beiden zwischen den Bäumen verschwunden sind, und bleiben dann erst einmal stehen. Wir wollen sie nicht warnen. Dann gehen wir langsam und vorsichtig weiter. Nach ein paar Sekunden hebe ich beide Hände, weil ich etwas gehört habe.

Mit dem Finger auf den Lippen gehe ich vorweg. Und hinter einem dornigen grünen Busch hocken die beiden mit einer kleinen Schippe und graben den Waldboden um.

Ich halte den Finger auf den Lippen, zeige mit der anderen Hand auf mich und hole tief Luft. Dann schreie ich, was das Zeug hält.

Rudi und Michi fahren zusammen, Michi, der einen beigen Mantel trägt, der ihm bis zu den Knöcheln reicht, lässt die Schippe fallen, Rudi kommt wütend auf mich zu. Bevor er mich schlagen kann, trete ich ihm gegen das Schienbein. Und dann verliere ich meine Deckung.

Rudi tachtert mir gewaltig eine. Ganz gewaltig. Eine Mischung aus Ohrfeige und Faustschlag. Ich gehe fast in die Knie, so heftig ist der Schlag, aber ich spüre ihn kaum, weil ich auf den Anzug gucke, den mein Bruder trägt. Er ist ihm etwas zu groß, die Schultern der Jacke hängen über, und die Hosenbeine kleben unter den Absätzen.

Aber es ist der Stoff. Ich erkenne ihn. Schwarz oder jedenfalls sehr dunkelgrau und diese dünnen Streifen. Das ist doch kein Zufall.

Rudi wundert sich, dass ich ihn nicht verprügle als Reaktion auf seinen Angriff.

Stattdessen gehe ich langsam um ihn herum. Er kapiert gar nix.

Der Stoff des Anzugs ist nass, wie wir alle. Und es ist nicht ganz einfach, in dem dunklen Stoff auch nur die Struktur zu erkennen. Nähte, Falten, Kragen. Der Regen tropft mir in den Nacken.

Ich gehe noch einmal um ihn herum.

«Jetzt ist sie völlig durchgedreht», sagt Michi. «Ich hab's ja immer gewusst.»

Ulrike sagt nichts, aus Respekt. Sie weiß, dass das hier ein total wichtiger Moment ist. Und Rudi ahnt glaube ich irgendetwas.

Und dann sehe ich es.

Es ist am Ärmel, oben, fast an der Schulter. Ein kleines Loch, das kaum auffällt, weil darunter noch einmal ein dunkler Stoff liegt. Unterhalb des Lochs ist ein kleiner Riss. Ich bin mir sicher. Das ist der Anzug, den wir suchen.

Ich stecke den Finger in das Loch. Ulrike tritt zu mir und nickt.

«Und?», fragt Rudi.

«Wo hast du den Anzug her?»

«Sag ich dir doch nicht.»

[3]

Es war noch keine zwei Uhr in der Nacht, als Rolf-Karl Reiter den Telefonhörer aufnahm. «Feuer», sagte er und wiederholte damit, was er schlaftrunken begriff.

«Prümzurlay.» Da saß er schon auf der Bettkante.

Automatisch fragte er: «Die Wehr?»

«Beim Ruben.» Mit Strümpfen.

«Eine Scheune.» Er suchte den anderen Schuh, schon in der Hose.

«Die Hühner.» Obwohl es nicht so oft geschah, waren ihm diese Abläufe in Fleisch und Blut übergegangen. Er war auf der Treppe nach unten, als er die Worte, die er gehört hatte, und jene, die er als essenziell für den Fall mitgesprochen hatte, einer immer noch nur halb bewussten Revision unterzog. In der Haustür blieb er kurz stehen und sagte leise: «Feuer, Prümzurlay, Ruben, Hühnerstall.»

Auf dem Weg zum Wagen sagte er noch: «Scheiße. So eine Scheiße.»

Er fuhr die zwanzig Kilometer mit Blaulicht und begegnete keiner Seele, nicht einem einzigen Wagen, bis er schon von Holsthum aus das Feuer sah. Durch das geöffnete Fenster roch er Brand und Holz und Stroh. Vor allem hörte er das Geschrei der Tiere, die verbrannten und erstickten. Es war herzzerreißend. Wenn der Regen wenigstens stark genug gewesen wäre, das Feuer zu verhindern.

Auf der kurzen Einfahrt zum Rubenhof standen die Leute der Umgebung, beleuchtet vom Feuer, das immer wieder aus dem Dach der Scheune schlug. Zwei Autos der Wehr waren so nah wie nur eben möglich an die Scheune herangerollt und standen zwischen ihr und dem Wohnhaus. Die Feuerwehrmänner hantierten noch mit den Schläuchen. Von den Tieren war mittlerweile nur noch ein kollektives Röcheln zu hören.

Die Scheune war hin, die Tiere auch, und wie die Gebäude dahinter angeordnet waren, konnte er weder erkennen, noch erinnerte er sich daran. Der Blick war ihm versperrt.

Reiter ließ den Streifenwagen ausrollen, während ihm die Ersten auf die Pelle rückten.

«Der Weyer», sagten und riefen sie kollektiv.

«Der Weyer war's», schrie eine Frau, die sich vor ihm aufbaute. Sie war kleiner als er, aber sie stand auf den Zehen, um ihre Aussage zu unterstreichen.

«Nicht allein.» Eine andere.

«Der Mercedes von dem, der hat doch gebrannt.» Alle riefen und redeten durcheinander.

«Da war noch einer.»
«Das war der Sohn.»
«Die sind mit einem Auto weg.»
«Sicher der Weyer», sagte einer, «ganz sicher.» Als hätte Reiter nachgefragt. Dabei gab es nichts zu fragen gerade. Rein gar nichts.

Der Zugführer kam auf Reiter zu. «Läuft alles», sagte er. «Brennt aber wie Zunder.» Der erste Wasserstrahl erreichte krachend das brennende Dach, als eine Frau im Bademantel auf sie zugerannt kam. Das graue Haar stand ihr wirr vom Kopf ab.

«Der Dieter ist weg.»
«Was meinst du?», fragte der Zugführer.
«Der Dieter», sagte die Frau keuchend. «Der ist nicht im Haus.»
«Wo ist er denn?», fragte Reiter.

Unter der Last des Wassers brach das Dach der Scheune ein. Ein lauter, gemeinsamer Seufzer war von den Umstehenden zu hören.

[4]

Wenn es nur nicht so verdammt regnen würde. Norbert Roth stapfte hinter dem luxemburgischen Kollegen her. Er hieß Jean. Fast alle in Luxemburg hießen Jean, so viel lernte man mit der Zeit an dieser Grenze.

Jean kannte sich hier aus, auf der anderen Seite des Flusses. «Pass op», sagte er manchmal, bevor er über ein kleines Rinnsal hopste, das eben erst entstanden war. Gleich sollten sie den Zusammenfluss von Our und Sauer erreichen und dort auch einen Unterstand. Höchste Zeit.

«Pass op», sagte Jean wieder.

Man konnte schlechtem Wetter oft entkommen. Auch bei

der Arbeit. Gerade bei seiner Arbeit, dachte Roth. Man stand im Wachhäuschen, saß im Auto oder stellte sich irgendwo unter. Irgendeine Möglichkeit gab es immer, sich nicht nassregnen zu lassen.

Es gab nur eine Ausnahme: die deutsch-luxemburgischen Grenzschutz-Kooperationstage, die einmal im Jahr stattfanden.

Und einmal im Jahr war jetzt.

Zuerst gab es immer ein paar Reden für alle Beteiligten. Da war dann unter anderem von guten nachbarschaftlichen Beziehungen und von Völkerfreundschaft die Rede.

Was für ein Quatsch. Völkerfreundschaft. Als ob die Luxemburger ein Volk waren. Eine Handvoll Leute, die sich nicht mal auf eine gemeinsame Sprache einigen konnten.

Na gut, eines musste man denen aber lassen. Jean zum Beispiel konnte vier Sprachen. Französisch, Deutsch und dieses Luxemburgisch. Dazu noch Englisch.

«Und wenn es sein muss, noch Italienisch», hatte er gesagt. Er hatte einen Namen, der auf -ini endete, also hatte das sicher familiäre Gründe.

«Pass op.»

Jedenfalls gab es bei den deutsch-luxemburgischen Grenzschutz-Kooperationstagen festgelegte Termine und Veranstaltungen und auch Routen, so wie die, die er gerade mit Jean machte. Mitten in der Nacht. Im strömenden Regen.

«Da vorn ist der Unterstand», sagte Jean. «Von da kann man schön sehen, wie die Our in die Sauer fließt, obwohl es von oben eigentlich genau umgekehrt aussieht. So als wenn die Sauer in die Our mündet.»

Zehn Tage, dachte Roth. Zehn Tage dauerten die deutsch-luxemburgischen Grenzschutz-Kooperationstage. Aber gleich waren sie erst einmal im Unterstand. Und raus aus dem verfluchten Regen.

[5]

Diese Bunker sind ganz schön unheimlich. Sie sind aus dem Krieg, also ziemlich alt. Und es gibt ganz viele davon hier. Weil ich schon mal hier gewesen bin, gehe ich vor. Ulrike ist noch relativ neu in der Gegend, sie kennt das nicht. Und sie guckt schon komisch, als ich in das Loch krieche, durch Beton und Erde. Man kann sehen, dass Rudi und Michi regelmäßig hier sind. Das Loch ist gerade so groß, dass die beiden da durchpassen.

Einmal bin ich ihnen gefolgt. In den Wald hinein und wieder raus, dann über die Wiese, die zum Meierhof gehört, und wieder in einen kleinen Wald hinein. Dann haben sie vor dem eckigen Ding gestanden und sich umgeguckt. Zum Glück war ich hinter dem Baum versteckt, also konnten sie mich nicht sehen. Später bin ich dann natürlich allein dahin.

Ein anderes Mal habe ich gesehen, wie Rudi und Michi eine Fliegerbombe ausgegraben haben, ganz in der Nähe vom Bunker. Sie haben sie auf einen Bollerwagen gelegt und dann bergab ins Dorf gefahren. Irgendwann hat Michi den Griff nicht mehr richtig festgehalten und der Wagen ist ganz allein losgerollt. Zum Glück nur bis in den nächsten Graben. Der Ärger zu Hause, als die beiden mit der Bombe ankamen, war der größte, den es jemals wegen uns Kindern gegeben hat. Nicht nur wegen der Polizei und der Feuerwehr und dem Bombenräumdienst, die alle auf einmal gekommen sind. Und dann noch alle mit Blaulicht.

Weil alle von den Bunkern wissen, kann man hier nicht wirklich etwas verstecken. Oder nur etwas, das nicht so wichtig ist. Durch einen Riss im Beton sehe ich den großen Plastiksack schon, als Ulrike zu mir gekrochen kommt. Ich scheuche sie wieder ins Freie und zerre das Ding nach draußen. Zum Glück regnet es nicht so stark, als ich den Sack aufmache.

«Woher hast du das gewusst?», fragt Ulrike.

«Weil sie meine Brüder sind. Und weil ich deshalb so was einfach weiß.»

Wir haben gesehen, wo sie ihre richtigen Schätze aufbewahren. Die Hakenkreuze und Stahlhelme, die sie versuchen zu verkaufen. Hier kommt nämlich hin, was nicht so viel Wert hat.

Den Plastiksack vom Roten Kreuz müssen wir aufknoten, und dann gucken wir hinein. Zuerst kommt ein total muffiger Geruch aus der großen Tüte. Ulrike dreht sich um und wirkt so, als müsste sie kotzen. Also schütte ich alles in den Matsch vor uns. Selber schuld, denke ich. Hätten sie uns gesagt, wo sie die Sachen versteckt haben, würden wir damit anders umgehen.

Vor uns liegen nun ganz viele Klamotten. Ulrike kommt mit einem kleinen Ast und stochert darin herum. Hosen, Hemden, Pullis. Alles für Jungs. Turnschuhe auch, und sogar schwarze Lederschuhe. Die sind fast wie neu. Die Absätze sind gar nicht abgelaufen.

«Gib mal», sage ich zu Ulrike und übernehme den Ast. Mitten in dem Berg, der immer feuchter wird, wie wir auch, trotz unserer Regenjacken, liegen auch ein paar Stück Unterwäsche. Da ist ein weißes Feinripphemd, das ich mit dem Ast hochhebe. Und da ist ein Einnäher drin. Ich wende den Stoff so, dass ich den Namen lesen kann. Jochen Teichert steht dadrauf.

Später, beim Abendessen, sagt Papa dann, dass ein Bauer bei einem Brand in seiner eigenen Scheune verbrannt ist. Er sagt es ganz schnell und wechselt dann das Thema. Wahrscheinlich, damit niemand von uns Kindern nachfragt. Denn schön ist das nicht, wenn einer verbrennt. Dann sagt er noch, dass Herr Herres aus dem Dorf sich einen neuen Traktor kauft. Einen Fendt Favorit. Darüber kann Papa stundenlang reden. Über Traktoren und darüber, ob sie gut sind oder nicht. Wir haben einen Massey Ferguson aus Amerika, der so alt ist wie ich, also eigentlich noch jung, aber Papa nennt ihn immer die alte Mühle, und er sagt auch, dass die Atomraketen von den Amis nix wert sind, wenn sie keine bessere Qualität haben als unser Trecker. Aber Herr Herres hat jetzt bald einen Fendt, und das ist der beste überhaupt. Und auch der teuerste. Papa sagt, dass Herrn Herres jemand Geld nachgeworfen habe. Und dann nennt er Herrn Herres auch ein Arschloch, aber er entschuldigt sich auch gleich dafür, weil wir solche Wörter beim Essen nicht sagen dürfen. Das ist ihm nur rausgerutscht, sagt er. Warum man so was beim Essen nicht, aber danach schon sagen darf, erklären uns die Eltern nicht.

[6]

Rolf-Karl Reiter schloss die Haustür ab. Da musste gerade keiner reinkommen. Und wenn wirklich einer heftig klopfte, dann würde er den Heinz schnell in einen anderen Raum verscheuchen.

Der öffnete schon die vierte Flasche Bier. «Ich kann es nicht glauben. Der Dieter ...»

«Ihr habt euch doch kaum gekannt.» Selbst war er erst bei der zweiten Flasche. Er war den ganzen Tag auf den Beinen gewesen. So einen Brand hatten sie nicht so oft hier in der Gegend. Schon gar nicht mit den Folgen. Irgendwann hatten natürlich die Kollegen aus Bitburg übernommen. Zuerst der Brand, dann der Mord. Als klarwurde, dass der Ruben in seinem eigenen Hühnerstall umgekommen war.

«Und der ist wirklich ...» Heinz hatte doch schon vorher was getrunken. Der konnte eigentlich was vertragen.

«Ich weiß es nicht», sagte Reiter. «Die Tür war verbarrikadiert. Und der Dieter war drin in der Scheune. Und rausgekommen ist er nicht mehr.»

«Aber da müsst ihr doch ermitteln.»

«Da wird ermittelt. Was denkst du denn?»

«Nein, nicht so.»

Reiter wusste, was Heinz wollte. «Guck», sagte er und fragte sich, wie oft er es schon erklärt hatte. «Guck, was der macht, ist nicht verboten. Dieser Jay Adler bietet Bauern Geld für den Hof. Und ...» Er musste an Yves Monnier denken und überlegte, was er seinem Bruder noch erzählen konnte. Wenn er den richtig verstanden hatte, dann wollte der Ami vielleicht gar nicht kaufen. Aber was dann?

«Der macht das doch absichtlich», sagte Heinz in den beginnenden Gedanken hinein und trank aus der Flasche. «Das ist Aufwiegelung. Der will doch, dass wir uns an die Wäsche gehen.»

Ja, war es das nicht, was der alte Mann gemeint hatte?

«Der gehört ins Gefängnis.»

«Irgendwer wird schon ins Gefängnis kommen», sagte Reiter. «Irgendwer kommt immer ins Gefängnis. Und wegen dem Brand und dem Tod von Dieter ganz sicher.»

«Ich meine den Mann in dem Wagen.»

«Ich weiß, wen du meinst. Aber wir ermitteln erst einmal ... Ich meine, die Polizei aus Bitburg ermittelt erst einmal wegen dem Mord an Dieter. Jedenfalls betrachten sie es im Moment als solchen. Und den hat Herr Adler ja nicht begangen. Oder?»

«Aber da muss man doch etwas tun können.»

«Heinz?»

«Was macht ihr denn da?» Sein Bruder wurde laut.

Er hatte es aufgeschoben. Aber jetzt hatte er keine Wahl mehr, er musste es ansprechen. «Heinz?»

«Da muss man doch mal durchgreifen.»

«Heinz.» Reiter hob selbst die Stimme. «Hör mir zu.»

Heinz stellte die Flasche auf den Schreibtisch und zeigte ihm die leeren Handflächen als Zeichen der Kapitulation.

«Was hast du vorgestern Nacht gemacht?»
«Geschlafen.»
«Bist du sicher?»
«Total sicher.»
«Einer hat den Bullen vom Trommler erschossen. Den mit den vielen Preisen. Das warst nicht zufällig du?»
«Ach.» Heinz winkte ab.
«Der war im Stall. Das war eine Riesenaktion.»
Heinz setzte die Flasche an und antwortete nicht mehr.

[7]

Telefon», ruft Mama.
Als ich in die Küche komme, zeigt sie auf den Apparat, der an der Wand hängt, als ob ich zum ersten Mal hier wäre. Dabei flüstert sie: «Ulrike.»

Als ich den Hörer ans Ohr lege, sagt die schon: «Ich bin krank.»
«Ja», sage ich. «Klar.» Das haben wir verabredet. Dass wir krank sind. Ich sollte das auch bald mal erzählen, damit sich alle an den Gedanken gewöhnen, dass ich morgen früh nicht mit zur Kirche kann.

Dann redet Ulrike erst mal nicht mehr.

Wir telefonieren nicht so oft, weil wir nur ein paar Häuser auseinander wohnen. Normalerweise kommt Ulrike bei uns vorbei und guckt einfach nach, ob ich da bin.

Und jetzt ruft sie an. Das ist total klug, denn wenn sie krank ist, dann muss sie aufpassen, dass es nicht schlimmer wird. Wenn sie vorbeikommen würde, um mir zu sagen, dass es ihr nicht gut geht, dann könnten unsere Eltern den Trick erkennen.

Vielleicht.

Trotzdem stimmt irgendetwas nicht. Mama guckt schon

komisch, weil wir nicht weiterreden. Sie schneidet Zwiebeln auf dem Küchentisch, auf dem außerdem noch Gurken liegen und Radieschen. Das wird bestimmt ein Salat. Sie kümmert sich schon ums Abendessen.

«Fieber», sagt Ulrike. Und «Kopfweh» auch noch.

Ich überlege, auch solche Sachen zu sagen. Aber ich habe mich nicht vorbereitet darauf. Sonst könnte ich jetzt die Bauchschmerzen beschreiben, die ich gar nicht habe, oder irgendwas mit Husten. Aber dafür hätte ich das alles planen müssen und vielleicht tatsächlich auch schon komisch aussehen müssen, als ich in die Küche gekommen bin. Damit Mama das sofort sieht. Aber weil ich irgendetwas sagen muss, sage ich eben: «Krank.»

«Ja.» Ulrikes Stimme ist irgendwie leiser als sonst.

Und da kapiere ich es. Bei denen steht das Telefon zwar nicht in der Küche, aber gleich hinter der Tür im Esszimmer. Und Ulrikes Mama ist bestimmt am Herd und hört mit. Das tun die immer. Mithören. Und hinterher fragen sie einen dann aus. «Und?», kommt dann von Mama, wenn ich mal mit irgendwem telefoniert habe, obwohl ich gar nicht mit ihr geredet habe.

Irgendetwas muss ich sagen. «Richtig?», frage ich.

«Ja», sagt Ulrike, «richtig.»

Gut. Jetzt endlich weiß ich es. Ulrike ist richtig krank.

Und nicht nur so, wie wir es verabredet haben, für alle anderen.

Und weil ihre Mama zuhört, kann sie ja nicht sagen: «Ich wollte dich gerade anrufen, um dir zu sagen, dass ich krank bin, was ja gelogen gewesen wäre, weil wir es verabredet haben, aber nun bin ich wirklich krank und du musst es irgendwie begreifen.»

«Und steckt deine Mama dich ins Bett?»

«Hmhm.»

«Weil du richtig krank bist?» Das «richtig» betone ich ganz schön. Mama guckt schon wieder so komisch.

«Ja, weil ich richtig krank bin», sagt Ulrike.

Also brauchen wir irgendeine Lösung, eine Verabredung, irgendetwas, das uns für morgen hilft.

«Ich rufe morgen noch mal an», sage ich, «und gucke, ob es dir besser geht.»

«Ja gut», höre ich noch. Dann legt Ulrike auf.

«Und?», fragt Mama, während sie die geschnittenen Zwiebeln in eine Schüssel wirft.

«Nichts», sage ich. «Ulrike ist krank.»

Später, kurz vor dem Abendessen, kommt Papa in die Küche. Sein Hemd ist nass vom Regen. Wir sind dabei, uns alle hinzusetzen, und Papa hat schon die Hand an seinem Stuhl. In der anderen Hand hält er einen Stechbeitel, und er starrt für eine Sekunde darauf. Als er sieht, dass ich auch darauf gucke, hält er ihn kurz hinter seinen Rücken. Dann dreht er sich um und verlässt die Küche wieder. Ich kann hören, wie er in den Keller geht. Kurz darauf ist er dann wieder am Tisch und setzt sich hin, als Letzter. Wir haben noch gar nicht alle etwas auf dem Teller, aber ich habe schon angefangen, den Gurkensalat zu probieren. Da kommt Herr Herres ins Haus und in die Küche. Auch ganz nass. Er sagt nicht hallo oder etwas Ähnliches. Sondern er reißt die Tür auf und bleibt dann darin stehen. Ein paar Sekunden lang sieht er uns alle an, ohne einem von uns richtig in die Augen zu gucken. Und dann sagt er: «Einer hat den Reifen an meinem neuen Trecker zerstochen.»

[8]

Der Rekord der Kollegen vom Mord stand vor der Kirche, aus den heruntergelassenen Fenstern drang Zigarettenrauch.

«Mittagspause?», fragte Rolf-Karl Reiter auf dem Weg zur Post und stellte sich an die Fahrerseite. Er ignorierte den Nieselregen. Freisammers Ellbogen ragte samt Zigarette aus dem Wagen. «Wir sind immer im Dienst», sagte der. «Aber im Moment ein wenig ratlos», war Halutschek neben ihm zu hören.

«Kann ich helfen?», fragte Reiter und beugte sich so, dass er die Hände auf die Knie stützte und ins Auto hineinblicken konnte.

«Wir ...», Freisammer zog kurz an der Zigarette. «Wir betrachten das jetzt als Brennpunkt. Zwei Morde innerhalb von zwei Wochen. Das ist fast wie in New York.»

Reiter duckte sich noch etwas tiefer und sah beiden Männern zugleich ins Gesicht.

«Na ja», sagte Halutschek. «Der Brand, den behandeln wir auch als Mord. Dieser Ruben ist in der Scheune eingeschlossen gewesen. Und wenn er sich selbst eingeschlossen hätte, dann hätte er auch selbst rauskommen können. Nicht wahr? Und den Peters ... Na ja, wir sind dran.»

«Und dann der Bankraub.» Freisammer.

«Gibt's da was?», fragte Reiter. Sollten sie doch witzig sein.

«Raub macht das», sagte Freisammer. «Sie haben sicher bald was, heißt es. Haben wir eigentlich erzählt, dass wir zwei verschiedene Kaliber in der Leiche von Peter Peters gefunden haben?»

Gar nichts habt ihr mir erzählt, ihr Bastarde, dachte Reiter, schüttelte aber nur kurz den Kopf. «Mehr als ein Schütze?», fragte er dann.

«Ein Drilling», sagte Freisammer.

«Sie wissen, was ein Drilling ist?» Halutschek schnipste seinen Stummel aus dem Fenster.

«Ich hab mit Jägern zu tun hier.» Reiter stellte sich wieder auf. «Klar weiß ich, was ein Drilling ist. Drei Läufe und zwei verschiedene Sorten Munition.»

«Eben. Irgendwelche Vorkommnisse mit Jägern in der letzten Zeit?» Freisammer.

«Irgendetwas, wo einmal ein Drilling aufgefallen ist?» Halutschek.

«Außer bei einem Blattschuss.» Freisammer.

«Auch die Jäger halten sich nicht immer an alle Regeln.» Reiter stellte die Hände wieder auf die Knie. «Manche kommen für einen Tag und ballern herum. Aber das sind Ausnahmen. Habt ihr einen ...»

«Keinen Verdacht», sagte Halutschek. «Nein. Aber meinen Sie, die Peters-Brüder sind irgendwann mal einem Jäger auf die Füße getreten?»

«Ausschließen kann man es nicht. Aber ...»

«Wenn Ihnen was einfällt, dann wissen Sie ja, wie Sie uns erreichen.» Freisammer startete den Motor und nickte kurz zum Abschied. Halutschek hob eine Hand.

Als der Rekord gewendet hatte und Körperich in Richtung Bitburg verließ, fiel Reiter ein, wo er in der Gegend einmal einen Drilling gesehen hatte. Die meisten Bauern hatten irgendeine Waffe. Und sei es nur, um ein krankes Tier zu erschießen. Oder den Nachbarshund, wenn es mal Streit gab. Aber einen Drilling hatte er letztes Jahr auch gesehen. Oder war es noch im Jahr davor gewesen?

Kurz dachte er daran, zurück in sein Büro zu gehen und telefonisch in Bitburg eine Notiz zu hinterlassen. Aber er konnte auch selbst erst mal nachsehen. Wenn er sich irrte, dann machte er sich ohnehin nur lächerlich.

[9]

Da fährt der Mercedes. Papa am Steuer, Mama daneben. Rudi, Michi und Chrissi auf der Rückbank. Es passiert nicht so oft, dass wir zu viert hinten sitzen. An Feiertagen, wenn wir Verwandte besuchen oder bei der kurzen Fahrt zur Kirche. Dann quetschen wir uns alle nebeneinander. Chrissi und ich nie nebeneinander. Das gibt nur Streit. Und meistens auch blaue Flecke. Aber heute sitzen sie nur zu dritt da. Ohne mich.

Das war gar nicht so einfach. Ich habe mich für die Bauchschmerzen entschieden. Die mussten natürlich so stark sein, dass ich einen Grund hatte, nicht mitzufahren, aber nicht so schwerwiegend, dass sie mich gleich ins Krankenhaus fahren wollen. Papa ist auch noch gekommen und hat geguckt. Ich hab die Augenlider halb geschlossen, als ich im Bett gelegen habe. Das hat ihn überzeugt.

Einen Moment warte ich noch, damit ich sicher sein kann, dass niemand etwas vergessen hat. Dann ziehe ich mich an und renne zum Telefon. Ulrike nimmt sofort ab.

«Geht's?», frage ich.

«Klar», sagt Ulrike. «Ist viel besser.»

«Drei Minuten.» Ich lege sofort wieder auf.

Einen Blick in die Richtung, in die der Mercedes gefahren ist. Nichts.

Ulrike hat noch gefragt, ob wir wirklich bei Gaby Teichert nachgucken sollen. Immerhin wissen wir jetzt, dass der Anzug aus ihrem Haus stammt. Aber sonst wissen wir eigentlich nichts. Der Anzug könnte auch schon vor ein paar Wochen in einen Rot-Kreuz-Sack gesteckt worden sein. Wenn meine doofen Brüder nicht mit mir darüber reden wollen, woher und seit wann sie den Anzug haben, dann ist alles möglich.

Ich glaube, dass ich weniger als zwei Minuten brauche, um bei Ulrike zu sein. Wir gucken uns kurz in die Augen und gehen dann los. Dass es regnet, ist uns egal.

Bis zu Gaby Teicherts Haus ist es nicht weit. Ihr Citroën ist nicht zu sehen. Sie ist also garantiert in der Kirche.

Wir haben verabredet, dass wir nicht lange fackeln, sondern sofort hineingehen. Ulrike zögert einen klitzekleinen Moment an der Klinke, ich kann es genau sehen, dann drückt sie die Tür auf, und wir sind drin.

Ich lehne mich von innen an die gerade geschlossene Tür. Dann erschrecke ich aber darüber, weil man das von draußen sehen kann. Ich mache einen Schritt ins Haus hinein, wo Ulrike im Flur steht und sich umsieht, dann begreife ich aber, dass das natürlich keiner bemerkt. Das Dorf ist doch leer.

Bis auf Frau Wirtz.

Und uns beide.

Und vielleicht noch jemand anderes, der krank ist. Also richtig krank. Richtiger als Ulrike.

Sie sieht wirklich nicht so klasse aus wie sonst. Unter den Augen ist sie irgendwie grau, das kann ich selbst im schummrigen Licht des Flurs erkennen.

«Wo fangen wir an?», fragt sie ganz leise.

«Hier ist keiner», sage ich etwas lauter. Wenn Frau Teichert nicht in der Kirche wäre, dann wäre ihr Wagen vor dem Haus. Aber eine Antwort weiß ich auch nicht.

«Von oben nach unten?» Ulrike zeigt auf die Treppe.

Ich nehme ihre Hand und gehe vor. Die Tür zum Schlafzimmer steht offen, also gehen wir zuerst dorthinein. Es ist richtig aufgeräumt, und irgendwie wundere ich mich darüber. Ich bin noch nie in dem Haus gewesen, wir sehen Frau Teichert immer nur auf der Straße oder im Garten. Aber wenn hier alles so ausgesehen hätte wie nach einer Kissenschlacht zwischen Ulrike und mir, dann hätte ich mich nicht gewundert. Das Bett ist gemacht, alles liegt quadratisch gefaltet darauf, das Rosa der Bettwäsche leuchtet fast.

Ulrike öffnet den Kleiderschrank. In den Fächern liegt alles auf Kante, wie Mama manchmal sagt, wenn sie mir zeigt, wie man sein Zimmer aufräumt.

Ich tippe Ulrike auf die Schulter. «Also», sage ich, «der Umhang, der Hut und das Gewehr.»

Als sie nickt und sich zur nächsten Schranktür wendet, hören wir die Haustür aufgehen. Ulrike bleibt mitten in der Bewegung stehen, so als wäre sie verhext worden. Schritte kommen schnell die Treppe rauf. Ich drücke Ulrike zu Boden, schließe den Schrank und ziehe sie unters Bett, als jemand schon ins Schlafzimmer kommt.

Da ist nur ein ganz dünner Spalt zwischen Ulrike und dem Bettrahmen. Aber durch den kann ich gucken. Und nie im Leben ist das Frau Teichert. Das sind Männerstiefel, was erst mal noch kein Grund ist, sie auszuschließen, sie zieht sich oft komisch an, aber es sind große Stiefel. Und ich begreife auch, dass die Schritte auf der Treppe viel zu laut und zu schwer waren für sie.

Da steht ein Mann im Zimmer. Und der tut genau das, was wir eben auch getan haben. Die Stiefel drehen sich langsam, also guckt der Mann sich um. Er öffnet den Schrank, dann irgendwelche Schubladen, dann dreht er sich noch einmal, geht zum Fenster und dann zurück zur Tür und verlässt das Zimmer.

In der ganzen Zeit, in der er im Schlafzimmer war, habe ich nicht geatmet.

Glaube ich.

Jetzt erst merke ich, wie Ulrike zittert.

Ich lege meinen Arm um sie und drücke sie ganz fest. Es wird sofort besser.

Der Mann geht durch die anderen Zimmer im ersten Stock, dann bleibt er im Flur stehen. Ich schiebe mich dicht an Ulrike heran und kann durch den Spalt nun etwas mehr sehen als nur die Stiefel. Ich versuche, im Halbdunkel des Flurs das komische Grau der Hose einzuordnen, als der Mann die Treppe wieder hinabgeht. Und da, ganz kurz nur, sehe ich sein Gesicht.

[10]

Er oder ich.
Drei Schluck Bier waren noch im Glas. Oder sagte man Schlücke?

Aber gleich, wie die Antwort auf die Frage lautete. Wenn das Glas leer war, musste er die Bar verlassen. Vielleicht vier. Der Chauffeur trank eine Zunge voll aus dem Glas.

Es war ein sehr langer Tag gewesen, und er sollte ohnehin schlafen, dachte er, während er noch einmal das Bier zum Mund führte. Schlafen zu gehen, wäre naheliegend gewesen. Aber er würde gern noch ein letztes Glas Bier an der Hotelbar trinken.

Er hatte auch nicht damit gerechnet, seinen Fahrgast hier anzutreffen. Bislang war er doch auch immer allein hier gewesen. In dem dunklen Braun, das den großen Raum dominierte, und dem matt beleuchteten Orange hätte er den Mann beinah übersehen.

Der vorletzte Schluck.

In einer Nische ganz am anderen Ende saß er und hatte ein bedeutend stärkeres Getränk vor sich stehen. Der Chauffeur tippte auf Brandy. Sicher ein Cognac. Den konnte er sich leisten.

Bislang hatte der Mann kein Zeichen von sich gegeben, dass er seinen Chauffeur erkannt hätte. Im Augenwinkel bemerkte der nun, dass sich etwas in der Nische tat. Sein Fahrgast stand auf, leerte das Glas im Stehen und ging quer durch die Bar, vorbei an den nur spärlich besetzten Tischen.

Der Chauffeur drehte sich nicht um. Es war nicht an ihm, den Kontakt herzustellen. In den vielen kleinen Spiegeln hinter der Bar sah er dem Mann im teuren Anzug dabei zu, wie er die Bar verließ, ohne auch nur ein einziges Mal zur Seite zu blicken.

Dann eben nicht. Er hatte den Mann ohnehin für einen arroganten Kerl gehalten. Wie lange waren sie schon unterwegs? Mehr als zweieinhalb Wochen. Er trank den letzten Schluck aus dem Glas und gab dem Typen hinter der Bar ein Zeichen, dass er noch ein weiteres wollte.

Zweieinhalb Wochen, in denen sein Fahrgast nicht ein einziges persönliches Wort an ihn gerichtet hatte. Das musste man sich mal vorstellen. Und es gab ganze Tage, an denen sie nicht ein einziges Mal Augenkontakt hatten.

Der Chauffeur hatte kein Problem damit. Aber komisch war es schon. Oder?

Er trank das neue Glas in einem Zug zur Hälfte aus. Danach sollte er ins Bett gehen. Oder er gönnte sich noch ein allerletztes. Aber so früh, wie er am Morgen schon auf der Straße gewesen war, brauchte er den Schlaf.

Noch bevor sie nach Stockigt aufgebrochen waren, hatte er schon eine Tour hinter sich gehabt. Er war früh aufgewacht, pinkeln gewesen und konnte nicht mehr einschlafen. Und dann war er nach Bollendorf gefahren.

Einige Tage zuvor hatte er den Mann dort verloren bei der Verfolgung. Nun hatte er anders vorgehen wollen. Denn das musste er sich zugestehen. Es interessierte ihn schon, was da vor sich ging. Was der Mann anstellte.

Also war er losgefahren, als es noch dunkel gewesen war und hatte den Wagen dort abgestellt, wo er seinen Fahrgast aus den Augen verloren hatte. Gerade hatte sich der neue Tag gezeigt. Viel Zeit hatte er nicht, bis er wieder zur Verfügung stehen musste.

Von hier gab es nur den Weg aus der kleinen Stadt heraus. Am Fluss entlang. Dort war ein alter Hof abseits der Straße, nicht gut in Schuss. Dahinter, ein wenig versteckt, ein verwahrloster Friedhof, und dann nur noch offenes Feld. Auf dem Weg zurück hatte er sich den Friedhof genauer angeschaut. Eingefallene Mauer, kein Tor in den Angeln, mehr aufgewühlte Erde als erkennbare Gräber. Ein einzelner umgekippter Grabstein lag nahe einem V-artigen Riss in der Friedhofsmauer. Der Chauffeur betrachtete ihn. Von der Inschrift war nichts mehr zu erkennen. Aber jemand hatte den Stein kürzlich gesäubert.

Was hatte den Mann dort nur interessiert?

Ein allerletztes Bier noch.

[11]

Die Schritte sind im Erdgeschoss zu hören. Herr Reiter geht auf und ab, wir hören mal eine Schranktür, die geöffnet und wieder geschlossen wird, dann so etwas wie den Deckel einer Kiste, die zuklappt.

«Wir müssen hier weg.» Ulrike zittert nicht mehr so sehr wie eben, aber ich kann ihre Unruhe in mir spüren. Mein Arm ist immer noch um sie herumgeschlungen.

«Aber er ist jetzt unten», sage ich.

«Der kommt wieder.»

«Wieso?»

«Wenn er unten nicht findet, was er sucht, dann kommt er noch einmal und guckt gründlich.» Ulrike schiebt schon ein Bein unter dem Bett hervor. «Und dann findet er uns.»

Darüber denke ich kurz nach und finde, dass Ulrike recht hat. Sie ist wirklich ganz schön klug.

Nach Ulrike rolle ich unter dem Bett heraus. Wir schleichen zur Schlafzimmertür und kriegen mit, dass Reiter eine Tür öffnet, die ein leises Quietschen verursacht.

«Keller», sagt Ulrike in mein Ohr.

Genau parallel zu dem Geräusch der Schritte, die unter das Haus führen, gehen wir zurück ins Erdgeschoss. Als wir dort ankommen, bleiben wir stehen. Die Kellertür befindet sich direkt neben der Haustür und steht offen. Von unten sind keine Geräusche mehr zu hören. Aber durch die Haustür will ich nicht gehen müssen.

Ulrike legt einen Finger auf die Lippen.

Klar. Wir müssen ganz leise sein. Ulrike produziert trotzdem so ein Knacken auf dem Parkettboden unter dem Teppich. Ganz kurz nur.

Aber eigentlich ist es so ruhig wie sonst nur mitten in der Nacht. Nichts passiert. Kein Ton kommt nach oben.

Das geht so eine ganze Weile, und wir stehen dort und trauen uns nicht einmal, den Kopf zu drehen.

Dann kommt er wieder hoch. Schwere, fette Schritte auf den Stufen, und ich ziehe Ulrike gerade noch auf die Treppe, vor der wir stehen. Da liegen wir so flach, wie man auf einer Treppe eben liegen kann und warten darauf, dass der Polizist uns entdeckt.

Durch die Streben des Geländers kann ich Reiters Kopf sehen, der aus dem Türrahmen herausguckt. Kurz nur, dann geht er wieder hinab.

Ulrike atmet so laut aus, dass ich ein bisschen erschrecke. Aber das hat Reiter nicht gehört. Er trampelt unten durch den Keller und rumpelt herum.

Ich zeige auf die Haustür und schüttele den Kopf. Ulrike guckt in Richtung Terrassentür. Ich bin schon am Griff und drücke ihn herunter, was schwerer ist, als es aussieht. Zum Glück ist nicht abgeschlossen.

Die Tür ist nun offen. Ich halte eine Hand hoch. Drei Finger, zwei, einer. Wir rennen los, so schnell wir können.

Hinter uns fällt die Terrassentür wieder ins Schloss. Das macht ganz schön Krach. Wir hätten sie wieder schließen sollen. Aber bis Reiter aus dem Keller ist, sind wir längst nicht mehr zu sehen. Wir sind schon auf der Straße und auf dem Weg zu unserem Hof.

[12]

Reiter setzte sich auf sein altes Fahrrad, als die Messe gerade begonnen hatte. Er beeilte sich, die zwei Kilometer über die L1 zu fahren. Auch wegen dem Regen, der wieder stärker wurde. Aber vor allem wollte er nicht von Leuten gesehen werden, die zu spät zur Kirche kamen. Es musste niemand wissen, was er hier tat. Deshalb musste der Streifenwagen auch vor seinem Haus in Körperich stehen bleiben.

In der Kirche selbst würde man ihn nicht vermissen. Da fehlte er oft. Mit seinem Beruf hatte er immer eine Entschuldigung. Aber in diesem Moment wollte er auf gar keinen Fall in Uniform auftreten.

Alles so selbstverständlich wie immer tun. Du bist Polizist, und wenn es darauf hinauslief, irgendetwas zu erklären, dann war das die Allzweckwaffe. Aber es würde niemand sehen. Rad neben der Haustür anlehnen, die Tür öffnen und wieder schließen. Der Wagen von der Teichert war weg, sie war nicht zu Hause.

Es war nur eine Ahnung, der er folgte. Der Ex von der Teichert war Jäger, und er hatte verschiedene Waffen besessen. Mit dem

Drilling hatte er den irgendwann einmal am Waldrand rumrennen gesehen. So ein Gewehr fällt ja auf. Mit den drei Läufen.

Zuerst einmal eine oberflächliche Suche. Dann weitersehen. Oben ein Blick in die Zimmer. Mehrere verwaist. Eines im Wortsinne. Das war das Zimmer ihres Sohnes gewesen. Ein Blick in den Kleiderschrank. Den Stoff hier und da in die Finger nehmen. Die Teichert nahm ab und zu einen mit nach Hause. Wenn er sich bemühte, könnte er auch mal dazugehören. Dass sie etwas bekloppt war ... Alles hat seinen Preis, dachte er. Andere bezahlten tatsächlich Geld für so etwas.

Ein paar Schränke und Truhen im Parterre. Die Gefriertruhe. Dann in den Keller. Eine genauere Suche wurde immer unwahrscheinlicher. Er hatte viel zu wenig Zeit. Im Keller musste Reiter die Augen an das schummrige Licht gewöhnen. Zwei Türen an der Seite, viele Regale, etliche von ihnen leer.

Als er dabei war, sich zu entscheiden, zuerst die Räume oder die Regale, hörte er ein Knacken im Gebälk des Hauses. Nicht viel, einfach nur eine winzige Irritation. Und weil es erstens nicht sein eigenes Haus war und weil er die Haustür zweitens ohne echte Legitimation geöffnet hatte, ging er vorsichtig die Treppe hinauf und hielt den Kopf aus der Öffnung, die die Kellertür normalerweise verschloss. Wenn hier etwas vor sich ging, dann sollte er schon Bescheid wissen.

Gucken. Lauschen. Da war nichts.

Wieder im Keller stand er in einer der beiden Türen und suchte nach einem weiteren Lichtschalter. Und hatte das Gefühl, dass sich der Luftdruck ganz plötzlich veränderte. Eine halbe Sekunde versuchte er, die Ursache dafür im Kellerraum vor sich zu fassen, aber eigentlich wusste er, dass über ihm etwas geschehen war.

Anders als zuvor rannte er nun die Kellertreppe hinauf. Als er im Parterre ankam, fiel die Terrassentür mit lautem Knall zu.

Reiter blieb stehen, blickte in alle Richtungen auf einmal, erwartete, Gaby Teichert zu sehen und bemerkte dann draußen die beiden kleinen Gestalten davonrennen. Sie waren schon verschwunden, als er an der Tür zur Terrasse ankam. Aber er hatte die beiden Gören natürlich erkannt. Die Tochter von Bauer Klein und diese Hübsche, die von dem Bauunternehmer.

Hatten die ins Haus gewollt?

Oder waren sie aus dem Haus geflohen?

Reiter sah auf die Uhr. Egal, nun war es Zeit, das Gewehr zu suchen. Er sollte die Flinte noch nicht ins Korn werfen. Kurz lachte er über seinen Witz.

[13]

Norbert Roth stand bei der kleinen Gruppe auf dem Gelände des Bundesgrenzschutzes und wunderte sich. Er hatte sich seine Gedanken gemacht, bevor er mit Sabine an die luxemburgische Grenze gekommen war. Man denkt immer irgendetwas. Auch, wenn man nicht so genau weiß, was auf einen zukommt, weiß man im Grunde doch eine ganze Menge. Allgemeinbildung, Nachrichten und was man eben so hört und sich merkt.

Und die luxemburgische Grenze war nicht ganz das, worauf er gehofft hatte, als er in der Ausbildung war. Kleiner Grenzverkehr, Wochenendtourismus und Alkoholprobleme.

Etwas mehr Aufregung hatte er sich schon versprochen. Verfolgungsjagden. Die Waffe mal ziehen. Vor allem das. Die Waffe ziehen und schießen. Warum entscheidet man sich sonst für einen Beruf, in dem man ein Schießeisen am Gürtel trägt?

Und dann das. Luxemburg.

Aber der luxemburgische Graubart hatte eben wirklich «internationale Schmuggelroute» gesagt. Das hatte er zwar seit

Dienstantritt vor eineinhalb Jahren schon ein paar Mal gehört. Weiche Grenze, der schmale Fluss, die Amis in Bitburg. Vor allem die Amis. Die brauchten die Drogen. Und sie brauchten viele.

Diese Nacht war der Höhepunkt der deutsch-luxemburgischen Grenzschutz-Kooperationstage. Ein harter Schlag gegen die Schmuggler, die die Südeifel mit Cannabis, Kokain und Heroin versorgten. Monatelang hatten verdeckte Mitarbeiter Personen, Routen und Grenzübertritte ausgeforscht. Heute sollte es den Banden an den Kragen gehen. Trotz des Regens, der gerade eine kleine Pause machte.

Roth stand mit Jean zusammen. Sie verstanden sich gut. Sie hatten schon zwei Touren gemeinsam unternommen. Eine auf jeder Seite der Grenze. Und zwei weitere standen in den nächsten Tagen an.

Jean und er standen am Rand. Von den mehr als fünfzig eingesetzten Kräften waren sie nur zur Sicherung der Aktion hier. Wenn irgendwo irgendetwas schiefging, dann waren sie dran. Wenn einer entkam. Wenn geschossen wurde. Wenn es einen Befehl gab.

«Alles klar?», fragte der Kommandeur, der luxemburgische Graubart.

Sie waren auf der deutscher Seite unterwegs. Südlich der Übergänge, an denen er sonst eingesetzt war. Und etwas nördlich von Wallendorf, wo Sauer und Our zusammenflossen. Da gab es eine einsame Brücke, ein paar Wäldchen, einige in der Our platzierte kleinere Felsen, absichtlich platzierte Felsen, und eine *Charade*, so hatte der Kommandeur das genannt, war zu erwarten, die sich um die Brücke drehte.

Eine Dreiviertelstunde später erreichten Jean und er den Beobachtungsposten auf luxemburgischer Seite. Es war ein Ort mitten im Wald. Jean kannte sich aus. Von hier aus konnte man die Brücke sehen, um die herum sich alles abspielen sollte. Theoretisch. Denn es war ja dunkel.

«Da», sagte Jean. «Sie spielen ein Spiel, die Schmuggler. Siehst du die Brücke?»

Roth strengte die Augen an. Er sah den Fluss im ab und zu schillernden Reflex des Mondes. Dort die Brücke als matten Bruch des Wasserstreifens. Und sonst nichts. Alles wirkte friedlich. Wie in einer normalen ruhigen Nacht eben.

«Weißt du?» Jean zeigte nach unten. Sie waren auf einem Hügel leicht oberhalb eines Trampelpfades platziert worden. Wenn Leute auf luxemburgischem Terrain zu flüchten versuchten, dann hierher. «Weißt du? Die steigen gleich zu dritt aus einem Wagen und fangen an zu singen. Mit Bierflaschen in der Hand. Einfach so. Das machen die schon seit ein paar Monaten. Es kommt gar nicht darauf an, dass das einer mitkriegt. Aber wenn einer von uns da unten wäre, dann wäre es genau das, was man sieht. Drei Betrunkene, die über die nicht bemannte Grenze wollen. Sie machen Lärm, sie sind betrunken, und sie haben keine Papiere bei sich.»

«Ein Ablenkungsmanöver?» fragte Norbert.

Irgendwo unter ihnen wurden Autotüren zugeschlagen.

«Ja», sagte Jean. «Es fängt an.»

Sehen konnte man nichts. Aber das Singen wurde bis zu ihnen getragen, dabei waren sie ganz schön weit weg von der Straße.

«Wichtig ist jetzt, was man nicht hört.» Jean zeigte auf die Our. «Da irgendwo haben sie die Steine so in den Fluss gelegt. Dabei geht es gar nicht mal darum, trocken rüberzukommen. Nur schnell.»

Die Sänger erreichten die Brücke. Roth konnte sie als Schatten identifizieren. Eigentlich war es weniger ein echtes Singen als mehr eine Art Geschrei. Ein Lied konnte er nicht erkennen.

Sie machten ordentlich Krach. Einer zerschmetterte eine Flasche auf der Straße.

Jeans Funkgerät knackte kurz. Dann kroch eine blecherne Stimme leise heraus. «Sie sind am Wasser. Wir lassen ihnen Zeit, bis sie drin sind.»

Auf der Brücke gab es lautes Rufen.

«Sie müssen nur rüber auf die andere Straßenseite hinter dem Fluss. Da sind überall Bäume. Über ein paar Wege und dann steht auf einem Feldweg ein Wagen, der auf sie wartet. Das war's dann. Aber da sind auch ein paar vereinzelte Häuser, und da sind dann wir.»

Das Knacken.

Die Stimme. «Fünf, vier, drei, zwei, eins.»

Unten am Fluss gab es einen plötzlichen Lichtschein. Hundert Meter von der Brücke entfernt, stand ein Teil der Our in greller Beleuchtung. Wieder Geschrei, aber anderes als das von der Brücke. Trappeln und Trampeln waren auch an ihrem Standort zu hören. Dann ein Platschen im Wasser, noch eins und noch eins.

Kaum eine Minute nach dem Beginn der Aktion war die Stimme erneut zu hören: «Wir haben sie alle. Zwei am Fluss und drei an der Brücke. Weiteres Vorgehen wie besprochen.»

Jean atmete leise aus und klopfte Roth auf die Schulter. Das war zugleich Anerkennung für die gelungene Arbeit, an der sie keinen großen Anteil gehabt hatten, als auch das Zeichen dafür, dass sie zum Fluss hinabsteigen mussten.

[14]

Als Reiter erneut auf der Treppe zum ersten Stock war, fiel ihm der neue Pfarrer ein. Der konnte wirklich gut reden, was einen Vor- und einen Nachteil hatte. Anders als der alte

Heymann, der Vorgänger, der einen mit seinem sinnlosen Geplapper in den Schlaf langweilte, wusste der junge Mann genau, was er tat. Er redete mit gewissem Humor und konnte einen Gedanken formulieren und ihn stehenlassen. Dann sah er während der Predigt kurz auf und freute sich daran, dass die Leute zuhörten und ihn verstanden. Das war der Vorteil.

Der Nachteil war eigentlich auch ein Vorteil. Er war schneller fertig als Heymann. Und es war schon fast fünf nach halb elf. Die Messe war bald gelesen.

Das Zimmer von diesem Sohn sah immer noch so aus wie früher. Reiter bückte sich, blickte unter Schränke und Kommoden, sah hinter dem Vorhang nach, der bis zum Boden reichte und nahm sich dann die anderen Räume zum zweiten Mal vor. Im Schlafzimmer fand er Staub auf dem Kleiderschrank und eine abgerissene Gürtelschnalle unter dem Wäschekorb. 10 Uhr 44. In ein paar Minuten würde sich die Kirche schon leeren. Automatisch bückte er sich, um unter das Bett zu schauen.

Runter. Die Küche. Töpfe, Pfannen, was machte die Frau mit so vielen Sieben? Und mit all den Messern könnte die Teichert eine Schlachterei aufmachen. Türen öffnen, hinter die Stapel blicken, weitermachen.

Hoch auf den Stuhl. Nichts zu sehen außer Staub auf den Hängeschränken. Schon 10 Uhr 48. Wenn er Pech hatte, waren die Ersten schon raus aus der Kirche. Den Flur hatte er sich noch gar nicht vorgenommen. Garderobe, Kommode, Schuhschrank, Schirmständer.

Reiter öffnete die unterste Schublade der Kommode.
Teufel auch.
Da war der Drilling. Er lag auf bunten Halstüchern und Wollschals. Einfach so. In die Hand musste er ihn gar nicht erst nehmen. Er wusste, dass es die Waffe war, die er vor ein paar Jahren

in der Hand von Herrn Teichert gesehen hatte. Irgendetwas blieb eben immer zurück.

Er schob die Lade wieder zu und verließ das Haus. Als er die Landstraße erreichte, kam ihm schon der Mercedes der Kleins entgegen. Andere Autos waren knapp dahinter.

Auf dem Weg zurück nach Körperich dachte Reiter darüber nach, ob er seine Entdeckung den beiden Ermittlern aus Bitburg offenbaren sollte. Warum eigentlich nicht? Er musste nur überlegen, wie er vielleicht einen kleinen Vorteil aus der Sache gewinnen konnte.

[15]

«Lass die Taschenlampe aus.»

«Warum?»

«Irgendwas stimmt nicht.»

«Was denn?»

«Komm hinter die Bäume dort. Ich will abwarten.»

«Was hast du denn gesehen?»

«Da. Der Wagen auf dem Weg.»

«Stimmt. Eine Zigarette. Da raucht einer.»

«Ja ...»

«Leute, junge Leute, aber ... dafür ist der Wagen dann doch zu klein.»

«Aber da ist auch nur einer allein im Wagen. Wenn ich das richtig sehe.»

«Allein?»

«Ja, also nix mit Dorfjugend und bumsen.»

«Aber wenn wir hier durch das Wäldchen gehen, dann sind wir bald am Fluss ...»

«Psst.»

«... und an der Brücke. Was?»
«Hörst du das nicht?»
«Ich hör nur den Regen.»
«Da ist wer. Ganz in der Nähe.»
«Wo?»
«Pssst. Noch leiser.»
«Gerade hör ich es auch. Das sind sogar eine ganze Menge Leute.»
«Hmhm ... Da, und da auch.»
«Das ist nicht gut.»
«Kein bisschen. Wir bleiben hier stehen und sind ganz leise.»

[16]

Es ist nicht abgesprochen. Ulrike kommt am nächsten Tag zu mir. Wir sehen uns in die Augen und wechseln kein Wort. Dann gehen wir vom Hof und gucken aus einiger Entfernung auf Frau Teicherts Haus.

«Da», sagt Ulrike. Wir sehen die Tür aufgehen.

Frau Teichert kommt heraus. Sie ist wieder komisch angezogen. Obenrum trägt sie einen dünnen Mantel, dunkelgrau oder blau, das kann ich von hier nicht so genau erkennen. Der geht ihr bis zu den Knien. Unten hat sie nur Schlappen an. Eigentlich ist das lustig, aber gerade bin ich eher aufgeregt.

Frau Teichert steht also vor ihrer Haustür und guckt sich um. Uns kann sie nicht sehen, weil wir hinter einem Baum am Straßenrand versteckt sind. Da gibt es einen Spalt zwischen dem Baum und der Mauer vom Meierhof, der ist so dünn, dass wir durchgucken können, sie uns aber nicht sehen kann. Es tropft vom Baum, trotz der Regenpause.

Jetzt geht sie los. Zum Bach.

«Sollen wir wirklich?», fragt Ulrike.

«Wann denn sonst?»

«Ich meine ... überhaupt?»

«Willst du nicht wissen, was passiert ist?»

«Doch. Aber was machen wir, wenn wir es wissen?» Ulrike dreht sich um und guckt, ob uns jemand beobachtet.

Auf ihre Frage habe ich keine Antwort. Aber manchmal ist es eben so, dass man an einen bestimmten Punkt kommen muss, um zu entscheiden, wie es weitergeht. Oder?

«Wir müssen los», sage ich. «So viel Zeit haben wir nicht.»

Es ist niemand anderes auf der Straße, also tippe ich Ulrike kurz an und renne los. Klar kommt sie mit. Sie lässt mich nicht allein in so einer Situation.

Wir laufen bis zur Tür, öffnen sie und schließen sie schnell wieder von innen. Mein Herz schlägt bis zum Hals. Ulrike röchelt vor Angst, ihr Atem ist lauter als unser Traktor.

«Wonach suchen wir?», fragt sie. Ein- und Ausatmen zwischen jedem einzelnen Wort.

Ich ziehe sie ins Wohnzimmer. Da haben wir noch gar nicht nachgeguckt. Und dort bleiben wir vor dem Kamin stehen. Darauf eins, zwei, drei, vier Fotos. Und auf allen ist derselbe Junge zu sehen.

Ulrike zeigt auf das erste. Darauf trägt der Junge einen komischen Hut. Und auch einen Umhang. In der Hand hält er einen Stab.

«Ein Zauberer», sagt Ulrike.

Klar. Die Verkleidung habe ich auch schon erkannt. Und den Hut. Und den Umhang. Wir wissen beide, dass das genau die Sachen sind, die der Geist auf der Straße getragen hat.

Auf dem Foto ist der Junge so alt wie Rudi. Oder Michi. Daneben steht ein Porträt. Wieder der Junge. Das Foto ist älter. Da ist der Junge so alt wie Chrissi. Mit all den Pickeln auf der Stirn.

Und daneben ist er mit einer Schultasche zu sehen. Ganz schief, wie er da steht, weil die Tasche so schwer ist.

Und dann gibt es da noch ein Foto. Auch da ist der Junge drauf. Natürlich weiß ich schon lange, dass das der Sohn von Frau Teichert ist. Ich habe den auch noch gekannt. Aber ich war noch klein, und er hat mich nicht beachtet. Irgendwann hat er einen Führerschein gehabt und ein Auto. Mit dem Auto ist er gegen einen Baum gefahren und war tot.

«So was kommt von so was», hat Papa oft gesagt.

«Wovon kommt das?», hab ich gefragt.

«Von allem.» Manchmal helfen die Sachen, die Erwachsene erklären, einfach nicht.

Mama hat dann erzählt, dass Jochen, so hieß der Sohn, Alkohol getrunken hat, bevor er Auto gefahren ist. Und Drogen hat er auch genommen. Mehr als eine Sorte. Und eine Sorte ist schon gefährlich, hat Mama gesagt.

Auf diesem letzten Foto trägt Jochen einen Anzug. Er steht vor einer Kirche und guckt an der Kamera vorbei. Er ist älter als Rudi auf dem Foto. Und es ist genau der Anzug. Der, den Rudi hat.

Ulrike zeigt mit dem Finger auf das Foto. Ich spüre, dass sie etwas sagen will. Aber sie kriegt die Worte nicht heraus.

Mir geht es nicht anders. Denn es ist ja so: Weil Jochen tot ist, und weil wir wissen, warum er gestorben ist, wissen wir auch, wer an der Straße gestanden und auf Peter Peters geschossen hat.

Ein ganz leichter Windzug geht durch das Wohnzimmer.

Wir müssen bald weg. Aber ich kann nicht wegsehen. Ich glotze immer noch auf den Anzug und auf Jochen Teichert.

Erst die leisen Schritte hinter uns wecken mich auf. Ulrike hat sich schon umgedreht und zeigt auf etwas hinter mir. Ich drehe mich um und blicke Frau Teichert in die Augen.

Sie ist gar nicht nass. Also ist sie gar nicht in den Bach gesprungen, wie wir gedacht haben. Sie sieht genauso aus wie eben, als sie das Haus verlassen hat.

Aber es gibt einen Unterschied.

Sie hat jetzt ein Gewehr auf dem Arm.

Ich greife Ulrikes Hand und ziehe sie zur Terrassentür. Mache sie auf und zerre sie hinter mir her. Ich bin noch nie so schnell gelaufen und Ulrike mit mir, die ich ziehe und ziehe und ziehe.

Raus in den Regen.

[17]

Die kleine Klein und die Freundin von ihr.

So schnell wie die draußen waren!

Natürlich waren die erschrocken. Was hatten die auch hier zu suchen. Was für Augen die kleine Klein gemacht hatte, als sie das Gewehr gesehen hatte. Geschah ihnen recht. Sie stellte die Waffe an der Wand ab und ging zur Haustür. Da stiegen die beiden Mädchen schon auf die Räder und verschwanden. Vorbei am Hof von Bauer Klein und auf die Landstraße.

Gaby Teichert wusste, wo die beiden hinwollten. Sie suchte den roten Mantel in der Garderobe. Den schicken. Den, mit dem sie früher ausgegangen war. Legte ihn an und verbarg das Gewehr darunter. Dann ging sie los. Zum Hochsitz war es nicht so weit.

Auf dem Meierhof wurde irgendetwas verladen. Sie guckte gar nicht erst hin. Da waren Leute, und wenn sie in deren Richtung guckte, dann guckten sie sicher zurück. Das brauchte sie gerade nicht. Sie würden lachen. Über sie. Über den roten Mantel. Über irgendetwas.

Sie war mit langen Schritten schon an der Landstraße und schüttelte die Regentropfen aus dem Haar.

Die paar Häuser auf der anderen Seite der L1 hatte sie schnell passiert. Jetzt, wo niemand mehr aus dem Fenster auf sie zeigen konnte, war es Zeit, einmal richtig nachzudenken.

Das Gewehr würde sie nicht benutzen. Sicher nicht zum Schießen. Aber erschrecken wollte sie die beiden schon. Was dachten die sich auch. Einfach in ihr Haus zu gehen.

Einen richtigen Schrecken einjagen. Das wäre es.

Also möglicherweise doch. Möglicherweise doch schießen. Zum Erschrecken natürlich nur.

Gaby Teichert blieb an Straßenrand stehen. Sie ließ den Lieferwagen vorbeiziehen, der aus Luxemburg kam. Und blieb dann einfach stehen. Die beiden Gören hatten sich die Fotos von Jochen angeguckt. Das hatte sie in ihrer Empörung darüber, dass sie im Haus waren, gar nicht richtig begriffen. Was wollten die beiden von Jochen?

Unglaublich.

Sie würde es ihnen richtig besorgen. Die beiden würden sich bepissen vor Angst, wenn sie am Hochsitz auftauchte. Ganz sicher würde sie schießen, klar.

Wofür hatte sie das Ding denn? In der Kiste hatte es gelegen beim Auszug von ihrem Ex-Mann. Und es war nicht mehr als ein Instinkt gewesen, es da herauszunehmen. Gemerkt hatte er es sowieso nicht. Und sich nicht beschwert später.

Und wie sie schießen würde. Nicht auf die Mädchen selbst. Aber knapp an ihnen vorbei. Gleich war sie an der Abzweigung. Sie blickte sich um und holte das Gewehr unter dem Mantel hervor. Es fühlte sich gut an, so wie es in der rechten Hand lag. Durch die Bäume konnte sie den Hochsitz schon sehen. Nicht viel mehr als die Konturen. Aber weit war es nicht mehr.

Die Mädchen würden ihr nicht mehr zu nahe kommen.

Ein für alle Male.

Es war einfach genug.

Es musste etwas passieren.

Etwas Lautes.

Endlich etwas Lautes.

Da war der Hochsitz. Kurz konnte sie die langen dunklen Haare von der Bauunternehmertochter hinter der Brüstung sehen. Wie hieß sie noch? Egal.

Ihr eigener Name war Gaby Teichert. Und den würden diese beiden da oben so schnell nicht vergessen. Mit einer Hand griff sie eine Strebe der Holzleiter und setzte einen Fuß auf die unterste Sprosse.

[18]

Wir haben die Fahrräder gar nicht versteckt, wie sonst immer, bevor wir auf den Hochsitz geklettert sind. Ulrike ist auch gar nicht zurückgeblieben mit ihrem Mädchenfahrrad, wie sonst immer, auf dem Weg bergauf. Die meiste Zeit sind wir nebeneinandergefahren, ohne wirklich zu gucken, nicht auf die Autos, nicht aufeinander.

Wir sind einfach gefahren.

Schnell gefahren. Beim Abbiegen auf den Weg zum Hochsitz bin ich fast ausgerutscht, so glatt ist der Untergrund.

Ulrike war sogar vor mir auf dem Hochsitz. Sie hat sich geduckt und dann mit dem Rücken zur Brüstung hingesetzt.

Gerade weint sie. Nicht so heftig, nicht mit Tränen, die laufen wie der Gaybach bei Überschwemmung. Aber nass ist es trotzdem in ihrem Gesicht. Und sie zittert wie bei Eiseskälte. Ich setze mich auch hin und lege meinen Arm um sie, und sie fühlt sich tatsächlich total kalt an. Das Zittern in ihr ist tief, ich spüre, wie es in Schüben durch meine Freundin fährt.

«Die hat ein Gewehr gehabt», sagt sie stockend.

«Das Gewehr», sage ich.

«Ja, das Gewehr.» Ulrike legt ihren Kopf an meine Schulter.

«Aber hier sind wir sicher.» Ich streichle ihr ein paar Tränen von der Wange. «Niemand weiß ja vom Hochsitz.»

Ganz kurz hebt Ulrike ihren Kopf. Mir scheint, sie wolle etwas fragen. Vielleicht, ob wirklich niemand etwas davon weiß. Aber dann senkt sich das Kinn wieder. Langsam wird sie ruhiger. «Sie war es», sagt sie dann.

«Ja, und wir müssen es unbedingt jemandem erzählen.»

«Wem denn?»

Das ist eine ziemlich gute Frage. Eigentlich sagt man solche Sachen der Polizei. Aber zu Herrn Reiter will ich nicht. Und die anderen Polizisten, die im Dorf Leute befragt haben, glauben uns nicht. Nicht mal die Eltern glauben uns.

Aber wir haben es auch nicht ernsthaft versucht. Aus Erfahrung. Denn es ist, wie es ist. Wer glaubt uns schon?

Ich löse meinen Arm von Ulrike und gehe in die Hocke. Ganz vorsichtig spähe ich über die Brüstung. Mir ist nicht ganz klar, was ich hinter den Bäumen sehe, dort, wo der Weg ist, der von der Straße hierherführt.

Aber ich erkenne, dass es rot ist.

Ein Tier kann es nicht sein. Tiere tarnen sich. Und das da ist das Gegenteil von getarnt.

Das Rot bewegt sich. Es kommt näher. Ich folge dem Farbklecks, bis ich zwischen den Bäumen die Gestalt erkennen kann. Dass es eine Frau ist, erkenne ich zuerst, dass das Rot ein Mantel ist, kurz darauf. Und dann ist der rote Mantel schon auf dem Weg zu uns. Jetzt sehe ich auch das Gesicht und noch mehr. Die Finger der einen Hand, die aus dem roten Ärmel guckt, halten das Gewehr fest umschlossen.

Ich muss einen Ton produziert haben, ein kurzes, heftiges Atmen wohl, denn Ulrike reagiert und springt auf. Für eine

Sekunde hält sie ihren Kopf über die Brüstung – und lässt sich dann fallen. Auch sie hat Frau Teichert sofort erkannt.

Der rote Mantel ist nur noch ein paar Meter vom Hochsitz entfernt. Ich ducke mich und schaue durch einen Spalt zwischen zwei Holzstreben. Frau Teichert bleibt kurz stehen, noch hat sie den Hochsitz nicht erreicht. Dann bewegt sie sich wieder und greift mit einer Hand an die Leiter des Hochsitzes.

Ulrike hat sich zusammengerollt, wie eine Schlange liegt sie in der Ecke. Ich weiß nicht, wofür das gut ist, aber immerhin hat sie eine Strategie für sich gefunden, während ich noch überlege.

Frau Teichert keucht schwer. Wenn sie einatmet, brummt es richtig. Wenn sie das Gewehr unten ließe, wäre es einfacher, auf den Hochsitz zu klettern. Das Brummen kommt näher.

Scheiße. Sie kommt wirklich mit dem Gewehr hoch. Ich knie mich hinter die Öffnung in der Brüstung. Ulrike liegt immer noch zusammengerollt da. Und jetzt ist die Stirn von Frau Teichert schon zu sehen.

Eine Sekunde lang weiß ich eigentlich, was ich machen müsste. Aufstehen und Frau Teichert so ins Gesicht treten, dass sie von der Leiter fällt. Aber dann ist die Sekunde auch schon vorbei. Und ich weiß gar nicht, ob ich mich nicht getraut habe oder einfach nicht schnell genug reagiert habe auf den Gedanken. Das muss man ja auch. Schnell sein, wenn es gefährlich ist.

Frau Teichert stützt sich schon auf mit beiden Händen. In einer das Gewehr. Jetzt muss ich aufstehen, irgendetwas tun. Ulrike liegt da, sie wimmert. Von ihr kommt keine Hilfe.

Mit der Hüfte angelehnt hebt Frau Teichert das Gewehr. Sie zielt noch nicht, sondern hält mit Mühe die Balance. Zuerst dreht sie es in meine Richtung, dann zu Ulrike hinüber. Und dann geht alles ganz, ganz schnell.

Frau Teichert schießt. Und sofort noch einmal, obwohl der Schuss ganz anders klingt.

Wir sind tot.

Total tot.

Zwei Schüsse, zwei Leichen.

Ich warte auf irgendetwas Unglaubliches, damit ich begreife, dass ich tot bin. Ich weiß aber nicht, was.

Ulrike weint immer noch. Das lässt mich zweifeln.

Und dann passiert es, das Unglaubliche. Frau Teichert fällt hintenüber nach unten. Man kann es richtig hören, so eine Art fettes Platsch, als sie unten aufkommt. Das wird ihr weh getan haben.

Ich warte eine Sekunde und überlege, ob ich alles richtig kapiert habe, ob ich zum Beispiel tot bin oder nicht, dann krabbele ich langsam zum Ausgang des Hochsitzes und gucke hinunter.

Da liegt sie.

Tatsächlich.

Auf dem Rücken. Alle viere von sich gestreckt. Das habe ich mal irgendwo gelesen, und es fällt mir gerade wieder ein. Alle viere von sich gestreckt. Neben der einen Hand das Gewehr.

Und sie rührt sich nicht.

Überhaupt nicht.

«Sanne?», fragt Ulrike neben mir.

Ich kann gar nicht richtig antworten, so unglaublich ist das Bild von Frau Teichert. Wie sie da liegt.

Und erst recht kann ich nicht antworten, als ich am Bildrand noch was sehe, das sich bewegt.

«Sanne?», fragt Ulrike wieder.

Ich nehme nur Füße wahr und traue mich nicht, den Kopf zu heben, um mehr zu sehen. Wer weiß, ob es mir gefällt. Ich schließe die Augen ganz kurz und mach sie wieder auf.

Frau Teichert.

Das Gewehr.

Die Füße.

«Sanne?»

Jetzt muss ich aber aufsehen. Da steht eine Frau. Sie hat einen grünen Rock an. Und eine karierte Bluse mit Schleife am Hals. Sie bewegt sich genauso wenig wie Frau Teichert. Aber da sie steht, wird sie schon lebendig sein.

Und in einer Hand hat sie eine Pistole. Der Arm mit der Pistole ist leicht angewinkelt.

Ich hebe den Kopf noch ein bisschen mehr.

Da steht schräg hinter der Frau noch eine andere.

Noch ein Rock, aber blau. Noch eine Bluse, aber gestreift. Und nun erkenne ich die beiden auch. Wir haben die schon einmal hier beobachtet. Da haben sie ausgesehen wie eine Lehrerin und eine Frau aus dem Fernsehen.

Heute sehen sie aus wie zwei Verkäuferinnen aus dem großen Kaufhaus in Trier, an dessen Namen ich mich nicht erinnern kann. Und sie sind wieder da.

Ich weiß mittlerweile auch, warum sich der zweite Schuss so anders angehört hat als der erste. Er kam gar nicht von Frau Teichert.

Klar, manche Dinge begreift man eben erst, wenn man genauer hinsieht.

Einmal betrachte ich Frau Teichert noch sehr genau. Aber die ist einfach tot. Und wie ich auf sie gucke, spüre ich, dass sie mir nicht leidtut.

«Sanne?»

«Komm», sage ich. Ulrike steht auf und stellt sich hinter mich, sie legt mir die Hände auf die Schultern und stützt sich auf.

Die Frau mit der Pistole schaut hoch zu uns und zuckt kurz mit den Schultern. Klar, was sollte sie auch tun, wenn sie sowieso in der Nähe war und zufällig eine Pistole dabeihatte? Als sie mir in die Augen guckt, habe ich ganz kurz dieses Gefühl: Ich kenne die irgendwoher. Nicht nur von hier. Nicht nur vom Hochsitz.

«Alles in Ordnung?», fragt die andere.

Ich nicke. Ulrike auch, glaube ich. Das meine ich zu spüren.

Die Pistole steckt schon im Rockbund, als die eine auf Frau Teichert zugeht. Sie greift sich einen Arm und wartet auf die andere. Die kommt dazu und nimmt den anderen Arm. Dann ziehen sie die tote Frau Teichert in den Wald hinein. Als sie schon zwanzig oder dreißig Meter weit weg sind, ruft die mit der Pistole: «Vergrabt das Gewehr, ja?»

«Ganz tief», ruft die andere. Dann ziehen sie Frau Teichert weiter. Noch eine Minute, und dann sind alle drei nicht mehr zu sehen.

Ulrike kniet sich hinter mich und umarmt mich ganz fest.

DIE LETZTEN TAGE DER OSTERFERIEN

[1]

Es war zwölf Minuten nach acht, als der Chauffeur nervös wurde. Sein Mann war stets pünktlich gewesen, mehr oder weniger. Drei, vier Minuten hatte er ihn einmal warten lassen und sich dafür sogar entschuldigt. Jetzt waren es schon zwölf, nein, mittlerweile sogar dreizehn Minuten. Er rollte zur nächsten Ecke und zwängte den Saville mit ein wenig Mühe in eine Parklücke, dann ging er durch den starken Regen über die Straße und betrat das Hotel. Der Mann war nicht zu sehen.

Auf dem Weg zur Rezeption überlegte der Chauffeur, wie er sich dort zu erkennen geben sollte. Er kannte ja nicht einmal den Namen des Mannes. Als er zu sprechen anhob, reichte ihm der Rezeptionist einen Umschlag. «Das ist für Sie.»

20 Mark waren darin. Sonst nichts.

«Der Herr aus der 1134 ist am frühen Morgen abgereist», sagte der junge Mann hinter dem Tresen noch.

Der Chauffeur blickte sich in der Empfangshalle um. Die Telefonkabinen waren alle leer. «Kann ich von dort ein Ferngespräch führen?», fragte er.

«Ich schalte es eben frei», sagte der Rezeptionist. «Nehmen Sie die Nummer drei.»

Sein Chef war sofort dran. «Ich sehe es gerade, ein Telex. Warte ...»

Während er wartete, hörte der Chauffeur am anderen Ende der Leitung, wie sich der Chef den Stuhl zurechtrückte. Dann raschelte Papier. «Er ist abgereist», sagte der Chef.

«Das weiß ich auch.»

«Er sagt danke, du warst ein braver Junge, der Unfall war nicht deine Schuld, wenn er noch mal kommt, will er dich wieder haben, so was ...»

«Und?»

«Nichts und. Dein Job ist vorbei. Komm zurück. Er hat bezahlt, noch eine weitere Woche, das müsste ich dir gar nicht sagen. Aber ich hätte was anderes für dich ab übermorgen. Ich geb dir einen Bonus für die nächsten Tage, und du wirst für den neuen Job bezahlt. Na, wie findest du das?»

«Was ist der neue Job?»

«Daimler. Ein Filmregisseur. Aus Hollywood. Die suchen Orte, wo sie drehen können. Irgendwas über die Nazis. Als ob man die Geschichte nicht einmal ruhen lassen könnte.»

«Ist doch wahr», sagte der Chef noch, als der Chauffeur nicht antwortete. «Wie lange ist das schon her?»

«Gut», sagte der Fahrer dann. «Ich geb dem Saville noch die Sporen und bin gleich da.»

«Und sei vorsichtig. Du weißt, dass ich den Schlitten selbst nur geborgt habe. Bau nicht schon wieder einen Unfall.»

[2]

Was für ein Tag.»

«Ja, aber lass das Licht aus.»

«Die Bullen haben zu tun. Die kommen nicht hierhin.»

«Ja, aber lieber vorsichtig als Knast.»

«Oder tot.»

«Oder tot.»

«Aber wir haben gesehen, was die gerade tun. An uns haben die kein Interesse.»

«Dutzende Bullen, Waffen in der Hand, alle total aufgeputscht und direkt bei uns in der Nähe. Das macht mich nervös.»

«Der Wagen eben ...»

«Der hat auf die Schmuggler gewartet. Gut, dass wir rechtzeitig verschwunden sind. Und das war auch knapp.»

«Wie gut, dass wir die gehört haben.»

«Und wir gehen in der Nacht rüber, ja?»

«Wieso?»

«Überleg mal. Nach der letzten Nacht haben die da erst mal nix mehr zu tun. Die haben ihre Arbeit gemacht.»

«Freie Bahn, meinst du?»

«Oder?»

«Und es soll auch weiterregnen.»

«Das noch dazu, stimmt. Die schlagen sich nicht noch eine Nacht bei dem Wetter um die Ohren. Da hast du recht.»

«Also. Morgen Nacht? Das ist es.»

«Ja. Morgen Nacht. Schläfst du bei mir im Bett?»

[3]

Jetzt sofort?» Reiter hatte sich eben noch im Bett herumgedreht.

«In fünfzehn Minuten», war Freisammers Antwort gewesen. «Das schaffen Sie schon.»

Also rollte er an die Abzweigung der L1 heran. Hinter dem Rekord von Freisammer und Halutschek standen ein weiterer ziviler und ein Streifenwagen. Als Reiter die Hand zum Gruß aus dem Wagen hielt, fuhr die kleine Karawane los, ins Dorf hinein. Er folgte ihnen. Als er sein Auto in Sichtweite des Teichert-Hauses abstellte, sah er auf die Uhr. Es war fünf Uhr und drei Minuten. Er ließ den Scheibenwischer an.

Alles ging sehr schnell. Freisammer klingelte an der Haustür, während die beiden Uniformierten aus dem Streifenwagen um das Haus herumgingen. Halutschek klopfte zwei Mal laut, als Freisammer erneut klingelte. Dann drückte er die Klinke und öffnete die Tür einfach. Nicht einmal abgeschlossen, obwohl es Nacht war. Drei Minuten später war alles vorbei.

Halutschek kam zu Reiters Auto. «Das Haus ist leer», sagte er. «Wir haben Frau Teichert gestern nicht auf der Straße gesehen und dachten, sie würde sich vielleicht verstecken. Oder sie hat sich was angetan. Aber sie ist einfach weg.»

Reiter zeigte auf den 2CV, der auf dem Randstreifen stand.

«Ja.» Halutschek hob kurz die Schultern. «Das ist irgendwie ein Rätsel, das wir noch lösen müssen. Auf der anderen Seite ... Sie hätte sich von jemandem abholen lassen können.»

«Sie hat keine Freunde.»

«Auch wahr. So erschien es uns ebenfalls.»

«Wie habt ihr überhaupt den Fall gelöst?»

«Handarbeit.» Halutschek zeigte auf Freisammer, der mit einem Uniformierten diskutierte. «Er hat sich um das Waffenregister gekümmert. Wir haben alle Waffen aus dem Dorf überprüft. Und die von denen, die weggezogen sind. Das war in den letzten Jahren nur der Ex von Frau Teichert. Und der Drilling hatte es nicht ins Register von Mannheim geschafft. Da lebt der heute, der Ex. Der kann also nur hier sein.»

Ein paar Sekunden sagten weder Halutschek noch Reiter etwas. Dann drehte sich der Mordermittler herum.

«Jedenfalls ist sie jetzt weg», hörte Reiter ihn noch sagen. Vielleicht liegt sie im Bach, dachte er. Kalt und ertrunken. Das würde er überprüfen, sobald es heller war. Verdient, dachte er noch, hätte sie es.

Halutschek kam noch einmal zum Auto zurück, klopfte sich die Regennässe aus dem Anzug. «Hätten Sie ihr das zugetraut?»

«Was?»

«Na, das. Das mit dem Gewehr. Den Mord.»

«Ist ja nicht so viel bei. Oder? Was hat sie denn schon getan? Sie hat tagelang oder besser nächtelang an der Straße gestanden, um einen vom Krad zu schießen.»

«Ja», sagte Halutschek. «So kann man das auch sehen. Kennen Sie eigentlich das Haus?»

Reiter schüttelte den Kopf. «Nur von außen.»

«Wir müssen nicht nur die Frau finden, sondern auch noch das Gewehr.»

[4]

Ich habe Ulrike ein bisschen überreden müssen, mit mir zum Hochsitz zu kommen.

Sie wollte nicht, zuerst. Aber eine bessere Idee hat sie auch nicht gehabt.

Wo sollen wir auch sonst hin? Der Hochsitz ist unser Ort. Unser geheimer Ort. Auch wenn Frau Teichert davon gewusst hat.

Sie kann uns nicht mehr verraten. Und ich habe so ein Gefühl, dass diese beiden Frauen es auch nicht tun werden.

Ulrike ist ganz langsam hochgeklettert. Ich habe sie vorgeschickt, damit sie sich nicht mehr weigern kann, sich nicht mehr umdreht. Und gerade steht sie da und guckt runter auf das Dorf. Und ich gucke auch auf das Dorf.

Unser Dorf.

Da kommen wir her.

Man muss ja irgendwo herkommen. Alle kommen irgendwoher. Und man sucht sich das nicht aus.

Es regnet immer noch, nur nicht ganz so stark wie manchmal in den letzten Tagen. Und es tropft vom schrägen Dach des Hochsitzes.

Das Dorf sieht aus wie ein Ort, an dem nie im Leben etwas geschieht. Wir wissen es besser.

Als ich zu Ulrike hinübergucke, sehe ich, dass sie lächelt. Nur ein bisschen. Aber sie lächelt.

Ich habe das gespürt.

Jetzt guckt sie mich an.

Und ich merke, dass mich das ganz schön glücklich macht. Wenn Ulrike lächelt.

Wir gucken uns ein paar Sekunden lang an. Und ich bin ein bisschen aufgeregt dabei. Einfach, weil es so ist, wie es ist.

Ulrike zieht die Lippen ein bisschen zusammen, und ich weiß, dass was kommt. Dann zieht sie ein Bild aus der Regenjacke.

Das erste Fußballsammelbild seit mehr als einer Woche. Ein Österreicher. Er heißt Hans Krankl. Nett sieht er irgendwie aus. Nicht so, als könne er gut Fußball spielen. Aber wir haben noch keinen Österreicher, glaube ich. Oder?

Am Anfang der Osterferien habe ich gedacht, dass wir am Ende ein richtiges Sammelalbum haben. Eines mit ganz vielen Bildern, möglicherweise sogar voll. Doch dann sind andere Dinge geschehen.

Frau Teichert wird im Dorf vermisst. Die Polizei war da, um sie abzuholen, und hat sie nicht gefunden. Klar nicht. Niemand weiß, wo sie ist. Wir wissen es auch nicht genau, aber so ungefähr. Die beiden Frauen haben sie in den Wald gezogen. Und was immer sie dort mit ihrer Leiche gemacht haben, wir wissen, dass sie nicht ins Dorf zurückkehren wird.

Es ist schon erleichternd, dass wir ihr nicht mehr begegnen werden. Nicht nur wegen dem, was sie mit Peter Peters getan hat. Sondern auch, weil wir uns nie wirklich gut gefühlt haben, wenn wir ihr begegnet sind.

Dafür hätte sie natürlich nicht sterben müssen. Aber das war nicht unsere Schuld. Oder? Na ja, es hatte schon damit zu tun, dass wir bei ihr im Haus waren. Und dass sie uns dann gesucht hat. Daran denke ich und fühle mich ... Ich weiß gar nicht, wie ich mich fühle. Gerade eigentlich sehr gut.

Und ich bin mir sicher, dass wir uns bald wieder auf die Weltmeisterschaft freuen können. In ein paar Wochen fängt sie schon an. Ulrike und ich waren noch zu klein bei der letzten, bei der wir gewonnen haben. 1974 waren wir noch richtig klein. Rudi und Michi werden zwar total damit angeben, dass sie mehr Ahnung haben als wir. Aber uns wird schon etwas einfallen, um sie zurückzuärgern.

Rudi und Michi, das muss ich gleich auch Ulrike erzählen, haben sich gestern übrigens mit den Herres-Brüdern geprügelt. Es ging um den neuen Traktor und um den platten Reifen. Die großen Reifen kosten nämlich ganz schön viel. Und dass der eine kaputt ist, daran sollen wir schuld sein. Das hab ich gehört, als Rudi und Michi es Papa erzählt haben.

Wir. Die Kleins.

So ein Blödsinn. Als ob eine ganze Familie so etwas gemacht haben könnte. Jedenfalls fährt der Traktor nicht, bis es einen neuen Reifen gibt. Und Michi fehlt jetzt ein Zahn. Ganz vorn. Papa war so sauer.

DER TAG NACH DEN OSTERFERIEN

STEFFIE

Sie haben den Weg ganz genau ausgeguckt. Zwei Stunden noch, dann sind sie unterwegs.

Babs verbrennt ein paar Klamotten im Kamin. Das ganze Haus ist voller Rauch deswegen. Die zerschossenen Fenster sind abgeklebt.

Mitnehmen können sie nur, was in die Umhängetaschen passt. Und beweglich müssen sie sein, also nicht zu viel. Sachen zum Wechseln, Geld, die Waffen, Werkzeug und natürlich die ganzen Pässe. Viel mehr wird es nicht. Und der Rest soll nicht einfach liegen bleiben.

Es regnet immer noch. Oder schon wieder. Sie hat total den Überblick verloren. Der Fluss ist auch tiefer als noch vor zwei Tagen. Aber sie müssen unbedingt gleich rüber. Bevor er weiter anschwillt.

Oder sie brauchen schon wieder einen neuen Plan.

Gerade wischt sie alle Flächen ab. Klaus sagt zwar, dass keiner von dem Haus weiß. Aber sie sind eben vorsichtig. Man will den Bullen keine Angriffsfläche bieten. Der Ascona steht hinter dem Haus und ist schon sauber. Den wird Klaus in den nächsten Tagen abholen.

NORBERT

Die letzte Tour, dann ist Schluss mit dieser Veranstaltung. Noch einmal nachts. Noch einmal mit Jean. Und noch einmal im Regen. Gestern schon war der Waldboden tief und morastig. Ein Spaß wird das nicht.

Warten vor der Haustür. Warten auf den Kollegen aus Luxemburg.

Da kommt Jean schon angefahren im Peugeot. Sie werden den Wagen gleich am Straßenrand stehen lassen und den Weg gehen, den ihnen die Oberen zugewiesen haben. Wenn er mit Jean, den hier alle Schang nennen, schon länger zu tun hätte, würde er ihm vorschlagen, erst einmal eine Packung Camel im Auto wegzurauchen. Und dann weiterzusehen. Aber der nimmt seine Arbeit schon ernst, der Schang.

Er selbst eigentlich auch.

«Na?», sagt Norbert, als er einsteigt. Der Wagen der luxemburgischen Grenztruppen riecht noch ganz neu. Ein bisschen Zigarettenrauch kann der gut vertragen.

«Na?» Jean setzt den Blinker, wartet den Gegenverkehr ab, wendet und fährt zurück Richtung Vianden.

JEAN

«Na?» Der junge Deutsche setzt sich auf den Beifahrersitz und sieht ihn erwartungsvoll an. Er überlegt ganz klar, ob er eine Idee formulieren soll, traut sich aber nicht.

«Na?» Als er wendet, bemerkt er, dass Norbert die Hand auf die Waffe im Holster legt. Er streichelt sie fast. Er muss noch viel lernen.

Der Scheibenwischer steht auf der stärksten Stufe, als sie das Tal der Our erreichen. Schön wird es nicht werden. Aber sie werden keiner Menschenseele begegnen. Nicht bei dem Wetter. Das ist ja auch etwas wert.

BABS

«Komm jetzt.» Manchmal ist Steffie einfach langsam.

«Bin schon da.»

Bei dem Regen müssen sie nicht mal aufpassen, dass die Füße trocken bleiben. Im Fluss werden sie sowieso nass. Hoffentlich kommen sie überhaupt sicher rüber. Aber je früher sie durchgeweicht sind, desto anstrengender wird jede Bewegung. Im Rucksack steckt alles in Plastiktüten, das Geld auch. Die Pässe sind sogar mehrfach eingepackt.

«Die waren die ganze Nacht im Regen unterwegs», hat Steffie gesagt. «Und die haben gekriegt, was sie gewollt haben. Jedenfalls ist es das, was in den Zeitungen steht …»

«Jaja … Schmugglerbande auf frischer Tat ertappt oder so.»

«… also werden die heute noch ihre Uniformen trocknen und bügeln. Und die Erkältungen auskurieren.»

Stimmte alles, was Steffie sagte. Sie würden keiner Menschenseele begegnen heute Nacht. Nicht bei dem Wetter.

War das hier wirklich der richtige Weg?

«Komm endlich.»

JEAN

Der ist mehr als zehn Jahre jünger. Und trotzdem hängt er so zurück. An den Kräften liegt das nicht. Obwohl sie schon ein paar Stunden unterwegs sind. Und so einen Regen haben die deutsch-luxemburgischen Grenzschutz-Kooperationstage ja auch nicht verdient. Die sind doch ein Zeichen für Völkerfreundschaft. Ein bisschen gutes Wetter, echtes gutes Wetter zum politisch guten Wetter würde schon passen.

Jean bleibt zwischen zwei Bäumen stehen. Der Pfad ist hier enger als sonst. Von einem der Bäume tropft es in einem hektischen Rhythmus auf seine Uniformmütze. Norbert schließt auf.

«Wir sagt man bei euch ...» Jean greift unter das Regencape. «Zur Feier des Tages.» Er holt den Flachmann heraus, dreht ihn auf und reicht ihn Norbert.

Der riecht zuerst, nimmt dann vorsichtig einen kleinen Schluck und merkt vor dem Runterschlucken gerade noch rechtzeitig, was er da im Mund hat. So viel erkennt Jean im Dunkeln. Selbst der Deutsche lässt den Cognac auf der Zunge kreisen.

«Woah», sagt Norbert.

«Zehn Jahre alt.»

«Gut», sagt Norbert.

Der Cognac ist nicht gut, sondern phantastisch, so viel war doch klar. Und teuer war er, aber auch jeden luxemburgischen Franc wert. «Ist unsere letzte gemeinsame Tour.»

Jean nimmt den Flachmann und lässt einen kleinen Schluck zuerst vorn auf der Zunge wirken, dann langsam im ganzen Mund zirkulieren.

Verdient haben sie sich das ohnehin. Allein, weil es einfach nicht aufhört zu regnen.

STEFFIE

Wie schwer der Rucksack schon ist. Die Klamotten sind triefnass. Die Pistole hat sie vorn in die Hose gesteckt.

«Siehst du die Scheinwerfer da?», fragt Babs.

Sie muss sich konzentrieren, aber dann sieht sie die beiden Funzeln. Weit weg, nah am Fluss, aber ein Auto sollte da nicht stehen. Schon gar nicht mit angeschaltetem Licht.

«Jetzt bewegt er sich wieder.» Babs hat einfach die besseren Augen. «Über die Straße müssen wir rüber, warten wir den ab.»

«Ein Typ, der pissen war?»

«Bei dem Regen?»

«Da fährt er auch wieder.»

«Sex im Auto?»

«Wir sind nicht in Amerika. Und guck ... Das ist ein Käfer. Komm ... Die Straße ist frei.»

NORBERT

Das muss man Jean lassen. Der weiß, was gut ist. Er hätte wahrscheinlich Asbach oder Zinn 40 mitgebracht. Aber das da ... Das fühlt sich auch ganz anders an im Körper. Davon wird man nicht einmal betrunken.

«Siehst du das da unten?», fragt Jean.

Er stellt den Blick scharf durch die Regentropfen. Da ist ein kleiner Hof. Eine Straße. Ein paar Wiesen. Irgendwo ist Vieh zu hören, trotz des Regens. Aber was Jean meint, kann er nicht erkennen.

«Da.» Jean zeigt auf irgendetwas neben dem Hof. «Eine Bushaltestelle. Wir sind fast wieder am Fluss. Und stellen uns unter. So lange dauert es ja nicht mehr.»

Jean geht vor. Norbert betrachtet die Landschaft vor ihm. Hinter den Wiesen ist ein Streifen Wald, durch den noch eine Straße verläuft, und dann ist man schon so gut wie am Fluss. Er erkennt die Ecke. Der Einsatz ein paar Tage vorher, der gegen die Schmuggler, hat südlich von hier stattgefunden. Ganz in der Nähe. «Warte auf mich», sagt Norbert leise.

BABS

So hoch wie befürchtet ist der Fluss nicht. Aber er hat deutlich mehr Wasser als vor zwei Tagen.

«Erkennst du den Weg, den wir uns ausgeguckt haben?» Steffie steht neben ihr und testet das Ufer mit dem Lederstiefel.

«Nicht mehr zu sehen.»

Die Verabredung ist, dass sie vorgeht und Steffie am anderen Ufer bleibt. Das Eisen in der Hand, die Gegend im Blick.

Sie fängt an zu frieren. Wie kalt wird es erst im Wasser sein. Und dadrin müssen sie dann ganz vorsichtig sein. Bei jedem einzelnen Schritt. Nur nicht ausrutschen. Sie prüft noch einmal den Sitz der Waffe, die sie vorn in die Hose gesteckt hat. Die sollte nicht in den Fluss fallen. In der Dunkelheit findet man die nicht wieder.

Tief ist es. Bis zum Oberschenkel steht das eine Bein schon im Wasser. Jetzt das zweite auch. Die Kraft des Flusses ist deutlich zu spüren. Das war anders geplant. Und der Regen wird noch stärker.

Ein Schritt nach vorn. Es geht weiter nach unten. Der Oberschenkel ist komplett im Wasser. Noch ein Schritt weiter. Und sie ist noch tiefer drin. Fast bis zur Hüfte.

Weiter. Einfach weiter.

NORBERT

Der Regen prasselt auf das Dach der Bushaltestelle. Das leichte Drehen im Kopf verstärkt das Geräusch.

«Wollt ihr eigentlich Kinder?», fragt Jean. Er schüttelt den Flachmann. Da sind noch ein paar Tropfen drin. Sie haben vorsichtig davon genommen. Bisher hat es irgendwie nicht geklappt mit den Kindern.

«Vielleicht kann Sabine keine kriegen», sagt er. Von so was hat er schon mal gelesen. Manche Frauen können es einfach nicht.

Der Motor eines kleinen Autos ist fern zu hören, kommt schnell näher und rast viel zu schnell vorbei.

«Wo ist die Polizei, wenn man sie braucht?» Jean ist gut gelaunt. Auch er ist froh, wenn die Regenschichten vorbei sind. «War der schnell. Kann auch sein, dass es an dir liegt», sagt er.

Der Gedanke ist Norbert neu.

«Probiert es einfach weiter.» Jean kichert. «Macht doch auch Spaß. Eine Stunde noch, dann gehen wir zurück zum Wagen.»

STEFFIE

Babs klettert drüben aus dem Fluss raus. Es bereitet ihr ganz schöne Mühe, weil das Ufer so matschig ist.

Warten. Babs blickt sich drüben um. Da kommt das Zeichen. Sie gibt es mit der freien Hand. Mit der anderen hält sie die Waffe.

Es ist einfacher als erwartet. Aber sie ist komplett durchgeweicht, als sie drüben ankommt.

Jetzt aus dem Fluss raus, ohne sich komplett zu versauen. Wenn man doch wenigstens mehr sehen könnte. Aber hier ist im Schatten der Bäume fast jedes Licht verschwunden. Babs bietet ihr die freie Hand an.

Da ist eine Art Stufe.

Testen.

Belasten.

Klappt.

Babs zieht sie hoch. Die Pistole hält sie dabei weit von sich weg. Dann verstaut sie das Eisen wieder im Hosenbund.

Sie überqueren die Aue und sind schnell in einem dünnen Streifen Wald.

JEAN

Diese späte Stunde in der Nacht.

Wenn du mit offenen Augen nicht begreifst, was du gerade anstarrst.

Ein Baum zum Beispiel. Die Augen sehen ihn. Daneben noch ein paar. Das ist dann ein Wäldchen. In der Zentrale kommt das auch an. Irgendwie.

Man sieht Bäume. Aber es bedeutet nichts. Es ist spät. Alles an einem ist müde. Der deutsche Kollege dämmert auch vor sich hin. Eben noch hat er rumgetönt. Wie er es seiner Frau macht. Die keine Kinder kriegen kann.

Egal.

Bäume. Und der Regen prasselt auf das Dach.

Reiß dich zusammen.

Der gute Cognac hilft.

Und hilft nicht.

Wald.

Verdammt. Er wollte nur ins Bett. Verdient nach den Nachtschichten der letzten Tage.

Leute.

Unglaublich. Zu dieser Stunde träumt man schon mit offenen Augen.

Hier sind doch keine Leute.

BABS

Jetzt geht es wieder. Die Klamotten sind zwar alle nass, aber nicht mehr so schwer wie noch eben, als sie aus dem Wasser gekommen sind. Sie haben sich gegenseitig die Kleidung ausgewrungen und ausgeklopft, so gut es ging. Aber es regnet weiter.

«Hinter dem Hof wieder in den Wald, dann bergauf, und dann müssten wir den Ort schon sehen.» Steffie steht schon auf der nächsten Wiese. Licht gibt es kaum.

Noch eine Straße, dann der Hof, davor eine Bushaltestelle, dann wieder Wald. Sie brauchen bald einen Wagen. Allein schon, um sich aufzuwärmen. Am besten einen mit einer guten Heizung. Kein Käfer. Kein alter Kadett. Kein alter Escort.

Irgendwie automatisch fangen sie an zu laufen. Eine Hand vorn, um die Pistole zu sichern. Eine hinten am schweren Rucksack. Gleich sind sie an der Straße.

NORBERT

Dass einem hier die Augen zufallen. Schon komisch.

Bei der Arbeit. Mit dem Kollegen unterwegs. Mit dem leckeren Schnaps im Kopf. Kleines inneres Grinsen. Cognac, ja, ja. Jean wäre empört, würde er laut Schnaps sagen.

Der war aber auch fein, der Schnaps.

Wie lange haben sie nun nicht mehr geredet? Drei Minuten? Zehn? Oder eine halbe Stunde?

Bin ich müde, dachte er. Für den Wagen, der gerade vorüberfährt, öffnet er nicht einmal die Augen. Aber der Motor hat ihn aufgeweckt. Also schüttelt er sich.

Und da sind dann die beiden auf der anderen Straßenseite. Sicht auf Empfang stellen, ganz langsam begreifen.

Leute.

Zwei.

Frauen.

Die stehen da. Und sie bewegen sich nicht.

Wie lange schon?

Und vor allem: Warum?

Warum Frauen?

STEFFIE

Es ist so anstrengend, das Laufen, dabei sind es nur ein paar Meter bis zur Straße. Aber immerhin entwickelt sich ein Funken Wärme im Körper.

Es kostet Mühe, den ständig wackelnden Rucksack festzuhalten. Und hoffentlich tritt sie nicht in ein Erdloch. Ein verstauchter Knöchel ist das Letzte, was sie jetzt gebrauchen kann.

Da ist ein Motorgeräusch.

Instinktiv greift sie zur Seite. Trifft Babs' Hand. Zur gleichen Zeit bleiben sie stehen.

Ein Kleinwagen nähert sich. Sie stehen beide ganz ruhig, Statuen am Straßenrand. Niemand wird sie wahrnehmen, so wie sie hier bewegungslos verharren. Augen schließen, sich nicht blenden lassen. Der Wagen ist schon wieder weit weg.

Und die Augen wieder öffnen.

Da ist diese Bushaltestelle, die sie von weitem schon bemerkt haben.

JEAN

Schon wieder ein Wagen. Das Auto weckt ihn auf. Er nimmt den Kopf hoch und sieht die beiden auf der anderen Seite der Straße.

Geister.

Was der Alkohol so tut.

Der Wagen tuckert unendlich langsam heran. Die Scheinwerfer sind so alt wie das Auto selbst und streuen in alle Richtungen. Als das Licht weitergezogen ist, sind die Augen noch ein paar Momente wie geblendet.

Augen schließen.

Ganz fest.

Gleich wieder aufmachen. Dann feststellen, dass die Geister verschwunden sind.

Aber verdammt. Sie sind noch da.

Die beiden Frauen stehen da und glotzen sie im strömenden Regen an.

Norbert hat auch schon begriffen. Er fuchtelt an seinem Umhang herum, als die eine von ihnen, die mit den kurzen Haaren, ihren Pulli ein wenig hochzieht.

Der Deutsche steht schon neben ihm. Er selbst stellt sich auch auf.

Mit einer Hand versucht er, das Cape von Norbert unten zu halten.

Hat der Kollege die Situation schon begriffen?

Hat er selbst denn?

Die andere Frau tut dasselbe. Sie zieht ganz langsam den Pulli hoch und entblößt den Griff einer Pistole, die aus dem Hosenbund herausschaut.

BABS

Ein Finger am Griff.

Die beiden Bullen springen zur gleichen Zeit auf. Sie tragen unterschiedliche Uniformen, aber es sind ganz klar Bullen. Sie tragen Bullenmützen, da gibt es keinen Zweifel. Und unter den Bullencapes sind trotz des miesen Lichts die Waffen am Gürtel erkennbar.

Nur die Straße ist zwischen ihnen. Warum haben die sie eigentlich nicht vorher bemerkt? Sie traut sich nicht, zur Seite zu gucken. Aber Steffie steht genauso angewurzelt da wie sie selbst. Das weiß sie.

Der größere zippelt am Umhang herum, während der kleinere einen Arm vor ihn hält.

Um ihn zu schützen.

Um ihn daran zu hindern, die Waffe zu ziehen.

Um ihn davor zu schützen?

Sie legt den zweiten Finger auf den Griff.

Der kleinere schaut abwechselnd zu ihnen rüber und zu dem anderen Bullen. Der kapiert es endlich.

Der dritte Finger nun auf dem Griff.

NORBERT

Der Jean drückt ihn fast auf die Sitzbank zurück. Was soll das?

Eigentlich ist der Regenumhang so gemacht, dass man trotzdem ganz fix an das Schießeisen kommt. Aber hier ... Und jetzt ... Es sind auch die nassen Klamotten, die so eng am Körper liegen. Und dann Jean. Was hat der im Sinn?

Die eine der beiden Frauen hat den Griff ihrer Waffe fast in der Faust. Es muss doch schnell gehen.

«Sssssss...», hört er von Jean.

STEFFIE

Die Bewegung von Babs kann sie erkennen, ohne hinzusehen. Ein Moment nur, und sie kann das Ding einsetzen. Sie selbst hält die Hand auch bereit.

Trotz der Dunkelheit ist alles klar. Die beiden Schatten in der Haltestelle sind sich nicht einig. Aber die Waffen erkennen sie. Dunkler Umriss vor weißem Bauch. Das funktioniert instinktiv.

JEAN

Die sehen weniger von uns als wir von denen, denkt er. Sein rechter Arm liegt eng am Körper an. Der Weg der Hand zum Holster ist so kurz, wie er im Notfall sein soll.

Und das ist ein Notfall.

Aber die Frauen wissen, was sie tun. Jetzt fällt ihm das überhaupt erst auf. Die sind kein bisschen nervös. Die eine, die die

Hand nicht am Griff der Pistole hat, bewegt die Finger langsam. So als wolle sie sie fürs Schießen geschmeidig machen.

Klar. Denen ist kalt. Die sind durch den Fluss gewatet.

BABS

Wenn ich die Pistole ziehe, dann zieht Steffie sie auch, denkt sie. Und dann machen die Typen es genauso. Wenn das Herz nur nicht so laut schlagen würde.

STEFFIE

Wenn ich die Pistole ziehe, denkt sie, und wenn ich es vor den Bullen schaffe, dann ist Ruhe. Aber schafft sie es vor denen?

JEAN

Die Eintrittskarten für das Pokalspiel. Young Boys Diekirch in Rodange. Nächste Woche. Wir werden verlieren, denkt er, aber er will es sehen. Und er will mit seinem Jungen dahin.

NORBERT

Noch mal, denkt er. Wofür hab ich das Ding?

STEFFIE

Es ist entschieden. Der Größere von den beiden stützt sich noch kurz auf der Sitzbank ab. Der schafft es nicht, seine Waffe zu ziehen. Er würde es tun. Aber er kann nicht.

JEAN

Es ist eine wichtige Arbeit, die sie hier tun. Morgen wird sie nicht weniger wichtig sein. Und am Tag danach. Gerade erst haben sie dem Schmuggel in der Grenzregion einen erheblichen Dämpfer verpasst. Das ist ja auch etwas wert.

BABS

Der Kleinere ist der Chef. Das ist mittlerweile klar. Ganz langsam bewegt er sich. Zur Seite. Nach vorn.

JEAN

Die beiden da sind ein deutsches Problem. Das muss man klar so sehen. Bei ihnen in Luxemburg …

STEFFIE

Der ist nicht blöd. Nun steht er fast vor dem Großen. Und während er sich zur Seite bewegt, löst er langsam die Hände vom Körper. Irgendwas sagt er. Zu leise.

NORBERT

Das hätte er nicht gedacht von Jean. Der steht fast vor ihm. Hat das absichtlich gemacht. «Hände», sagt Jean nun leise. «Hände vom Körper weg.»

BABS

Jetzt sind alle vier zu sehen. Zwei Körper, vier Hände. Nur um eines geht es hier. Um Rückzug. Um deren Rückzug.

STEFFIE

Es geht nur noch um eins. Hoffentlich sieht Babs das auch so.

JEAN

Was will sie uns sagen? Die Größere bewegt den Kopf hoch und runter. Ah, die Hände nun. Das meint sie. Er hebt sie über den Kopf.

BABS

Der eine hat es schon getan. Der andere zögert noch. Schwer zu erkennen, aber er macht es dem Kleinen vor ihm nach und lässt die Arme dann doch wieder ein Stück fallen. Der vorn sagt wieder etwas. Da gehen die Hände hinten endlich hoch.

STEFFIE

Babs macht das gut. Die Kopfbewegungen reichen aus. Der vorn kommt zentimeterweise in unsere Richtung. Sie bewegt sich selbst zur Seite. Sie sollen zwischen uns hindurch. «Sie müssen zum Fluss», sagt sie tonlos.

NORBERT

Das ist eine Kapitulation. Jean ist schon auf der Straße, während die eine Frau zur Seite geht. Die größere von denen wackelt weiter mit dem Kopf. Hände oben lassen. Jean gehorcht. «Komm», hört er den Kollegen.

JEAN

Im Fußball verlieren wir auch immer. An manche Sachen gewöhnt man sich.

BABS

Gute Idee. Der Kleine ist schon auf ihrer Höhe. «Weiter», sagt sie, «immer weiter.»

STEFFIE

Der Große glotzt stur auf den Rücken von dem Kleinen. Er geht zwischen uns hindurch. Sie wartet noch eine Sekunde, dann ruft sie laut: «Stopp!» Babs ist ganz erschrocken. Sicher viel mehr als die beiden Typen. Die bleiben einfach stehen. Sie sagt ganz leise: «Funk!» So, dass es nur Babs hören kann. Aber die schüttelt den Kopf.

BABS

«Weiter», ruft sie laut, «immer weiter.» Und macht ein paar Schritte hin zu Steffie. «Die benutzen das doch nicht. Was sollen sie auch sagen?» – «Weiter», ruft sie wieder, «bis zum Fluss.»

Dann stellt sie sich direkt neben Steffie. «Denkst du, die holen Verstärkung, weil sie gerade von zwei Frauen ausgetrickst worden sind? Nie im Leben.»

Sie schickt Steffie vor und beobachtet die beiden Bullen noch ein paar Sekunden. Dann dreht sie sich um. So schnell wie möglich brauchen sie jetzt einen Wagen.

DAS DANKESCHÖN

Das Buch hätte nicht entstehen können ohne die Geschichten aus Westdeutschland, die Gerda Heck mit mir geteilt hat. Danke dafür. Du bist eine große Inspiration.

Auch die anderen Mitglieder der Familie Heck haben mich mit teils schon verschütteten Episoden aus ihrer und der Vergangenheit der Gegend an der luxemburgischen Grenze versorgt. Danke dafür an Robert Heck und Richard Heck, Marga Heck und Alfons Hauer. Die Geschichte und die Geschichten in DER HOCHSITZ sind allerdings Fiktion und reine Erfindung.

Christian Koch für Hans-A-Plast.

Michael Henrichs, Dorothee Plass und Klaus Viehmann haben das Buch während der Entstehung gelesen und mich vor dem gröbsten Unfug bewahrt. Danke für die Rettung aus akuter Not.